슬기로운
감옥생활2

KB071922

슬기로운 감옥생활2 ②

초판 인쇄 2023년 9월 11일
초판 발행 2023년 9월 15일

지은이 JS
펴낸이 김태헌
펴낸곳 문학홀릭

주소 경기도 고양시 일산서구 대산로 53
출판등록 2021년 3월 11일 제2021-000062호
전화 031-911-3416
팩스 031-911-3417

슬기로운 감옥생활2

2

JS 장편 소설

슬기로운
감옥생활

Contents

차례

슬기로운
감옥생활

06

아득한 이별

어떻게 말을 할 수가 있겠는가. 그토록 사랑하는 이에게 그 몹된 일을 다시 떠올려 고백한다는 건 죽기보다 싫었다. 마음속의 먹구름을 걷어내 버릴 수만 있다면…… 그녀는 그날이 저주스러웠다. 그의 사랑이 더 깊어지면 질수록 그녀의 내면엔 또 다른 파문이 서서히 일어나고 있었다. 혼란 그 자체였다. 잔잔한 연못에 던져진 돌은 물속으로 가라앉으면서 커다란 파문을 일으켜놓은 것이다.

그녀의 가슴 속엔 무거운 돌 하나가 가라앉아 있었다. 그 누구에게도 그 돌멩이를 주워내 달라고 말할 수가 없었다. 그건 오로지 자신만이 할 수 있는 일이었다. 그러나 마음속 어디에서 파문이 일어나고, 그 돌의 위치가 어디쯤인지도 알 수 없었다. 시시때때로 일어나는 이 파문…….

그녀는 사실 괴로웠다. 그를 바라볼 때마다 마음의 불안이 더 크게 번졌다가 오므라드는 것이었다. 그의 사랑을 받을 때마다 꼭 아픈 상처처럼 도져 나왔다. 어떻게 할 수가 없었다. 희자는 밤마다 그가 다가오는 것이 반가웠다가도, 어느새 불안으로 뒤바뀌어지는 것이었다.

우선 식욕부터 없어졌다.

바닷가에 나가 혼자 거니는 시간들이 많아졌다. 그리고 그가 몰래 곁으로 다가와서 놀래키는 것도 유난히 깜짝 놀라는 것도 요즘의 일이었다. 그는 희자가 그렇게 놀라는 것에 대해 미안함을 가지곤 했다. 종태로서는 그녀를 즐겁게 해주려고 그랬던 것인데, 희자로서는 가슴이 철렁 내려앉는 기분이었다.

점점 말이 없어지는 자신을 느끼면서도 그녀는 어쩌지를 못했다. 그에게 무언가 기분 좋은 말을 하려고 해도 막상 입이 떨어지지를 않는 것이었다. 마치 자신의 가식적인 모습을 내보이는 것만 같아 싫었다. 아니다. 싫은 것까지도 감수하며 어떻게든 말을 해보려고 그랬지만, 통 마음이 내키지 않는 것이었다.

그러나 종태가 그런 걸 느끼지 못하도록 그녀로서의 최선을 다하고는 있었다. 말은 없었지만 그가 어떠한 것을 바라는가를 미리 알고서 서둘러 준비하는 그녀였다. 종태에겐 조금도 신경을 쓰이게 하고 싶진 않았다. 그녀는 가능하면 말이 없는 가운

데서도 그를 깊이 사랑하고 있었다.

벌써 초여름으로 접어들고 있었다.

바닷가는 제법 더운 바람이 불어오곤 했다. 달아오른 백사장을 걸을 때마다 발밑에서 따스한 기운이 묻어 나왔다. 그리고 멀리 보이는 산에서는 짙푸른 녹음이 우거지기 시작할 때였다. 어촌의 사람들의 얼굴은 더욱 새카매지며 바다로 나가는 횟수가 더 잦아졌다. 그리고 아낙들의 손놀림도 더 빨라져야만 했다. 동네 어촌에서는 비릿한 생선 내음이 하루 종일 골목마다 진을 치고 있는 듯했다.

나른한 나날이었다. 바닷가로 나가면 괜히 나른한 기운이 넘실거렸다. 성급한 더위에 모든 사물들이 조금씩 지쳐가는 것처럼 보였다. 희자도 몸이 무거워지는 듯한 기분을 느꼈다. 더위 때문이었을까. 바다에서 불어오는 바람결에 깜박 조는 때도 있었다.

"잠이 오나 보지? 좀 자. 누워."

그럴 때마다 종태는 좀 자라고 말을 건네왔다.

"됐어요. 햇빛이 따뜻해서 그럴 거예요."

희자는 그렇게 말했지만 이길 수 없는 졸음에 손으로 가리며 하품을 하곤 했다. 거실에 앉아 있으면서 해바라기를 하는 동안, 어느새 졸음이 몰려온 것이다.

"양양 나갈까? 당신 요즘…… 진찰 한 번 받아보는 게 어때?"

"……?"

종태의 말에 그녀는 퍼뜩 눈을 떴다. 그리곤 눈꺼풀에 힘을 주며 씽긋 웃었다. 어느새 잠이 달아나버린 것처럼 정신이 들었다.

"요즘 많이 피곤한 거 같아서 그래."

"……."

"진찰 받아 보지?"

그의 말에는 따뜻함이 묻어 있었다. 하지만 그녀는 그 말이 싫었다. 괜히 그랬다.

"집에 그냥 있고 싶어요. 특별히 아픈 데도 없어요."

그녀는 간단히 그 말을 했지만 종태는 그게 아니었다. 요즘 들어 부쩍 졸리운 듯한 그녀를 바라보면서 혹시나 해서 해본 말이었다. 그녀가 병원에 안 가려고 하는 건 예전부터 알고 있었다. 그렇지만 어떻게든 그녀를 데리고 나가 진찰을 받아보는 게 좋을 것 같았다.

"그냥 바람 쐬러 간다고 생각하고 나가요. 뭐 좀 사먹고 들어오는 것도 괜찮잖아."

"……."

그녀는 더 이상 고집부릴 수가 없었다. 마음 같아서는 안 나가고 싶었지만 그의 부탁이라 생각하니 굳이 고집부릴 수만은 없었다.

그녀는 일어나서 안방으로 들어갔다. 그리고는 대충 옷을 갈아입고는 거실로 나왔다. 그가 기다렸다는 듯이 얼굴에 환한 웃음을 띠며 말했다.

"어이구, 우리 마나님이 승락하셨구만. 어서 나가시죠? 우리 공주님."

종태의 그런 농담에 희자는 절로 웃음이 튀어나왔다.

"내가 뭐 어린애예요? 공주님이게요?"

"하하, 그런가? 그럼 왕비님이지. 하하하. 어서 나가요."

종태는 앞장 서 나갔다. 짚차에 올라서는 시동을 걸었다. 그가 미리 조수석의 문을 열어놓아 희자는 그쪽으로 올라탔다. 그는 곧 출발했다. 마악 집을 빠져 나오는데 어디선가 땅, 하는 총소리가 났다.

그 바람에 희자는 깜짝 놀랐다. 근처 가까운 곳에서 나는 총소리여서 더욱 크게 들렸다. 희자는 얼른 얼굴을 파묻으면서 얼굴이 새파래졌다. 갑자기 가슴이 콩닥거리며 뛰기 시작했고, 얼굴이 하얘지기 시작했다.

"무슨 소리지? 총소린 거 같은데?"

종태는 아무렇지도 않은 듯이 말하고는 주위를 둘러보았다. 희자의 얼굴이 백짓장처럼 하얗게 변해 있는 것을 보고는 종태도 얼굴이 굳어지는 듯했다.

"괜찮아. 아마 오발 사고가 났겠지 뭐. 아니면 솔밭에서 꿩이
라도 잡는다고 쐈거나."

"……?"

희자는 그게 아니었다. 마치 자신들을 향해 쏜 것처럼 겁을
집어먹고 있었다. 너무 가까이에서 들렸던 총소리였다. 귀청을
찢을 듯이 크게 들렸기 때문이었다. 그녀는 교회가 있는 솔밭
쪽을 바라보았다. 그 솔밭에는 교회가 있었고, 조그마한 동네
가 있었다.

그리고 동네에서 조금 떨어진 곳의 바닷가에 해안 초소가 있
었다. 그곳 초소에 있는 군인들이 수시로 바닷가로 나와 통신
선을 점검하거나, 대낮엔 군인들이 웃통을 벗어젖힌 채로 백사
장에서 배구를 하고 있는 모습들을 볼 수 있었다.

아마 종태의 말대로 솔밭의 꿩을 잡느라 쏜 총소리인 것 같
기도 했다. 군인들은 가끔 그랬다. 낮에 쉬는 시간에 몰래 사냥
을 하는 경우가 더러 있었다. 밭이나 솔밭에 있는 꿩을 잡는 걸
본 적이 있었다. 해안 초소의 군인들은 밤에는 해안 보초를 서
고, 낮의 잠자는 시간에 일어나 솔밭이나 밭둑으로 놀러나온
꿩이나 멧비둘기들을 사냥하곤 했다. 아마 잡은 걸로 회식이나
술 안주감을 하기 위해서인 것 같았다.

평온한 바닷가에 한 발의 총성이 울려 퍼지니까 그 소리가
굉장히 컸다. 희자는 아직도 가슴이 두근거렸다. 저만치 별장

14

집이 보였지만 그 근처에는 사람 하나 얼씬거리지 않았다. 혹시나 해서 그녀는 집 쪽을 바라봤던 것이었다. 그 군인이 집 쪽을 서성인다면 이대로 다시 집으로 돌아갔으면 싶었다.

"괜찮아. 군인들이 훈련하느라 쏜 거겠지. 아니면 꿩이나 잡으려고 쏜 거고. 당신은 왜 그렇게 놀라지? 나도 엽총이나 하나 사서 사냥이나 다닐까?"

종태는 마치 놀리기라도 하듯이 큰소리로 웃었다. 그제서야 희자는 다소 마음이 진정되는 듯했다.

"그런 건 싫어요. 짐승을 향해 총을 쏘는 건 비겁해요. 당신은 그런 거 사지 마세요."

희자는 약간 겁먹은 목소리로 말했다.

"사람은 짐승을 잡아먹고 살게 돼 있어요. 그리고 짐승은 또 더 약한 짐승이나 풀을 뜯어먹는 짐승을 잡아먹고 살고. 당신, 약육강식이라는 말 몰라?"

종태는 아직까지도 낯빛이 창백한 희자를 염려스러운 듯이 바라보고 있었다.

차는 바다를 끼고 산등성이를 넘고 있었다. 자그마한 잔솔들이 우거진 솔밭들이 옹기종기 모여 있었다. 그리고 밭들이 나타났다. 한적한 도로에는 그다지 차들이 다니지 않았다.

양양 읍내로 들어가서 양산부인과로 차를 몰았다.

희자는 산부인과 간판이 나타나자, 별로 내키지 않는 마음이었다. 괜히 불안하기만 했다. 마치 불륜의 현장이라도 들켜 남편에 의해 끌려가는 것처럼 마음이 영 편칠 못했다.

"다 왔어. 걱정마."

종태는 차를 세우자마자, 곧 내려서는 희자가 앉은 조수석으로 와서 문을 열며 말했다.

희자는 종태의 손을 붙잡고서 병원 안으로 들어갔다. 병원이라고 해봐야 시골 의원일 뿐이었다. 마치 보건소에 온 것 같은 기분이 들었다.

접수대에서 접수를 끝내고 잠시 앉아 기다리는 동안, 희자는 종태의 손을 놓지 않고 있었다. 40대로 보이는 검게 탄 아주머니와 20대 중반의 젊은 여자가 조그만 계집아이를 데리고 순서를 기다리고 있었다.

"들어오세요."

간호원이 나와서 말하자, 앉아 있던 40대의 아주머니가 후다닥 일어나서 원장실로 들어갔다.

20대의 젊은 여자는 벌써 얼굴이 기미가 끼었는지 좀 짙은 화장을 하고 있었는데, 화장발이 안 받는지 좀 어색한 화장을 하고 있었다. 아이에게 줄곧 과자를 집어주면서 희자 쪽을 쳐다보는 것이었다.

아마도 그 젊은 아낙은 종태와 같이 나란히 앉아 있는 희자의 모습이 양양에서는 조금은 생소해 보였던 모양이었다. 그녀는 몇 번이나 종태와 희자를 번갈아 보다가 아이 쪽으로 시선을 돌렸다. 이번에는 그 여자의 차례인 모양이었다. 간호원이 나와서 그 여자를 눈짓으로 불렀다. 그 여자는 아이를 들쳐업고 안으로 들어갔다.

"그 여자, 자꾸 당신을 쳐다보는 데 그래."

"⋯⋯."

희자는 아무런 말도 하지 않았다. 종태가 웃으면서 한 말이었다. 그 말뜻은, 양양 여자가 희자를 쳐다보며 부러워한다는 말과도 같았지만 왠지 모르게 희자는 마음의 여유가 없어졌다.

"너무 걱정마. 애가 들어서건, 안 들어서건 당신 책임은 아니니까. 그리고 나도 당신한테 애가 있었으면 좋은 거지, 꼭 있어야 한다는 것도 아냐. 전엔 당신이 더 바랐잖아. 그러니까 걱정말고 받아봐."

"⋯⋯."

희자는 고개를 끄덕였다. 마치 만삭이 돼서 애를 낳으러 온 여자처럼 주눅이 들어 있는 자신의 모습이 쓸쓸하게 느껴졌다. 종태의 그런 위로의 말을 듣는다는 것이 더욱 그렇게 만들었다.

병원 안은 알코올 냄새가 역하게 났다.

그녀는 속이 니글거렸다. 도저히 참을 수 없어 바깥으로 나왔다. 종태가 뒤따라나왔다가 그녀가 토하는 것을 보고는 약간 걱정스러운 얼굴이었다.

"왜 토하지? 뭘 잘못 먹었나? 괜찮아?"

그는 내내 희자의 등을 두드려주면서 물었다.

"괜찮아요. 속이 조금 불편했던 건가 봐요."

희자는 토하느라 입가에 묻은 오물을 닦아내며 말했다. 그리고 나니 조금 편해졌다. 다시 병원 안으로 들어오는데 간호원이 불렀다.

"들어가세요."

희자는 원장실 안으로 들어가면서 들고 있던 작은 손지갑을 종태에게 건네주었다.

"걱정마. 여기서 기다릴게."

종태는 웃어보였다. 희자 역시 웃고 있었지만, 마음은 그게 아니었다. 어쩐지 자꾸만 불길한 예감 같은 게 삐죽거리며 솟아나오고 있었다.

원장실 안에 들어가 옷을 내리고 누웠다. 원장의 손이 더듬느라 차가운 손이 만져지고…… 희자는 눈을 감았다. 자신의 아랫도리를 보여준다는 것만큼 더 부끄러운 것은 없었다. 전에 병원에 있을 때엔 이런 걸 전혀 못 느꼈지만 새삼스럽게 지금 그런 생각이 드는 것이었다.

무언가 분비물을 짜내느라 감자를 이용해 긁어내는 듯했다. 그리고 다시 원장의 손이 질구를 활짝 벌리는지 섬뜩한 걸 느졌다.

"이제 일어나서 옷 입어요."

"……."

희자는 옷을 입고는 잠깐 원장이 검사하는 걸 지켜봤다. 긁어낸 분비물을 검사하는 모양이었다. 불안하고 초조한 시간이었다. 검사대 위에서 내려와 잠시 서 있는 동안, 현기증 같은걸 느꼈다. 그 짧은 시간이 길게만 느껴졌다.

"앉으세요, 여기."

원장의 얼굴이 환해졌다고 생각하는 동시에, 그녀의 마음은 점점 어두워졌다. 그녀가 앉자마자, 원장은 불쑥 말을 꺼냈다.

"축하합니다. 임신입니다."

"……?!"

희자는 놀랐다. 기어코…… 그녀는 입술을 꼬옥 깨물었다. 치마를 잡고 있던 손이 약간 떨렸다.

"정말입니까? 몇 주쯤 됐죠?"

그녀는 다시 확인해보고 싶었다. 미처 마음이 들뜰 시간도 없었다. 그녀의 목소리는 천 갈래, 만 갈래 갈라져 나오고 있었다. 마음의 갈피를 붙잡을 수가 없을 지경이었다.

"네, 4주쯤 되는군요."

원장의 말은 간단했다.

"……."

희자는 앞이 캄캄해졌다. 눈물이 나오려는 걸 억지로 참고 있었다. 그러다가 얼른 일어나서 밖으로 나왔다.

종태가 기다렸다는 듯이 벌떡 일어나서 그녀의 어깨를 붙잡았다. 그녀는 쓰러질 듯이 그에게 몸을 기대며 이마를 짚었다.

"왜? 어지러워?"

종태는 희자의 어깨를 더욱 껴안듯이 해서는 의자로 가서 앉혔다.

"……."

희자는 말을 할 수가 없었다. 가슴이 답답해졌다. 몇 번 숨을 몰아쉬고는 그에게 몸을 기댔다.

"뭐래? 원장이 뭐래?"

종태의 말에 그녀는 눈을 감았다.

"임신이래요."

"뭐? 정말?"

"……."

그녀는 잠자코 있었다. 그의 얼굴이 바싹 다가옴을 느꼈지만 눈을 뜰 수가 없었다. 이대로 있는 게 편했다. 그녀는 잠시 생각했다. 자신의 자궁 속에 들어 있는 아이는 어쩌면 그의 아이가 아닐지도 모른다는 생각이었다. 무서운 생각이었다. 그녀는 그 생각을 하자, 갑자기 몸에 오한이 날 것 같은 추위를 느끼며 몸을 떨어댔다.

"어허, 그래요? 그럼 잘 됐네 뭐. 근데, 몸이 안 좋아?"

종태는 얼굴에 기쁨의 표시를 담고서 그렇게 물어보았다. 바라고 바라던 임신이라고 하자, 마음이 무척 기뻤지만 희자의 어두운 표정을 보고선 다소 염려가 되었다.

희자는 말이 없었다. 얼굴엔 당혹함이 언뜻 배어 있는 것 같았으나 처음 한 임신에 대한 불안감쯤으로 생각되었다.

종태는 희자를 부축하다시피 해서 차에 올랐다. 괜히 마음이 설레이는 것이었다. 그는 곧 차의 시동을 걸어 출발하면서 그녀를 쳐다봤다. 이마를 짚고 있는 그녀의 창백한 얼굴이 유난히 아름답게 보여지고 있었다. 작은 입술의 루즈가 선명하게 도드라져 보였다. 그리고 약간 수척해진 듯한 갸름한 얼굴. 그리고 오뚝하게 콧날이 선 윤곽이 또렷하게 보여졌다.

종태는 오른손으로 그녀의 손을 잡아주었다.

"걱정하지 마. 다들 임신을 하는데 뭐가 걱정이야. 잘 먹고, 편안하게 지내야 돼. 이제부턴 몸 생각을 해서라도 더 먹어야 돼. 어디 가서 뭘 먹을까?"

종태는 정말 기뻤다. 그녀에게 입맛이 도는 맛있는 것을 먹이고만 싶었다. 그래야만 직성이 풀릴 것만 같았다. 그녀를 위해 무엇이든지 먹였으면 하는 생각이었다. 모처럼만에 외식이라도 하고 들어갔으면 했다.

"아뇨. 됐어요. 먹고 싶은 마음이 없어요, 그냥 집으로 가요."

그녀의 목소리에는 힘이 없었다.

"왜? 어차피 집에 가면 먹어야 될 건데. 여기서 먹고 들어가면 낫잖아? 당신, 설거지도 안 하고……."

"……."

그녀는 머리를 뒤로 해서 의자 등받이에 머리를 기댔다. 그리고는 눈을 감았다. 아무래도 속이 좋지 않은 듯했다.

"……?"

종태는 더 이상 말을 시키지 않았다. 그녀에게 편안하게 해주고 싶었다. 양양 읍내를 벗어나면서 짚차가 흔들리는 것조차도 신경이 쓰여졌다. 그러나 그녀는 눈을 감은 채로 잠자코 있을 뿐이었다.

희자는 무거운 생각에 사로잡혔다. 그 날의, 그 일이 자꾸만 마음에 걸렸다. 욕실로 들어가 아랫도리를 씻어내는 데에 허옇게 나오던 정액이 기억났다. 꽤나 많은 양의 정액이었다. 그녀는 오래도록 씻어냈지만 이미 몸 안으로 들어간 정액으로 인해 불안하지 않을 수 없었다.

간호학을 배웠던 그녀로서는 이미 정자들이 격렬한 운동을 하면서 더 깊숙이 안으로 들어갔을 거라고 생각하니 두려워지기 시작하는 것이었다. 마침 그때는 그녀로서는 배란기에 해당하는 그런 시기였다. 그래서 더욱 불안했던 것이다. 산부인과에서는 매달 배란기가 지나서 들러보라는 말을 해줬는데, 그건 순전히 배란기에 맞춰 관계를 가지라는 권유였다.

마침 그날이 배란기라서 그랬는지, 희자는 그날 오전부터 조금씩 나른한 게 졸렸었다. 아마도 그날 저녁이 정확한 배란기일 것 같았다. 그런데 오후에 군인이 그랬으니 불안하지 않을 수 없었다. 그녀가 아는 상식으로는 바로 그때가 정확한 배란기였다.

그때 그 일만 없었더라면 하는 아쉬움이 앞섰다. 왜 그때 그러한 일이 일어났는지. 아무리 생각해봐도 이상한 일이 아닐 수가 없었다. 마치 지금도 꿈속에 홀린 것만 같은 기분이었다.

"자요?"

"……."

그녀는 대답하지 않았다.

"……."

그는 다시 운전하는 데에 열중하는 듯했다. 그는 될 수 있으면 차가 흔들거리지 않도록 세심하게 운전을 하고 있었다. 희자의 뱃속에 자신의 분신이 잉태되고 있다고 생각하니 마음부터 들뜨는 것이었다.

기분이 영 이상했다. 종태는 죽을 때까지도 자신을 닮은 아이가 이 세상에 태어나리라고는 생각지도 못했다. 이때까지 주먹세계에서만 살아오는 동안, 자질구레한 그런 것에 미처 신경

쓸 겨를도 없었겠지만, 아예 그런 생각조차 할 수 없었던 것이었다.

여자란 그저 쥐여 놓고 보자는 식으로, 한낱 쾌락의 대상으로서만 생각해오던 그였다. 자신의 몸속에 꽉 찬 정액을 배설하는 것 이상으로는 생각지도 않았다. 가끔 울적해졌을 때, 삼삼한 영계를 불러 배설하는 재미가 고작이었다. 여자에겐 정이라는 끄나풀조차 남겨두지 않는 게 조직의 세계에서의 원칙이라고 생각할 정도였다.

그건 은영이의 배신으로 종태의 마음은 더욱 굳어졌는지도 몰랐다. 한편으론 무지막지한 배신감이 용솟음쳤고, 다른 한편으로는 여자에 대한 애초의 신뢰감마저 철저하게 끊어버린 계기가 되었는지도 몰랐다. 그러나 희자는 거의 예외였다. 종태는 구치소에 있을 때, 자신을 낳아준 엄마와 희자 외의 다른 여자는 전혀 믿지 않기로 작심하고 또 작심했다.

여자란 그저 즐기는 존재에 지나지 않는다.

그는 그렇게 생각했다. 그 이상의 마음의 정을 주었다가 느껴지는 허무함을 이제 다시는 맛보고 싶지 않았던 것이다.

희자 외의 여자들에게 별다른 의미를 두지 않았다. 그만큼 희자를 사랑하고 있었다. 가장 어려웠을 때에 만난 여자가 바로 희자였다. 그래서 그는 바닷가에서의 이런 생활이 더없이 즐겁고 행복하게만 느껴졌다. 그녀와 단 둘이 있는 것이 좋았다.

　종태는 이제까지의 삐뚤어진 삶을 뒤돌아보면서 남자란 이 땅에 태어나서 한번쯤 굵고 짧게 살다가 가는 것이라고 생각했다. 화려했던 지난날들의 영화라는 것도 지금은 다 잊혀져간 추억거리에 불과했다. 주먹과 돈과 조직세계에서의 화려함이 낡은 외투처럼 정겨울 뿐이었다.

　봄날의 비포장도로는 바싹 말라 있어 뽀얀 먼지를 일으켰다. 길가에 서 있는 나무들이 하얀 먼지를 뒤집어쓰고 있었다. 수산포로 들어가는 길은 차들조차 별로 다니지 않아서인지 한적했다.

　야트막한 산길을 달리면서 종태는 옆을 돌아다보았다. 어느새 잠이 들었는지 희자의 얼굴이 옆으로 기대어져 있었다. 요 근래 들어서 부쩍 수척해진 듯한 얼굴이었다. 갸름한 눈썹이 하얀 얼굴에 마치 반달처럼 그려져 있었다. 오뚝한 콧날이 마른 햇빛을 받아 투명하게 빛이 나고 있었다.

　"……."

　종태는 희자의 머리를 바로 눕히려고 하다가 그만두었다. 혹시라도 선잠이 들었다가 깰 것만 같아서였다. 종태는 다시 희자의 얼굴을 쳐다보았다. 며칠 사이에 수척해져버린 듯한 걸 느끼면서 약간은 마음이 아파오고 있었다.

　그녀의 앞이마로 흘러내린 머리카락 몇 올이 바다에서 불어오는 바람에 실낱처럼 나부끼고 있었다. 종태는 이때까지 잠든 여자한테서 이렇도록 애절함을 느껴보긴 처음이었다. 그것도 흰 이마에 몇 올 머리카락이 흩날리는 것이 더없이 아름답게 느껴지고 있었다.

곤히 잠든 희자의 얼굴을 바라보면서 종태는 절로 마음이 뜨거워졌다. 자신을 만나 이 먼 곳까지 와서 같이 살고 있다는 것이 신기하게만 느껴지고 있었다. 영등포 구치소에서 처음 편지를 나눌 때까지만 해도 이렇게 두 사람이 부부가 될 줄은 꿈에도 몰랐었다.

그때만 해도 종태는 다시 세상으로 나가게 되면 이를 악물고서 조직세계를 굳건히 장악할 꿈을 꾸기도 할 때였다. 그만큼 종태는 자신의 피땀이 묻어 있는 그 세계에의 미련을 버리지 못하고 있었다. 그러나 그 안에서 점점 시간이 지나면서 그녀의 신앙심을 받아들였고, 그녀의 뜻을 따르게 된 것도 신기한 일이었다. 남자로 태어나 여자 때문에 자신의 생각을 바꾸게 된 자신이 스스로 생각해도 이상하다고 할 정도로 신기한 일이었다.

작은 산길을 넘자, 곧바로 바다가 나타났다.

바다는 말이 없었다. 항상 넘실대면서 바닷가를 향해 줄달음질을 치고 있을 뿐이었다. 백사장으로 밀려왔다간 다시 밀려들어가는 것뿐이었다. 1년 내내 그렇도록 움직이기만 하는 바다였다. 바다는 마치 몸살을 앓아대는 것처럼 매일 반복된 몸짓을 할 따름이었다.

어촌에서 바라보는 바다는 조용하기 그지없었다. 봄날의 햇살을 받아서인지 바다 표면은 유리알처럼 맑았다. 그리고 여름이 가까워질수록 바다 색깔은 감청색에서 점점 옅어지면서 초록 색깔의 바다로 바뀌어가고 있는 중이었다. 하얀 모래알과 연초록의 바다는 그야말로 환상적인 색깔의 조화를 이루었다. 보면 볼수록 더욱 나른해지고 친근감이 솟아나는 것이 바로 봄에서부터 초여름으로 넘어가는 그런 시기였다.

바다는 언제 봐도 질리지 않을 것 같았다. 넓고 푸른 바다를 볼 때마다 종태는 마음이 활짝 열리는 듯한 걸 느꼈다. 무언가 가슴 속으로 밀고 들어오는 것 같은 충만감으로 꽉 들어차는 느낌이었다. 그것은 또 파도처럼, 해일처럼 용솟음치며 또 다른 용기를 불어넣어 주는 것이었다. 남자에게 있어 용기란 무한한 것이었다. 무엇이든지 다 할 수 있다는 광활한 기대감을 갖게 만들었다. 바다가 바로 그런 용기를 주는 것 같았다.

종태는 언덕받이 위에다 차를 세웠다. 바다가 한 눈에 다 들어왔다. 시퍼런 물이 끝없이 넘실대고 있었다.

"……."

그에게는 말할 수 없는 감회가 솟아나고 있었다. 바로 옆에

27

잠들어 있는 희자를 바라보며 종태는 무한한 감회에 빠져 들었다. 자신이 비로소 아이의 아빠가 된다는 사실이 아직까지도 믿기지 않았다.

분명히 임신이라는 말을 듣긴 했지만 실감이 나지 않았다. 예전에는 미처 꿈에서라도 생각해보지 못했던 것이었다. 주먹 세계에 있을 땐, 여자가 임신을 한다는 건 곧 소름끼치는 일이었다.

아마 그때는 제아무리 사랑하는 여자일지라도 만약 임신을 했다면 그날부로 관계를 청산해버리는 것이 홀가분할 때였다. 그래서 종태는 밑의 부하들에게도 여자를 알고 사정은 하되, 여자한테 임신은 시키지 말라는 엄명을 내렸던 적이 있었다.

만일 조직세계에 몸담고 있으면서 아이를 낳는다는 건 곧 자연인으로 돌아가는 일이었다. 아이를 가진 여자를 데리고 조직 생활을 한다는 건 있을 수 없는 일이었다. 조직 생활이란 그랬다. 언제 어떠한 일로 감옥에 들어갈지 모르는 판국에 아이가 딸렸다는 건 남자의 기백을 상실시키는 최초의 지름길이라고 생각되었다.

그리고 한 여자를 알아서 깊은 사랑에 빠졌다는 것 자체가 곧 나태함일 수 있었다. 그런 놈은 조직 생활을 할 수 없다는 것이 종태의 지론이었다. 조직원이란 매일 칼날을 씹듯이 피맺힌 자기 훈련이 없이는 도저히 상대 적을 이길 수 없는 고행이라고 생각했다.

사실 그랬다. 종태 역시 그러한 생활을 살아왔던 것이다. 여자란 단지 꽉 차 있는 정액의 배출구로서만 만족할 뿐이었다. 죽은 은영 역시 그러했다. 종태의 자금 관리를 위해서 정부로 사귀었을 뿐이었다. 그리고 그녀에게 황제라는 커다란 술집을 맡아 관리하도록 함으로써 조직원들의 집결지로서의 역할도 감당했을 뿐만 아니라, 오갈 데 없는 조직원들을 거둬 먹이는 은둔지로서의 역할을 톡톡히 해냈을 뿐이었다.

종태는 은영의 가슴에 칼을 꽂으면서 쓰라린 마음이 없지 않았다. 자신을 배신하고 믿었던 부하의 몸뚱어리 밑에서 허우적거리는 모습이 차마 눈 뜨고는 못 볼 그런 장면이었다. 상호가 먼저 칼을 꺼내 배신한 선배인 기식의 등짝에 깊이 칼을 박았고, 곧이어 은영의 젖가슴에도 깊숙이 칼을 박았다.

종태는 상호가 한 행동에 대해 전적으로 신뢰했다. 자신을 대신해 깊숙이 칼을 박아 넣은 상호의 믿음직스런 행동에 더 이상 아무런 말도 할 수가 없었다. 상호는 그냥 칼을 깊숙이 박아넣은 것만 아니라, 한 번 깊숙이 박아넣은 다음에 칼날을 비틀어 치명적인 칼침을 놓았던 것이다. 종태는 그러한 것까지도 두 눈으로 똑똑히 바라보면서 자신의 한쪽 가슴이 무너지는 걸 느꼈던 것이다.

그리고 지금 자신의 옆에서 곤히 잠들어 있는 희자를 볼 때마다 은영에 비해 백 배, 아니 천 배나 더 아름답고 가냘픈 감정이 드는 것이었다. 자신을 믿고 전적으로 따라와 준 희자에 대해서는 인생이 끝나는 날까지 배신하고 싶지 않았다. 그 어떠한 유혹과 환경의 변화가 온다고 하더라도 종태는 이 여자만을 사랑하며 조용히 일생을 끝마치고 싶었다.

종태의 가슴 속으로 서늘한 바람이 일며 지나갔다. 희자에 대한 생각 때문이었을까. 그는 담배를 꺼내 불을 붙이고는 바다를 향해 길게 내뿜었다. 한 여자를 이렇도록 사랑해보기란 없었던 것이다. 마치 내 살과도 같이, 자신의 뼈와도 같이 희자를 사랑했는지도 몰랐다.

사랑이란 감정은 그랬다. 자신의 목숨보다도 더 귀하다는 것을. 그러한 사랑이 없었더라면 종태는 아마 다시 주먹의 세계에서 인생을 살고 있을지도 모르는 일이었다. 그는 사랑 때문에 지난날의 모든 걸 잊어버릴 수가 있었고, 모든 걸 포기할 수 있었다. 그가 수십 년간 쌓아온 조직의 세계를 떠난다는 것이 그리 쉽지만은 않은 일이었다.

목숨까지 내걸고서 사투를 벌여 얻은 영광스런 자리에서 그 자신 스스로 멀어진다는 것이 희자가 옆에 없고서는 도저히 불가능한 일이었다. 그러나 그는 그 일을 해냈던 것이다. 그리고 이곳 양양에까지 온 것이다. 종태는 지금의 생활에 불만 같은 건 없었다.

어쩌면 옆에 잠들어 있는 이 여자와 같이 평생을 이곳에서 살아가리라고 마음먹고 있었다. 그것이 바로 종태의 바람이었다. 차라리 이쯤에서 조직의 생활을 떠난 것이 퍽이나 다행스런 일이기도 했다. 그는 여러 가지 생각들을 하면서 오랜 회상에 잠겨 있었다. 아리고 쓰라렸던 지난날의 추억들이 물결처럼 느리게 흘러가고 있었다.

벌써 다섯 개비째의 담배를 피웠다. 그는 깊게 바닷바람을 들이마시고는 차에 올랐다. 아직까지도 희자는 곤히 자고 있었다.

"……."

그는 희자의 손을 잡아보았다. 따스한 온기가 흐르는 손이었다. 가냘프고 야윈 손이었지만 그 손은 한 남자를 거머쥘 수 있을 만큼 크고 넓은 손이었다. 종태는 그녀의 손등에다 키스를 해주고는 차를 출발시켰다.

산등성이를 내려와 바닷가 길을 달려갔다. 왼쪽으로는 파도소리가 요란하게 들렸고, 오른쪽 산에서는 녹음이 우수수 걸어 내려오는 것 같은 착각을 불러일으켰다.

동네에 가까이 다가왔을 때쯤, 희자가 눈을 떴다. 한참 깊이 잠들었다가 덜컹거리는 차의 진동에 잠을 깬 모양이었다.

"벌써 여기 왔어요?"

희자는 얼굴을 비비면서 물었다.

"잘 잤어요? 곤히 자길래 그냥 뒀지."

종태는 웃어보였다. 한 숨 자고 난 그녀의 얼굴엔 붉은 화색이 돌고 있었다. 피곤이 싹 가신 것처럼 얼굴이 맑아보였다.

"네. 그런데 너무 오래 잤네. 여기까지 올 동안, 계속 잤네."

희자는 그렇도록 오래 잔 것이 미안스러운 듯이 말을 했다. 차는 서서히 마을로 들어서고 있었다. 동네 입구에서부터 아낙들이 빙 둘러앉아 그물코를 만지고 있는 모습들이 보이기 시작했다.

아낙들은 차 소리에 잠시 하던 일을 멈추고는 희자네 쪽을 바라보는 것이었다. 종태가 그들 가까이 다가가서 차를 세웠다.

"안녕하세요."

그러자, 아낙들은 저마다 인사들을 건네왔다.

"아유, 어딜 다녀오세요?"

"너무 보기가 좋다. 둘이서 양양엘 나갔다가 오는 모양인갑네."

아낙들은 종태와 희자를 보며 찬사를 늘어놓는 것이었다. 오후의 마른 햇빛을 받아 검게 그을린 아낙들의 웃는 모습은 그야말로 어촌의 원주민인 것처럼 보였다. 머리에 수건을 두른 채로 활짝 웃고 있는 모습에서 끈끈한 어촌의 정을 느낄 수 있었다.

"양양엘 다녀와요. 병원에요."

종태는 자랑스럽게 말했다. 그러면서 희자를 돌아보았다. 희자는 얼떨결에 들은 병원이라는 말에 갑자기 마음이 굳어지는 듯했다.

"……."

희자는 말이 없었다. 차에서 내려 아낙들과 어울리려다가 순간적으로 마음이 굳어지는 것이었다.

"어디 아퍼요? 안색이 안 좋네."

"혹시 애기 들어선 거 아녜요?"

"그런 거 같아. 새댁 얼굴이 말이 아니구먼."

아낙들은 저마다 희자의 안색을 살피며 말하는 것이었다.

"아녜요."

희자는 부끄러웠다. 벌써 아낙들이 눈치를 채고선 좋아라 하며 하는 말에 그녀는 쑥스러움이 앞섰다. 이번엔 종태가 나섰다.

"그럼요. 그래서 그래요. 이제 방금 양양 읍내 산부인과엘 갔다 오는 길이거든요. 저도 이제 애 아빠가 될 겁니다. 하하하."

종태의 커다란 웃음소리에 아낙들도 같이 따라 웃었다.

"아유, 좋겠다. 그럼 한 턱 쓰셔야지. 그래야 나중에 아들 낳는다고 그래요."

"맞아, 맞아. 한 턱 얻어먹어야지. 안 그래?"

이장댁이 주위를 둘러보며 그렇게 말하자, 다른 아낙들도 덩

달아 맞장구를 쳐댔다.

"떡 본 김에 제사를 지낸다고. 오늘밤 놀러가도 돼요?"

이번엔 춘석댁이었다. 언제나 웃음이 헤푸고, 넉살이 좋은
여자였다. 그래서 이장댁과는 죽이 맞는 그런 여자였다.

"그럼! 애 가지는 게 그리 쉬운 줄 알어? 그거 하나 가질려면
밤에 몇 번을 해야 한다고. 그라고, 거 왜 용을 써야 되잖여.
용 한 번 쓰는데 횟감 몇 마리 먹은 것 하고 같단 말이여. 호호
호."

아낙들은 종태와 희자를 기쁘게 해주기 위해선지 진한 농담
까지 흘러나왔다.

"애 배는 것도 쉬운 일이 아니제. 넘들은 뭐 재미보다가 덜컥
애가 들어선다고 그러지만, 재미는 재미고, 애 배고 나면 왜 그
리 힘이 드노? 먹을 것 못 먹고, 구역질은 나고, 밥만 봐도 신
물이 올라오제. 그라고, 온몸에 맥아리가 쫙 빠지는 게 말이여.
그거 할 때, 좋았던 건 저리 가라제. 열 달을 그러고 나서 낳는
앤데 새댁을 잘 보살펴야 하겠구먼."

이장댁이 제법 어른다운 소리를 했다.

"그럼요. 이제 마누라를 편히 모셔야죠."

종태도 농담처럼 웃으며 말을 건넸다. 그 말에 아낙들은 전
부 다 웃음을 터뜨렸다.

"기래요. 애 가지면 남자가 여자한테 왕비 모시듯 해야 하는

기라요. 그래야 떡두꺼비 같은 아들 낳는 법이래요."

"하하하."

"호호호."

아낙들은 저마다 즐거운 웃음을 터뜨리며 반가워하는 것이었다. 마치 경사라도 난 것처럼 반기는 그들이었다. 작은 어촌에서는 그러한 이야깃거리도 대단한 흥밋거리가 될 수 있었다.

"……."

희자는 아까부터 말이 없었다. 그저 웃기만 하고 서 있을 뿐, 이렇다 할 표정조차 짓지 않았다.

"맞아요. 우리 집으로 놀러 오세요. 이 사람도 집 안에만 있으니까 심심하다고 그래요. 오늘 양양에 나갔다가 먹을 것들도 좀 사갖고 왔으니까 오시면 재밌을 거 같네요."

종태는 차 쪽을 가리키며 그렇게 말했다.

"그럼요. 우리들 일 다 마쳐놓고 저녁밥 먹고 놀러 갈게요. 새댁하고 이야기나 하고요. 요즘은 밤도 너무 길어. 남자들이야 어디 술 마시느라고 안 들어오고. 님을 봐야 뽕을 따지. 그렇지?"

이번엔 그 중에서 나이 어린 축에 드는 은실네가 제법 진한 농담을 했다. 그러자, 아낙들은 전부 웃음보따리를 풀어냈다. 젊은 여자가 그런 말을 하는 것이 더욱 우스운 모양이었다.

"앗따. 은실네는 그래도 낫잖아. 일주일에 두 번 한다니까.

우리 같으면야 한 달에 한 번 할까 말까 하니까 거기에 곰팡이
가 필 거 같아. 호호호."

이번은 춘석이네였다.

"그거 자주 하면 남자들이 바다 나가서 힘을 못 쓴대. 일주일
에 두 번 하다간 고기는 언제 잡게. 그러니까 바닷사람들이 일
찍 늙는겨. 남자는 너무 자주 하면 뼛골이 녹아내리는 거라는
겨."

이 말에도 아낙들은 흘흘거리며 웃어댔다. 종태와 희자를 앞
에 두고서 아낙들끼리 서로 진한 농담을 주고받는 것이었다.
아낙들의 그런 농담들이 듣기가 싫지 않았다.

종태는 그물 앞에 쪼그리고 앉았고, 희자는 그 옆에 서 있었
다. 아낙들은 종태와 희자가 그러고 서 있는 것이 친밀감이 느
껴지는 모양이었다. 그물에 걸린 청태를 빼내서 배를 쿡 눌러
서는 튀어나온 알을 종태에게 건넸다.

"이거 먹어봐요. 알이니까 몸에 좋아요."

이장댁의 말에 다른 아낙들이 거들었다.

"몸에 좋나요? 그건 먹으면 남자들은 밤일에도 좋대요. 호호
호."

춘석이네의 말이었다.

"그래요? 그럼 먹어보죠 뭐."

종태는 청태를 집어 배에서 튀어나와 있는 알집을 후루룩 입

안으로 집어넣었다. 한 움큼이나 되는 알집에서는 비린내가 확 끼쳐 나왔다. 종태는 한 번 씹었다가 욱, 하는 비린내를 느끼며 억지로 삼켰다.

"아우, 이거…… 비린데요?"

종태가 쓴 인상을 지으며 말하자, 아낙들이 건네준 청태 알집을 들고 있던 희자가 머뭇거렸다. 먹지 않을 생각이었다. 그러자, 아낙들이 다시 말했다.

"그거 약이라고 생각하고 먹어야 돼요. 처음엔 비리지만 나중엔 그런대로 먹을 만해요. 색시도 한 번 먹어봐요. 아이 가졌을 때는 좋으니까."

이장댁의 말에 희자는 청태를 입으로 가져갔다가 냄새를 맡고서는 도저히 못 먹겠던지 내려놓는 것이었다.

"못 먹겠어요. 비린내가 나서……."

희자의 그런 모습을 보며 아낙들이 깔깔 웃어댔다. 그리고는 보란 듯이 그물에 걸린 청태를 빼내 배를 쿡 눌러 알집을 꺼내서는 한 입에 삼켜버리는 것이었다. 맛있다는 듯이 우물거리는 이장댁을 쳐다보며 희자는 얼굴을 찡그렸다.

종태가 일어서면서 말했다.

"이따 놀러 오세요. 저희들은 이만 가보겠습니다."

종태와 희자는 아낙들과 헤어져 차에 올랐다. 마을을 벗어나는 좁은 길을 달리면서 종태가 말했다.

"당신, 아까 기분이 안 좋은 거 같아. 몸이 안 좋은 거 아냐?"

"……."

희자는 입을 다물고 있었다. 왼쪽으로 펼쳐져 있는 바다를 바라보았다. 넓고 푸른 바다는 언제나 말이 없이 조용한 몸살을 앓아댈 뿐이었다. 바람이 조금 부는지 잔 파도가 밀려오는 게 보였다.

희자는 갑자기 바닷가로 달려 나가고픈 생각이 들었다. 백사장에서 지금 마악 스러지려는 햇빛을 받으며 걷고 싶었다. 괜히 그런 마음이 들었다. 마음의 한 구석에서부터 쓸쓸함이 묻어 나오는 것만 같은 기분이었다.

종태는 조용히 앉아만 있는 희자의 얼굴을 쳐다보았다. 말이 없는 그녀의 얼굴에서는 알지 못할 고독함이 배어 있는 것 같았다. 어딘지 모르게 외로움에 젖어 있는 듯한 그런 얼굴이었다.

"어디 아파요?"

종태는 갑자기 근심스러운 마음이 들었다. 그녀의 예전답지 못한 표정이 못내 마음에 걸렸다.

"아녜요. 차 집어넣고 바닷가를 거닐고 싶어요."

"……?"

그녀의 눈을 똑바로 쳐다보자, 그녀는 애절함이 묻어 있는 듯한 눈길로 그를 바라보는 것이었다.

"그러지. 당신, 아이를 가졌다고 하니까 마음이 무거워지는 것 가봐."

"아녜요. 그냥 그래요."

희자는 힘없이 대꾸했다.

"아무 걱정마. 내가 있으니까."

"……."

희자는 입을 다물었다.

"우리가 바라던 아이를 가졌다고 하니까, 당신이 너무 기뻐서 그러는 건지도 모르지. 난 기분이 무척 좋은걸 뭐. 내 분신이 태어난다는 게 얼마나 기분 좋은지 몰라. 내 기분 알지, 당신?"

"……네."

희자는 고개를 끄덕여주었다. 그녀의 입술은 까칠하게 메말라 있었다. 바닷바람을 쐬어서일까. 아니면 긴장된 탓일까. 그녀의 얼굴은 오늘따라 수척해 보였다.

종태는 얼른 마당으로 차를 몰아넣고는 키를 뽑았다. 그리고는 희자의 조수석으로 다가가서 문을 열었다.

"……."

희자는 종태의 부축을 받으면서 차에서 내려서는 종태의 손을 잡았다. 그녀의 손이 시린 듯했다.

종태는 희자의 어깨를 포근히 감싸 안으면서 바닷가 쪽으로 걸어나갔다. 하얀 백사장엔 햇빛만이 차곡차곡 내려쌓이고 있는 중이었다. 불어오는 바람이 시원하게 느껴졌다.

"너무 걱정마. 우리가 낳아서 잘 키우면 되지. 안 그래?"

종태는 가던 발걸음을 멈추고 그녀를 똑바로 쳐다보았다. 희자의 눈에서 가느다란 눈물이 솟아나는 걸 볼 수 있었다. 그는 곧 손바닥으로 그녀의 눈가를 닦아주었다.

"울지마. 당신, 요즘 너무 예민해져 있는 것 같아. 다른 여자들도 다들 애를 낳는 거라고 생각해요. 그리고 그 애는 우리 둘만의 분신인 거고. 우리가 얼마나 기다리고 기다렸던 아이야. 그러니까 당신은 마음 편하게 먹고, 쓸데없는 생각 같은 건 하지 말아요. 이 차종태가 곁에 있는 한, 당신은 절대 어려워하거나, 두려워할 필요가 있는 거야."

종태는 그러면서 희자를 끌어안았다. 희자는 힘없이 그의 가슴으로 안기면서 앞섶을 매만졌다. 믿음직한 넓은 가슴이었지만 왠지 모르게 간격이 생겨버린 것 같은 불안감이 거기 잠재돼 있는 것 같았다.

종태는 그녀를 안고 있으면서 다시 말을 덧붙였다.

"우린 그 누구도 떼어놓을 수 없어. 죽음이 우릴 갈라놓을지라도…… 난 그런 죽음 같은 건 겁내지 않아. 난 이미 구치소에 있을 때, 한 번 죽었던 목숨이야. 그때 난 이미 벌써 죽었다고

40

생각해. 지금은 오로지 당신만을 위해서만 살아가고 싶은 것뿐
이고…….”

“…….”

희자는 눈물이 계속 흘러나와 손등으로 닦아내고 있었다. 그
러면서 그의 이야기를 듣고 있었다.

“내가 모든 걸 포기하도록 해준 건 바로 당신이야. 우리들의
사랑이 그렇게 만들었고…… 난 당신을 위해 살아갈 거야. 그
리고 우리 아이를 위해서 부끄럼 없이 살아갈 거고.”

그 말을 하는 종태의 목소리는 굳은 의지가 가득 차 있었다.
희자는 그가 말할 때마다 고개를 끄덕이며 눈물을 떨궈내고 있
었다. 그의 말을 들을 때마다 희자의 가슴은 자꾸만 물결처럼
설레이고만 있었다.

그가 그런 말을 할수록 그녀는 더욱 마음이 아팠다. 자신의
더럽혀진 육체를 그토록이나 사랑하겠노라고 고백하는 종태에
게 죄를 짓고 있는 것만 같았다. 희자는 더 이상 그의 품 안에
있을 수가 없었다.

“…….”

그녀는 천천히 얼굴을 떼서는 백사장을 걸어가기 시작했다.
종태가 옆으로 다가서면서 그녀의 손을 붙잡았다. 저녁 시간의
갈매기들이 분주하게 바다 위를 날아다니는 게 보였다. 슬픈
듯이 끼룩거리는 소리를 들으며 그들은 백사장을 걸어갔다.

집으로 돌아온 시간은 저녁이었다.

백사장을 걸어 저편까지 걸어갔다가 다시 돌아온 것이었다. 희자는 집으로 돌아오자마자 곧바로 저녁 준비를 했다. 그녀는 반찬을 만들면서도 내내 마음이 무거웠다. 자신의 몸속에 들어 있는 씨앗이 마치 악마의 발톱처럼 자라고 있을 거라고 생각하니 일을 하다가도 자신도 모르게 일손을 놓고 쉬는 것이었다.

"……."

뒤에서는 종태가 TV를 보는지 조용하기만 했다. 그녀는 그런 종태를 바라본다는 것조차도 부담스러웠다. 조용히 전자레인지를 켜고, 가스레인지를 틀어 프라이팬에다 생선을 튀겨내곤 했다.

저녁상을 차려 거실에서 저녁을 다 먹어갈 즈음에 동네 아낙들이 들이닥쳤다. 희자는 얼른 숟갈을 내려놓으며 그들을 맞았다. 아낙들은 저마다 생선 토막들을 들고서 거실 쪽을 기웃거리다가,

"오메, 아직 저녁 먹는 중인갑네."

"우리가 너무 일찍 왔나봐."

아낙들은 미안했던지 다시 나가려고 했다.

"아녜요. 다 먹었어요, 들어오세요."

희자의 청에 못 이겨 아낙들은 거실로 들어왔다. 종태는 거실에 서 있다가 그들을 맞았다.

"어서 오세요. 방금 저녁을 먹던 중이라서요. 저녁들은 어떻게 했어요?"

"네, 했어요. 이 시간이면 다 하고 오는 땐 걸요."

은실네의 말에 희자는 자리를 권했고, 아낙들은 빙 둘러앉았다. 종태는 얼른 TV를 끄고 나서 자리에 앉았다.

희자가 먹을 것들을 꺼내왔고, 아낙들은 저마다 희자가 임신한 것에 이야기들을 하기 시작했다.

"오늘 양양 읍내 병원엘 갔어요?"

"임신이래요?"

"아유, 좋겠다. 이제 이 집에도 아기가 태어나겠네. 엄마 아빠를 닮았으면 예쁘겠다."

아낙들은 제각기 칭찬을 늘어놓기 바빴다. 그런 말을 들을수록 희자는 더욱 죄스러워지는 것이었다. 얼굴에 나타내진 않았지만, 마음이 무거워지는 걸 어쩔 수 없었다.

"이제 몸조심하고. 먹을 것 잘 먹고 해야제. 여기 있는 이 양반이 잘해줄 거 같고마."

그러면서 이장댁이 종태를 바라보았다. 희자는 종태를 바라보는 것조차 부담스러웠다. 그래서 내내 아낙들만 바라보고 있는 중이었다. 차라리 그게 더 편했다. 아낙들의 말을 듣고 있으면서 희자는 자꾸만 머리가 복잡해지는 것을 느꼈다.

희자는 자신의 운명에 그 어떠한 불운의 그림자가 끼어 있는 게 아닌가 하는 암울한 기분을 느꼈다. 그렇지 않고서야 두 번이나 상처를 입을 수는 없는 일이었다. 그것도 다 남자들에게서 저질러진 불행이랄 수 있었다.

영등포 구치소에서 나와 가까스로 되찾은 행복에 다시 먹구름이 끼는 것 같은 불안감을 어쩔 수 없었다. 희자는 몰래 한숨을 내쉬었다. 그리곤 다시 아낙들의 말에 귀를 기울였다.

아낙들은 희자의 그런 기분도 모르고서 임신했다는 것에 침이 마르도록 칭찬을 늘어놓고 있었다.

"첨에 우리 동네로 이사를 올 적엔 약간 이상한 기분이 들더라고요. 어떻게 보면 마치 불륜이라도 저질러서 서울에서 내려와 딴 살림 차리는 거 아니가 하고 생각했어요. 그런데 사겨보니깐 안 그러네."

"맞아. 첨엔 동네서 뭐랬는 줄 아세요?"

젊은 속초댁이 끼어들었다.

"……."

희자는 빙그레 웃고만 있었다.

"글쎄 말예요. 두 분이 젊으니까 필시 무슨 곡절이 있어서 이런 데 숨어 사는 거라고 말들을 했어요. 남자들도 그런 말 했고요. 그런 말 들으니까 괜히 찜찜하더라고요. 이렇게 막상 만나보니깐 안 그러네. 색시는 너무 착하고……."

말끝을 얼버무린 은실네가 종태를 쳐다보다가 피식 웃어보였다가 다시 말을 꺼냈다.

"남편되시는 분은 뭐…… 꼭 깡패 같다나 뭐라나. 그런 말이 나돌았어요."

그 말에 아낙들은 전부 웃음을 터뜨렸다. 종태도, 희자도 은실네의 그 말에 웃지 않을 수 없었다.

"나중에 애를 낳으면 내가 우리 집에 잘 말려둔 미역줄기를 갖다줄게. 그거 먹으면 최고제. 애 낳고 나서 먹는 덴 그게 최곤기라 마. 여기 바다에서 나는 젤 좋은걸로 말려놨으니깐 말여."

이장댁은 마치 희자가 곧 애를 낳는 것처럼 말을 하고 있었다.

"……."

희자는 고맙다는 말을 할 수가 없었다. 그런 말을 할 수가 없었기 때문이었다. 그저 웃고만 있었을 뿐이었다.

아낙들은 한 바탕 떠들다간 부시시 일어나기 시작했다.

"이거 너무 늦게까징 떠들었네. 신혼부부가 사는 데 와서 괜히 잠을 설치게 만든 게 아닌지 모르겠네."

"이제 일어나야제. 너무 늦게까지 있었어."

아낙들은 저마다 미안하다는 말을 하고는 자리에서 일어났다.

"아니예요. 우리도 늦게 자는 걸요. 좀 더 놀다 가시지 않고……."

희자가 그 말을 했지만, 아낙들은 이미 늦은 시간임을 아는 듯했다. 서둘러 일어나서 바깥으로 나가는 것이었다. 희자와 종태는 거실을 나와 마당에까지 따라나왔다.

"그럼 잘들 가세요."

"오늘 잘 먹고 가요. 잘 주무세요."

희자와 종태의 인사말에 아낙들은 저마다 잘 먹었다는 인사말을 던지고는 총총히 어둠 속으로 사라져갔다. 희끄무레한 바깥 어둠 속에서 파도소리가 들리는 듯했다.

희자와 종태는 안으로 들어와 거실에 앉았다. 아낙들이 먹다 남은 과일들이 그대로 있었다.

"저분들 참 순수한 사람들 같죠?"

희자의 말에 종태가 과일을 집으며 말했다.

"그래요. 아무런 때가 묻지 않은 어부의 마누라들 같군. 당신 애 가진 것 칭찬해주려고 일부러 와준 거 같아. 어때? 기분이 좋지?"

종태는 진정으로 기분이 좋아보이는 듯했다. 희자를 바라보는 눈빛이 그랬다.

"모르겠어요…… 아직은요……."

희자는 종태의 말에 대답한다는 게 별로 마음 내키지 않았다. 자꾸 아이에 대한 이야기를 하는 것이 약간 부담스러워졌다. 그렇다고 종태에게 그런 말 자꾸 하지 말아달라고 주문할 수는 더욱 없는 일이었다.

희자는 내심 불안하고 초조하지 않을 수 없었다. 마치 남의 씨앗을 품고 있으면서 스스로를 속이고 있는 것 같은 죄책감을 느꼈다. 그를 바라보면 볼수록 더욱 그러했다. 그런 마음이 들지 않는다는 건 스스로 생각해도 있을 수 없는 일이었다. 그것은 일종의 자의식이었다. 스스로에 대한 반성이었고, 자성의 계기가 되고 있었다.

희자는 점점 말이 없어져갔다.

그와 같이 식사를 하거나, 그가 어떤 말을 해왔을 때도 그랬다. 그저 웃기만 하고 있거나, 고개를 끄덕이는 것으로 대답을 대신하곤 했다. 그것만이 유일하게 할 수 있는 대꾸였다.

종태는 그런 희자가 다소 불안했지만 어쩔 수 없었다. 임신한 여자의 불안쯤으로 여기고 있을 따름이었다. 그래서 될 수 있으면 그녀의 날카로운 신경을 건드리지 않으려고 노력했다. 그녀가 편할 수만 있다면 그는 어떻게 해서라도 편하게 해주고 싶은 심정이었다. 그것만이 남자가 할 수 있는 일이라고 생각했다.

사랑은 바로 그런 것이었다.

여자의 외로움과 고독을 헤아릴 줄 알아야 한다는 것이다. 종태는 우직한 마음으로 그녀의 곁에 있으면서 바람막이가 되기를 바랐다. 그녀가 힘들지 않도록 해주고, 그녀를 지켜주는 것만이 그가 할 수 있는 일이라고 생각하고 있었다.

그녀가 설거지하는 게 힘들어할 것 같으면, 그는 몇 번인가 팔을 걷어붙이고 설거지를 해줬다. 그리고 종태의 와이셔츠나 바지를 다림질하는 일도 그가 해냈다. 될 수 있으면 그녀를 쉬게 하고 싶었다.

햇빛이 마른 날, 그녀를 바닷가로 데리고 나가 바닷바람을 쐬게 하고, 같이 거닐면서 가벼운 운동을 시키는 것도 그의 보이지 않는 몫이었다. 바야흐로 곧 태어날 아기에 대한 그의 관심이 커져 갈수록 그녀는 더욱 말이 없어져갔다. 입덧이 심해지면서 점점 얼굴이 무우처럼 하얗게 변해가는 것을 지켜보면서 종태는 어찌할 바를 몰랐다.

가끔 양양으로 데리고 나가 불고기라도 실컷 먹이고도 싶었지만 그것도 마음뿐이었다. 희자가 먹을 수 없는 음식일 뿐이었다. 종태는 하루 종일 그녀의 곁을 떠나지 않았다. 그녀가 누으려고 하면, 곧바로 침대로 데리고 가서 눕게 했고, 그녀의 다리며 어깨를 주물러주는 것으로 위로하곤 했다.

그럴 때마다 그녀는 희미한 웃음을 흘릴 뿐이었다. 고맙다는 표시인 줄 알았지만 그녀의 입에서는 더 이상 고맙다는 말 같은 건 드러내지 않고 있었다. 순전히 마음으로만 통하는 그런 표시였다.

가끔, 잠을 자다가 깨어보면 그녀는 환한 달빛이 쏟아지는 창문 곁에 앉아 있곤 했다.

"……?"

무언가 깊은 생각에 잠긴 듯한 그녀의 모습을 보며 종태는 뱃속의 아기에 대한 끔찍한 생각을 하는 것쯤으로 여기곤 했다.

"잠이 안 와?"

종태가 물을 때마다 그녀는 희미한 웃음을 흘렸다.

"자요. 난 좀 있다가 잘게요. 달빛이 너무 좋아서……."

그녀는 그렇게 말했다.

"……."

종태는 그러는 그녀가 너무 아름답게만 느껴졌다. 임신에 대한 경외감 같은 것이 묻어나오는 것만 같아 스스로 지켜보는 수밖에 없었다. 희자가 제 스스로 평온을 되찾기를 바랄 뿐이었다.

"……."

그는 잠이 오지 않았다. 달빛이 비쳐드는 방 안이 밝게 느껴졌다. 그 역시 달빛을 올려다보며 창밖을 내다보고 있었다. 달이 스치는 듯, 구름 속을 드나드는 걸 지켜보면서 그는 깜박 잠이 들었다. 오랜 시간 동안 꼼짝도 하지 않고 있는 그녀를 의식하지 않고 달빛만 바라보고 있다가 어느 순간에 깜박 잠이 든 것이다.

꿈속에서 그녀가 마구 손을 흔드는 걸 보고서 그는 어렴풋이 잠을 깼다.

"……?"

그녀가 앉아 있어야 할 곳엔 텅 빈 공간만이 남아 있었다. 그는 후다닥 일어나면서 거실로 나와봤다.

"……?"

거실에도 그녀는 없었다. 그는 곧 잠옷 바람으로 바깥으로 나갔다. 혹시 희자가 바닷바람을 쐬러 나갔을지도 모른다는 생각이 들어서였다. 종태는 마당을 가로질러 백사장이 있는 데로 뛰어갔다.

하얀 달빛이 쏟아져 내리고 있는 백사장은 고요 그 자체였다. 파도소리만이 찰싹이며 가까이에서 들려왔고, 어촌의 불빛들도 다 꺼진 듯했다.

'어디 갔지?'

그는 마음이 조급해지고 있었다. 발걸음이 뜀박질로 바뀌면서 바닷가 쪽을 달리기 시작했다. 달빛도 환했지만, 초소에서 비추는 서치라이트 불빛이 바다 한가운데를 이리저리 비추고 있어서 바닷가는 한결 밝았다.

"희자. 희자."

그는 뛰면서 그녀의 이름을 불러보았다. 그러나 들려오는 건 파도소리뿐이었다. 파도가 바윗돌에 부딪치는 소리에 놀라 그 자리에 우뚝 멈춰섰지만 뒤돌아보면 파도소리라는 걸 알고는 맥이 빠졌다.

그는 다시 뛰기 시작했다.

그녀와 같이 자주 거닐던 바닷가를 달리면서 섬뜩한 예감 같은 게 드는 것이었다. 그럴수록 그는 더욱 힘껏 내달렸다. 어서 빨리 그녀를 찾아야 되겠다는 일념뿐이었다. 머릿속은 온통 불안으로 가득 차 있었다.

"희자! 희자! 어디 있어!"

그는 새벽 시간의 바닷가에서 소리쳐 부른다는 것이 위험한 일인 줄 알면서도 어쩔 수 없었다. 그런 시간에 마구 내달리면서 소리지른다는 것은 매우 위험한 일이었다. 초소에서나, 해안 경계 근무를 서는 초병이 봤다면 냉큼 총알이 날아올지도 모르는 일이었다.

그러나 그는 그런 것쯤은 안중에도 없었다. 오로지 그녀를 찾아야 되겠다는 생각뿐이었다. 머리끝이 쭈뼛거릴 정도로 섬뜩한 마당에 총알이 날아온다고 하더라도 하나도 무섭지 않은 그였다.

"희자!"

그는 마악 끝 지점쯤에 이르러서 강렬한 서치라이트 불빛이 자신의 얼굴을 확 비추는 걸 느꼈다.

"......?"

그는 제대로 눈조차 뜰 수 없었다. 초소에서 확성기 소리와 함께 저만치쯤의 둔덕 같은 백사장 너머에서 초병의 목소리가 울려나왔다.

"손 들엇!"

"그 자리에 서!"

초병의 목소리에 종태는 잠시 주춤거렸다. 눈을 뜰 수 없었으므로 어느 쪽을 향해 손을 들어야 할 지 몰랐다. 잠시 머뭇거리던 그는 현실로 돌아오고 있었다. 겨우 손을 머리 위로 들어올렸다.

"그 자리에 엎드렷!"

이번엔 다시 엎드리라는 목소리가 들려왔다.

"……."

종태는 할 수 없었다. 이미 초병에게 들킨 마당에 그대로 서 있을 수가 없었다. 백사장에 무릎을 꿇고서는 앞으로 엎드렸다.

"고개 숙여! 고개 들면 쏜다!"

이번에도 역시 경고의 목소리가 들려왔다. 종태는 고개를 모래사장에 납작하게 대고는 강렬한 서치라이트 불빛을 피했다. 그제서야 주위가 조금 보이기 시작했다. 저만치에서 조심스럽게 걸어오는 물체를 볼 수 있었다. 한 사람이 아니라, 두 사람의 초병이 총구를 겨눈 채, 이쪽으로 잽싸게 걸어오는 걸 느낄 수 있었다.

"……."

종태는 절로 낮은 한숨이 새어나왔다. 엎드린 채로 그들이 다가오는 것을 지켜보고 있었다. 코로 모래사장의 시원한 내음이 맡아졌다.

그들은 바로 앞에까지 다가와서는 바싹 총구를 겨누었다.

"일어나! 손 들고!"

종태는 그들이 시키는 대로 했다. 자칫 잘못하다간 간첩으로 오인되어 벌집이 될 수도 있었다. 종태는 손을 번쩍 들었다. 그리고 그들이 비추는 환한 랜턴 불빛에 눈이 부신 듯, 얼굴을 찡그렸다.

"누구야? 이 동네 사는 사람 아냐?"

누군가 그런 말을 했고, 그 옆에 서 있는 군인도 종태를 알아보는 것이었다.

"네, 저 집에 사는 사람입니다."

종태는 들었던 손으로 별장을 가리켰다.

"그런데 왜 이 밤중에 바닷가를 뛰어다니고 그래요? 그러다가 총 맞으면 어쩔려구 그래요? 이상하네?"

총구를 겨누고 있는 군인이 의심스러운 듯이 종태를 지켜보고 있었다. 그 뒤의 군인은 계속 랜턴을 종태의 얼굴에다 비추고 있었다. 그리고 저쪽 초소에서는 서치라이트 불빛을 이쪽으로 고정시켜 놓고 있어서 대낮처럼 밝았다.

"저어……, 집사람이 없어져서…… 그래서…….”

종태는 말을 하면서도 정신이 없었다. 희자에 대한 생각뿐이었다. 눈이 부시도록 환한 불빛을 응시하면서도 생각은 영 딴데 가 있었다.

"손 내려요.”

한 군인의 말이었다. 그 군인은 그리고 나선 곧바로 무전기를 꺼내 초소 쪽으로 상황 보고를 하는 모양이었다.

"진돗개 나와라, 오버.”

"여긴 진돗개! 여긴 진돗개! 말하라, 오버!”

무전기에서 치직거리며 초소 쪽의 무전 교신이 흘러나왔다.

"여기, 불독 하나! 상황 보고! 동네 주민이 바닷가에 나왔다, 오버. 소대장한테 그렇게 전해주길 바란다, 오버!”

군인의 보고에 저쪽에선 다시 치직거리는 교신이 흘러나왔다.

"여긴 진돗개! 누군가? 소대장이 알고 싶다고 한다, 오버!”

"알았다, 오버! 잠시 기다리기 바란다, 오버!”

군인은 그리고선 종태한테 물었다.

"이름이 뭡니까? 소대장이 알고 싶다고 합니다. 확실한가 알고 싶어서 그러는 겁니다.”

군인은 상황이 너무 싱겁게 끝나버린 것에 대해 조금은 서운

한 감을 느꼈는지, 긴장감이 극도로 풀어져 있었다.

"네, 차종태라고 합니다. 저쪽 집에 사는."

종태는 손가락으로 별장집을 가리켰다.

"아까 왜 나왔다고 그랬습니까? 부인이 어떻게 됐다고요?"

이번엔 군인이 좀 더 친절하게 나왔다. 종태는 그제서야 그들이 자신을 알아보는 것 같아 약간의 안도감을 느낄 수 있었다.

"자다가 보니까 집사람이 없어져서…… 낮에도 자주 바닷가를 거닐곤 해서…… 찾으러 나와서 그만…… 미안합니다."

종태는 다소 냉정을 되찾고선 두 주먹에 힘을 주며 말했다. 그렇지만 아직까지도 종태는 마음이 불안했다. 그들과 실랑이를 하는 동안의 시간이 너무 멀게만 느껴졌다.

"어디로 갔을 거 같습니까?"

"모르겠습니다. 이런 밤중에 갈만한 데라곤 없으니까……."

종태는 다시 불안해졌다. 희자가 이런 시간에 갈만한 데라곤 없었기 때문이었다. 분명히 무슨 사고가 난 것 같은 불길한 예감이 들었다.

"그래요? 잠깐만 기다려봐요. 초소 쪽으로 결과를 보고하고요."

"……."

종태는 할 수 없었다. 마음대로 움직일 수가 없는 실정이었다.

군인은 무전기를 오픈하면서 상황 보고를 하기 시작했다.

"아, 여긴 불독 하나! 이름은 차종태! 저쪽 별장집에 사는 남자다! 자다가 보니까 부인이 없어져서 찾으러 나왔다고 한다! 우린 여기서 수색 작업을 할 테니까 서치라이트를 이쪽 백사장으로 비춰주기 바란다, 오버!"

무전 교신을 하는 군인은 하사였다. 푸른 견장에 하사 계급장이 보였다. 그리고 그 옆에 서 있는 군인은 일병이었다. 두 사람 다 K2 소총에 실탄이 든 탄창이 장전되어 있었고, 어깨에는 수류탄 한 발이 매달려 있는 게 보였다. 그리고 탄띠의 탄입대 바깥으로 삐죽이 탄창이 나와 있는 게 보였다.

곧이어서 초소 쪽에서부터 강렬한 불빛의 서치라이트가 바다를 훑으며 백사장을 기어오고 있었다. 푸른 물살이 일어나는 바닷물이 보이고, 하얀 파도를 일으키며 다가오는 물결이 모래톱으로 달려오는 게 보였다. 불빛 때문이었을까. 그토록 하얀 파도는 처음 본 것만 같았다.

눈이 부시도록 새하얀 파도를 보자, 종태는 다시 한 번 소름이 끼치는 것 같았다. 마치 저 조용한 파도가 희자를 불러내서 바닷속으로 들어가 버린 것만 같은 불안감이 전신을 휘감았다. 오늘따라 달빛마저 은은했다. 출렁이는 바다와 달빛과, 환한 서치라이트 불빛이 한 데 어우러져 마치 축제를 하는 듯한 어지러움이 백사장에 흩어져 있었다.

무전 교신을 끝낸 하사가 옆의 일병이 들고 있던 랜턴을 받아들며 말했다.

"갑시다. 찾아보죠. 어디로 갔을 거 같은지 가르쳐 주십시오."

그러면서 종태가 앞장서기를 바랐다.

"……."

종태는 바닷가를 훑으며 걸어갔다. 그 뒤를 따라서 하사와 일병이 걸어왔다. 하사는 서치라이트 불빛이 닿지 않은 먼 곳까지 랜턴을 비추면서 주위를 살펴보는 것이었다.

"이렇게 야단을 치는데 안 보인다면…… 여긴 없을 것 같은데요?"

어느 정도 걸어가다가 하사가 그 말을 했다.

"……!"

종태는 그 말을 듣자, 머리끝이 쭈뼛 일어서는 걸 느꼈다. 갑자기 희자가 이 세상에서 없어져버린 것처럼 불안감이 엄습해왔다. 하사의 말이 그토록 실감있게 들리긴 처음이었다.

그들은 묵묵히 바닷가를 걸어갔다.

파도가 모래톱에 닿아 스러지는 것을 볼 수 있었다. 물 밑의 모래알까지도 낱낱이 다 보일 정도로 환했다. 종태가 자꾸 처지면서 발자국 같은걸 찾으려고 하자, 하사와 일병이 먼저 앞서 나아갔다.

얼마쯤 걸어갔을까.

저만치 앞장서서 걷고 있던 하사가 소리쳤다.

"여기 와봐요. 여기, 발자국……."

별장에서 좀 멀리 떨어진 곳이었다. 하사가 랜턴으로 비추고 있는 곳으로 달려간 종태는 분명히 찍혀 있는 희자의 발자국을 보았던 것이다. 작으면서 볼이 좁은 희자의 신발 자국이었다.

"아!……."

종태는 그 발자국을 발견하자마자, 곧 현기증을 일으키며 바다 쪽을 바라봤다. 그 발자국은 집에서부터 길게 찍혀져 있다가 바닷속으로 걸어 들어간 자국이었다. 마치 거침없이 한 곳을 향해 또박또박 걸어온 것처럼 일직선으로 찍혀 있었다.

"맞군요. 이 발자국. 맞죠?"

하사는 다시 한 번 확인이라도 하듯 물었다.

"맞아요. 근데……."

그렇지만 종태는 아직도 믿기지 않는다는 투로 하사를 쳐다봤다.

"맞아요. 이런 시간에 바닷가로 나올 사람은 없습니다. 보초를 서는 우리 군인들이 설사 못 봤다고 하더라도…… 이렇게 걸어갔던 자국이 남아 있잖습니까?"

하사는 랜턴으로 발자국을 선명히 비춰보면서 다시 발자국이 어디에서부터 걸어왔는가를 비춰보고 있었다. 발자국은 분명히 별장에서부터 일직선으로 찍혀져 있었다. 바닷가에 와서 잠시 머뭇거린 흔적이 있었다. 그리고 모래톱에서 발자국이 끊겨져 있었다. 아마 바닷물에 의해 발자국이 씻겨져 내려간 것이리라.

"그럼?"

종태는 비참함으로 하사를 쳐다봤다.

"찾아봐야죠. 분명히 바다로 들어갔어요. 이 발자국을 보면요. 이 근처를 샅샅이 찾아봅시다."

그러면서 하사는 다시 무전기를 꺼내 교신을 시작했다.

"진돗개 나와라, 오버!"

그러자, 저쪽에서 곧 응답이 흘러나왔다.

"여기 진돗개 하나! 무슨 일이 있는가? 오버!"

하사는 종태를 힐끗 쳐다보고는 다시 무전기에다 입을 바싹 갖다댔다.

"여기는 불독! 저쪽 별장집에 사는 여자가 바닷물에 빠져 죽은 것 같다. 오버! 수색하려고 하니, 서치라이트를 우리가 움직이는 방향을 따라 계속 비춰주기 바란다, 오버!"

"알았다, 오버!"

무전 교신이 끝나고, 그들은 곧바로 다시 바닷가를 수색하기 시작했다. 그들이 움직이는 방향을 따라 서치라이트 불빛이 그들을 따라다녔다. 그리고 좀 있으려니까 한 떼의 사병들이 우르르 달려오는 게 보였다. 그들은 한 무더기를 이루며 완전 군장을 한 모습으로 다가왔다.

맨 앞쪽의 소대장을 보자, 하사는 거수경례를 붙이며 그동안의 상황 보고를 하는 것이었다.

"이 사람입니다. 부인이 자다가 밤중에 나갔다는데 저쯤에서 발자국이 있고, 그리곤 흔적이 없습니다."

하사의 보고였다. 소대장은 하사가 가리킨 쪽을 바라봤다가 다시 종태에게로 시선을 돌렸다. 아직 앳된 모습의 학사 장교였다.

"그럼 자살이라도?"

소대장은 섣불리 그 말을 꺼냈다가 황급히 무마하려는 듯이 안타까운 눈빛을 보냈다. 그리곤 다시 물었다.

"초소에서 라이트를 비추라고 그래놨으니까 같이 찾아보죠. 야, 너희들은 1분대와 2분대로 나눠서 저쪽과, 이쪽으로 올라가봐. 난 정 하사와 김 일병과 같이 이 사람과 찾아볼 테니까."

소대장의 말에 빙 둘러섰던 군인들은 즉시 두 개의 분대로 나눠져서 양쪽으로 갈라지기 시작했다.

"백사장에 발자국이 있나 살펴보죠. 혹시 모르니까……."

소대장은 말을 마치기가 무섭게 움직이기 시작했다. 그 뒤를 따라 정 하사와 김 일병이 따라붙었고, 종태는 소대장의 옆을 따라 걷기 시작했다. 환한 백사장에 갑자기 많은 군인들이 떼를 지어 걸어다니는 모습이었다.

"정 하사."

소대장이 뒤따라오는 정 하사를 불렀다.

"네."

정 하사가 걸음을 조금 빨리해서 소대장 곁으로 다가왔다.

"아까, 한 상병이 어딜 나갔다가 왔지? 중대장이 순찰 도는 데 붙잡혀 왔던데."

소대장의 말이었다.

"모르겠어요. 혼자 통신 케이블을 좀 만질 게 있다면서 아까 번에 잠을 자지 않고 나가던데요. 저도 순찰나가느라고…… 보긴 봤는데, 어딜 가는지는 모르겠습니다. 왜요? 뭐라고 안 해요?"

정 하사가 소대장을 쳐다봤다.

"중대장한테 붙잡혀와서 좀 얻어맞았는데도 말을 안 해. 자꾸 통신 케이블 만지러 나갔다고만 하고선 말야. 이런 밤중에 무슨 얼어죽을 놈의 통신 케이블이야. 그 말 중대장이 믿겠어? 괜히 나만 중대장한테 병신이 됐잖아. 한 상병 옷이 먼지투성이더라고. 어디 가서 뒹굴었는지, 아니면 방공호에서 자다가 나왔는지 옷이 지저분하더라니까. 왜 그러냐고 물어도 말을 안 해."

"……."

정 하사는 생뚱한 얼굴로 소대장을 쳐다보는 것이었다.

"한 상병이 조금 골치 아파. 그래서 일부러 케이블이나 만지라고 그랬더니 말이야. 시간이 남아도는지 혼자 그렇게 뽈뽈 나가서 돌아다니니까 중대장한테 붙잡혀 오지."

소대장은 한 상병 때문에 골치가 아픈 듯이 말을 했다.

"……."

정 하사는 말이 없었다. 정 하사에게도 일종의 관리 책임이 없지 않은 듯했다.

"내일 완전군장해서 중대본부로 올라오라고 했으니까. 하루 종일 단단히 기합을 받고 내려오겠지."

소대장의 말이었다.

"중대장님이 그랬습니까?"

"그럼. 내일 아침 기상과 동시에 완전군장을 해서 중대로 올라오라고 했다니까."

"……."

종태는 소대장과 정 하사의 주고받는 이야기를 듣고 있었다. 그러면서 주위를 살폈다. 어디에도 희자의 흔적 같은 건 없었다. 대낮같이 밝은 백사장에서 어디엔가 희자가 숨어 숨바꼭질이라도 하고 있는 것 같은 착각이 들곤 했다.

그때였다.

위쪽으로 올라갔던 2분대 쪽에서 소리가 들려왔다.

"소대장님! 이쪽입니다! 이쪽!"

무척 다급한 목소리였다. 소대장과 정 하사는 뛰기 시작했다. 종태도 역시 있는 힘을 다해 달리기 시작했다. 처음엔 다소 뒤졌지만 곧이어 소대장과 정 하사를 앞질러 내달았다.

2분대가 있는 곳에 도착했을 때, 종태는 분명히 볼 수 있었다. 물 위에 허옇게 떠 있는 무엇인가를. 그것은 희자가 입고 있었던 옷이었다. 바람이 든 것 같이 부풀어 있는 그 밑으로 마치 살아 있을 것만 같은 무거운 것이 떠 있었다.

"저기요! 분명히 사람 같은데. 맞죠?"

2분대장의 손가락은 허옇게 떠 있는 것을 가리켰다.

"맞아! 누가 얼른 들어가서 꺼내!"

소대장의 그 말이 떨어지기 전에 종태는 물속으로 뛰어들었다. 백사장에서 약 50미터 정도 떨어진 곳에 희자가 물 위에 떠 있었다. 종태는 옷을 입은 그대로였다. 조금이라도 빨리 건져내서 인공호흡이라도 시키고 싶은 심정뿐이었다. 그는 헤엄쳐 달려가면서 어서 그녀에게 닿기를 갈망할 뿐이었다.

파도가 일렁일 때마다 종태의 몸은 부유하는 것처럼 그 자리에 잠깐 멈췄다가 다시 나아가는 것이었다. 종태는 그게 더 갑갑하게만 느껴졌다. 잠시 멈추는 것도 안타까울 지경이었다. 원래 바다에서는 파도를 타야 하는 것이라는 걸 모르는 그가 아니었다.

종태는 파도를 타면서 같이 춤을 추듯이 나아가야 한다는 것을 알고 있었지만 마음이 더 조급했다. 어서 빨리 건져내야 한다는 생각뿐이었다. 차가운 그녀의 손목을 잡고 얼른 밖으로 끌어내는 것만이 지금의 최대 갈망이었다.

"위험해요!"

점점 바다 안으로 들어갈수록 물살이 거셌다. 보기보단 달랐다. 그래서 바깥에서는 소대장이 경고를 하는 것이었다. 그러나 종태의 귀에는 그 말이 들리지 않았다. 안간힘을 쓰며 희자에게로 가까이 다가가는 것만이 유일한 목표였다.

서치라이트 불빛이 바다 위를 환하게 비추었다. 희자가 입고 있던 하얀 블라우스가 짙푸른 바다 위에서 유난히 새하얗게 두드러져 보여지고 있었다. 종태는 겨우 그녀에게 닿자마자, 순간적으로 옷 속에 감추어진 그녀의 몸인가를 확인했다. 물컹한 것이 만져졌다.

그 순간, 종태는 온몸에서 맥이 탁 풀리는 기분이었다. 분명히 희자였다. 그녀의 몸을 잡는 순간, 그는 그 자리에서 더 이상 꼼짝할 수가 없었다. 그리고 눈에서는 순식간에 뜨거운 눈물이 흘러나왔다.

"희자!"

종태는 그녀의 몸을 붙잡고서 파도와 싸우고 있었다. 더 이상 움직일 수가 없었다. 막상 그녀를 붙잡았지만 뭍으로 나갈

힘조차 남아 있지 않은 듯했다. 그는 그 자리에서 계속 발길질을 하면서 가라앉지 않으려고 애를 썼다. 마치 희자를 붙잡고서 그 자리에서 맴을 돌고 있는 것처럼 보여졌다.

그 순간을 지켜보고 있던 소대장이 소리쳤다.

"정 하사! 들어가!"

그 말에 정 하사는 순식간에 군복 상하의를 벗어 내리고는 물속으로 뛰어들었다. 정말 순식간의 일이었다. 정 하사는 좀더 빨랐다. 파도를 타면서 유유히 나아간 그는 종태에게 닿자마자, 한쪽 손부터 내밀었다.

종태는 물 위에 떠 있으면서 정 하사가 헤엄쳐 오는 것을 지켜보고 있었다. 그리고 그가 손을 내밀었을 때, 그제서야 비로소 제 정신이 돌아왔다. 종태는 얼른 손을 내밀어 정 하사의 손을 붙잡았다. 정 하사가 잡아끄는 대로 같이 따라 헤엄치면서 그곳을 빠져나올 수 있었다.

두 사람이 동시에 헤엄침으로 인해 희자를 잡아끄는 것은 그리 어려운 일이 아니었다. 뭍으로 올라온 종태와 정 하사는 물속에서 희자의 몸뚱이를 건져내어 모래밭에 뉘었다. 이미 축 늘어진 그녀였다.

"빨리 인공호흡을 해봐."

소대장의 다급한 목소리였다. 그 말에 2분대장이 앞으로 나섰다. 백사장에 엎드린 채로 희자의 창백한 입술에 그는 입술을 갖다댔다. 거세게 숨을 몰아놓고, 다시 입을 뗀 채로 두 팔을 위로 들어 올렸다. 그리고는 다시 그 동작을 수차례 반복했다.

희자의 입에서 바닷물이 쏟아져 나왔다. 한 번씩 인공호흡을 할 때마다 적당량의 바닷물이 쏟아져 나왔지만 조금의 변화도 없는 그녀였다. 2분대장을 제치고 희자 옆에 꿇어앉은 소대장은 희자의 눈꺼풀을 뒤집어보는 것이었다.

이미 그녀의 눈동자는 잔뜩 풀어져 있었다. 동공이 크게 확대되어 있었고, 아무런 초점도 모아지지 않고 있었다.

"늦은 것 같은데……."

소대장의 말이었다. 그 말이 종태에겐 커다란 돌멩이를 들었다가 내려놓는 것처럼 가슴의 충격으로 다가왔다.

"……?"

소대장이 쳐다보는 걸 밀치고서 종태는 희자의 입술에 자신의 입술을 갖다댔다. 그리고는 세찬 숨을 몰아넣었다가 두 팔을 위로 치켜들었다. 그는 한 번씩 숨을 몰아쉬었다가 그녀의 입술 사이로 집어넣을 때마다 정신이 아득할 정도로까지 모든 숨을 내뱉었다.

"안되겠어. 중대로 연락해서 의무병 오라고 그래. 빨리!"

정 하사가 직접 무전기를 들고서 교신하기 시작했다. 그리고 나서 인공호흡을 하느라 지체하는 동안, 20분쯤 후에 의무병이 나타났다. 중대장의 짚차를 타고 곧바로 백사장을 가로질러 달려온 것이었다.

의무병이 희자의 몸을 검사하기 시작했다. 눈꺼풀을 뒤집어 보고 나서, 다시 희자를 엎드리게 해서 팬티를 걷어내렸다. 그리곤 항문을 벌려보는 것이었다. 이미 숨을 거둔 게 확실했다.

의무병이 팬티를 걷어 올리며 말했다.

"소대장님, 이미 죽었습니다. 항문이 많이 벌어져 있는데요."

"그럼, 안 되나?"

소대장도 당황되는 모양이었다. 무엇이 되는 일이고, 무엇이 안 된다는 뜻도 없이 그렇게 되물은 것이었다.

"이미 늦었어요. 병원에 가봐야 어떻게 할 수가 없는 걸요."

그러면서 의무병은 종태를 물끄러미 바라보는 것이었다.

"……."

종태는 아무런 말도 할 수 없었다. 그저 희자를 내려다볼 뿐, 그들에게 어떠한 말도 건넬 수 없었다. 그저 말없이 희자의 차가운 손목을 잡아보는 것뿐이었다. 그는 마치 희자의 손목을 주물러줌으로써 혈액 순환이라도 되게 해서 깨어날 수만 있다면, 하는 마음인 것 같았다. 사랑하는 여인의 죽음 앞에서 그는 넋조차 잃어버린 듯했다.

주먹세계에서 그토록 용맹스러웠던 그도 어쩔 수 없었다. 한 여자의 죽음 앞에서 뜨거운 눈물만 흘러나오고 있었다. 무슨 말이 또 필요할 수 있을까. 아둥바둥 운다고 해도 다 소용없는 일이었다. 그는 될 수 있으면 침착하려고 애를 썼다. 그녀가 왜 죽었는지에 대해 생각하기 시작했다.

아무리 생각해도 그녀가 죽을만한 이유 같은 건 없었다. 그날도 병원에 나가 검사를 받았고, 저녁에는 동네 아낙들까지 놀러와서 축하해주지 않았던가. 그런 희자가 죽다니…… 종태는 그녀의 죽음에 대해 아무리 생각해봐도 그녀가 죽었다는 게 믿기지 않았다

종태는 주먹세계에 있으면서 수없이 사람이 다치고, 병신이 되기도 하고, 또한 죽어나가는 걸 목격했지만 아무런 감정조차 없었다. 죽음이란 단지 호흡을 잠깐 멈출 뿐이라는 식으로 그저 간단히 생각했고, 싸움에 이기기 위해선 어쩔 수 없이 상대방의 목과 급소에 칼을 꽂아넣는 것이라고 생각했다.

사실 그는 사람이 죽는다는 것이 그리 어려운 일이 아니라, 지극히 간단한 일이라고 생각하기도 했다. 순간적으로 사람이 죽고, 다치고 하는 세계에서는 죽음에 대한 공포심이 있어서는 안 되었다. 죽음이란 언제라도 찾아오는 것이다, 라고 생각하고 있어야 했다.

그런데 지금 희자의 죽음을 보면서 그는 죽음에 대한 뼈저린 후회를 느끼고 있었다. 그녀가 잠이 오지 않는다고 앉아 있는

동안에 그 자신이 같이 깨어있지 못한 것이 후회스러웠다.

죽도록 사랑한다고 하면서도 한 순간 깨어있지 못한 자신이 비겁하게 느껴졌다. 그녀의 괴로움과 고독에 대해 무관심했던 자신이 미워지고 있었다. 그는 드디어 오열하기 시작했다. 어깨 속에서부터 오열이 터져 나왔다. 그는 어깨를 들먹이며 황소울음을 터뜨렸다.

"희자!"

그의 입에서 나온 말이었다. 그는 희자의 가슴을 붙잡고서 뜨거운 눈물을 흘려냈다. 영등포 구치소에서부터 시작한 사랑이 이곳 수산포에 와서 종말을 맞을 줄은 꿈에도 몰랐던 것이다.

언제까지나 그녀와 함께 행복하고 싶었던 것이다. 종태는 그것만을 위해서 이제까지의 모든 걸 포기한 것이었다. 세상의 그 어떠한 만족과 영광보다도 희자와 함께 사는 것이 더 보람 있는 일이라고 생각하고 있었다.

그녀의 가슴을 흔들어대면서 울부짖자, 옆에 서 있던 군인들이 종태의 어깨를 붙잡았다.

"이미 죽었습니다. 이런다고 살아나는 건 아닙니다. 고정하십시오."

군인들은 그랬다. 희자와의 사랑과 죽음과 그에겐 어떠한 것인가를 모르고서 하는 위로의 말이었다. 그저 단순한 죽음을 옆에서 보는 듯이 말하는 것에 종태는 더욱 열광하며 울음을 터뜨렸다.

이렇게 허무하게 죽을 사랑이 아니다.

그는 아직까지도 애석한 마음으로 가득 차 있었다. 그녀의 석연치 않은 죽음이 그랬다. 너무나 억울해서 참을 수가 없었다. 그는 희자의 축 늘어진 몸을 끌어안아 일으켜 세웠다.

"희자, 눈 떠! 눈을 떠보란 말야! 흐응…….."

종태의 울음은 더욱 커지고 있었다. 그녀의 싸늘한 볼에 얼굴을 비벼대면서 그는 손으로 마구 쓸어댔다. 야위어서인지 얼굴의 뼈가 만져질듯이 얄팍한 얼굴이었다.

군인들은 종태의 그런 모습에 점점 숙연해지고 있었다. 처음엔 한 여자의 갑작스런 죽음에 대해 관심어린 눈길을 보냈으나, 종태의 애절해하는 모습을 보면서 점점 마음의 감동이 일어나고 있었다.

흔히 부부라는 것이 말다툼도 하는 것이고, 때에 따라선 말다툼으로 인해서 자살하는 경우도 있다는 것을 알고 있는 그들로서는 처음엔 다들 그렇게밖에 볼 수 없었다. 이런 새벽에 여자 혼자서 바닷물에 뛰어 들었다는 것이 그렇게 짐작하도록 만들었다.

그러나 종태의 울부짖는 모습에서 군인들은 그들 부부가 얼마나 정이 두터웠는가를 새삼 느낄 수 있었다. 그리고 마을에서 그리 떨어지지 않은 초소에서 별장집을 모를 리 없었다.

군인들 사이에도 파다한 소문이 나 있었다.

희자가 얼마나 예쁜 미인이라는 것과, 서울에서 내려온 부부
가 같이 산다는 것은 한창 젊은 시절의 군인들에겐 관심의 대
상이 아닐 수 없었다. 두 부부가 같이 짚차를 타고 다니고, 정
겹게 산다는 것을 알고 있었다.

"이제 가시죠. 우리들이 시신을 옮겨드리죠. 일어나십시오."

소대장이 울적한 기분으로 말했다.

"됐습니다. 내가 업고 가죠."

그러면서 종태는 희자를 들쳐 업었다. 작고 가녀린 몸이 등
짝에 달라붙자, 종태는 그녀의 가벼움에 다시 한 번 놀랐다. 힘
없이 축 늘어져 있는 그녀의 몸은 두 팔이 덜렁거렸다.

"고맙습니다. 이렇게 도와주셔서. 나중에 한 번 인사를 드리
겠습니다."

종태는 소대장과 부하들에게 인사를 하고는 뒤돌아서서 걸
어갔다. 환한 백사장을 걸어가는 그의 뒷모습이 처량하게 보여
졌다. 그는 될 수 있으면 걸음이 흐트러지지 않으려고 애를 썼
다. 뒤에서 지켜보고 있는 군인들에게 그런 나약한 모습을 보
이긴 싫었다.

걸음이 자꾸만 헛디뎌졌다. 모래밭에 발이 자꾸만 푹푹 빠지
는 것 같았다. 그는 희자의 엉덩이께를 움켜잡은 채, 저만치 별

장에 가까이 다가갔을 때쯤, 한 번 그 자리에 멈춰섰다.

그리곤 뒤돌아보았다.

"......."

바다가 보였다. 마치 눈이 내린 것 같은 하얀 바다가 거기 있었다. 파도는 하얀 물거품을 일으키며 쉴 새 없이 뭍으로 달려들고 있는 게 보였다.

"아......"

종태는 가벼운 탄성을 내질렀다. 결국 이곳에 와서 그녀를 잃어버린 것이다. 그렇게 생각하니 절로 가슴이 미어져왔다. 지금 등에 업혀져 있는 희자는 이미 이 세상의 사람이 아니란 게 깨달아지고 있었다.

그리고 막연한 절망감이 엄습해왔다. 그토록이나 사랑했고, 또 마음까지 아낌없이 던져주었던 그녀가 아니었던가. 자꾸만 희자의 죽음이 믿겨지지 않았다. 현실로 돌아오려고 할수록 더욱 그랬다.

그의 눈에서 뜨거운 눈물이 흘러내렸다.

눈앞이 침침해지면서 바다가 어룽거렸다. 이제 서서히 차가워지는 희자의 체온이 등짝으로 전해져오고 있었다. 그리고 몸을 앞으로 숙이지 않으면 뒤로 넘어질 것처럼 희자는 자꾸만 뒤로 넘어가려는 듯했다.

종태는 다시 희자를 끌어올리고는 발길을 돌려 걷기 시작했다. 벌써 희끄무레한 새벽이 밝아오는 것인지 서쪽 산에는 짙은 암영이 드리워져 있었다. 마당으로 들어서자, 거실에 켜놓은 불빛이 힘을 잃고 있었다.

종태는 안방으로 들어가서 희자를 침대를 뉘어놓았다. 바닷물을 다 토해내서인지 희자의 얼굴은 마치 잠자는 듯한 모습이었다. 작고 야윈 듯한 얼굴에서 그는 또 한 번 서러움이 북받쳐 올라왔다.

"크흑!"

그는 그녀의 얼굴에 자신의 얼굴을 묻으며 흐느끼기 시작했다. 사랑이라는 힘 하나만으로 찾아온 이곳에서 그녀를 잃어버렸다는 심정이 그를 오열하게 만들었다. 모든 걸 그녀한테 걸었던 순간들의 행복이 저만치 달아나는 것처럼 느껴졌다.

"아!, 희자야. 이렇게 와서 죽어버리려고 그랬니? 난 이제 어떻게 하라고 그랬어? 난 누굴 믿고 살아야 돼? 이젠 누굴 믿고 살아야 돼? 응? 말 좀 해봐?"

종태의 목소리는 서러움이 깊이 각인된 그런 암울한 울림으로 흘러나오고 있었다. 너무 뜻밖의 일에 대해 그도 어쩌지를 못하고 있었다.

그는 울다가 울음을 그치고는 다시 그녀의 얼굴을 들여다보았다. 점점 창백해져 가는 그녀의 얼굴에서 그는 죽음이라는 것이 실감나지 않았다. 어쩌면 깊은 혼수상태에서 금방 깨어날 것만 같은 착각이 일어나곤 했다.

"희자야! 죽으면 안 돼! 난 널 위해서 살아왔잖아? 네가 죽으면 난 뭘 해? 난 뭘 하냐고? 내 말 들어?"

종태는 다시 희자의 얼굴을 감싸쥐고는 오열을 터뜨렸다. 지극한 사랑의 허무한 종말이 자꾸만 가슴에 와서 못을 박아댔다. 그는 진정한 사랑의 허무한 종말을 그런 식으로 되묻곤 하고 있었다.

그녀는 갔다.

그는 그렇게 몇 번이나 마음속으로 다짐하듯이 말을 했지만, 현실로 믿겨지지는 않았다. 지금이라도 일어나서 같이 양양 읍내로 차를 몰고 나갈 수 있을 것만 같았다.

"희자야, 우리 양양 읍내 병원으로 나가자아. 그러면 넌 일어날 수 있어. 넌 죽으면 안 돼. 내 사랑이 아직 안 끝났잖아."

그러면서 그는 호주머니에서 차 키를 꺼내서 흔들어댔다.

"봐, 여기 있잖아. 내 차로 양양으로 나가자고, 알았지?"

종태는 흐르는 눈물을 주먹으로 닦아내며 희자를 다시 들쳐 업었다. 그리곤 마당에 세워놓은 짚차의 조수석에 태우고는 시동을 걸었다.

시동을 걸리느라 희자의 몸뚱이가 잠깐 흔들렸다. 그는 잡았던 핸들을 놓으면서 그녀의 어깨를 붙잡았다.

"이제 일어나. 어서. 일어나야 돼. 응?"

그는 세차게 그녀를 흔들었다. 그러나 그녀는 아무런 반응도 없었다. 종태는 액셀러레이터를 밟으며 차를 출발시켰다. 희붐하게 밝아오는 어촌을 빠져나오면서 그는 넓은 바다를 바라보았다.

아침 바다가 서서히 기지개를 켜며 열리고 있음을 볼 수 있었다. 몇몇 사람들이 동네 골목에서 나왔지만 종태를 알아만 볼 뿐, 별다른 인사 같은 건 없었다. 차는 곧장 동네를 빠져나와 시골길을 달렸다. 아침의 풋풋한 초여름의 기운이 차 안으로 스며들었지만 미처 그걸 느낄 마음의 여유도 없었다.

양양 읍내로 들어서면서 종태는 더욱 차의 속도를 올렸다. 곧 병원에 도착했고, 그는 희자를 안은 채로 들어섰다. 응급실부터 들어섰지만 의사는 보이지 않고 있었다.

그는 간호사한테 희자를 보이고는 소리쳤다.

"빨리! 빨리 좀 봐줘요! 물에 빠졌습니다!"

종태의 말에 간호사는 서둘러 의사를 부르러 나갔고, 이내 의사가 나타났다. 의사는 나이가 많은 탓에 두터운 안경을 걸치고 있었다. 희자의 가슴에다 청진기를 갖다 대고는 눈꺼풀을 뒤집어보는 것이었다. 그는 곧 얼굴을 찌푸리며 말했다.

"언제 이랬습니까? 늦은 것 같은데……."

"새벽에요. 오늘 새벽에 그랬습니다. 의사 선생님, 어떻게 안 되겠습니까?"

종태의 목소리는 다급하게 울려나왔다. 생각 같아서는 의사의 가운이라도 붙잡고 통사정을 하고 싶은 심정이었다.

"늦었어요. 이미 심장이 멈췄는 걸요. 왜 이제서야 데려왔지요? 이미 손발이 찬 것 같은데."

"……."

종태는 더 이상 할 말이 없었다. 의사의 단정적인 말에 대꾸할 말을 잃어버린 그였다.

다시 한 번 의사는 숨을 거두었다는 말을 덧붙였고, 종태는 기진맥진한 채로 다시 희자를 들쳐 안았다. 병원문을 나오면서 그는 하늘을 올려다보았다. 아침의 맑은 햇살이 병원 바깥에서 수런거리고 있다가 달려들었다.

'아, 어떡하지?'

종태는 희자를 안은 채로 한참동안 그 자리에 서 있었다. 다리가 후들거렸다. 어디로 가야 한단 말인가. 그는 머뭇거렸다. 그녀를 데리고 갈만한 데라곤 어디에도 없는 것처럼 막막하게만 느껴졌다.

어디에도 그는 기댈 데라곤 없는 것처럼 느껴졌다. 마음은 다급했지만 막상 무엇부터 어떻게 해야 할지 몰랐다. 짚차에는 마른 햇빛들이 내려앉고 있었다. 눈부시도록 찬란한 아침이었다.

그는 할 수 없었다. 다시 차 안으로 그녀를 뉘이고는 운전석으로 올라탔다. 차의 시동을 걸었지만 아직 출발하지는 않았다. 속초로 나가볼까 하는 생각도 들었지만 이미 숨을 거둔 그녀를 데리고 어디로 가야 한단 말인가.

"……."

그는 잠을 자는 듯이 창백하게 누워 있는 그녀를 바라보며 망연히 앉아 있었다. 눈가에서 눈물이 흘러나오기 시작했다. 자신을 만나 그동안 행복했던 순간들이 마치 꿈만 같았다.

더 이상 그 자리에 있을 수가 없었다. 그는 차를 출발시키면서 읍내를 빙빙 돌았다. 분명히 길을 알고는 있었지만 막상 어디로 가야 할지를 몰랐다. 그는 무작정 차를 몰고서는 양양 읍내 이쪽에서 저쪽 끝까지 왔다 갔다 하면서 슬픔을 이겨내려고 하고 있었다.

그의 눈 앞, 저만치에 천사 고아원이 보였다. 무심코 들어와 본 길 끄트머리에 고아원이 있었다. 그는 차를 그쪽으로 몰았다.

"여보, 당신이 아끼던 애들이 저기 있어. 어서 일어나."

그는 그 말을 하면서 고아원 가까이 다가갔다. 그러나 막상 대문 안으로는 들어가지 않았다. 대문 앞에 서서 그는 다시 희자를 내려다보았다.

"여보, 여기가 어딘 줄 알아? 당신이 자주 왔던 것이야. 어린 천사들이 있는 곳이야. 어서 일어나봐."

그는 속으로 울음을 삼키며 희자의 몸뚱이를 흔들고 있었다.

07

삶에 대한 복수

하늘과 땅, 그리고 풀 나무까지도 그에게는 생경스러웠다. 더구나 그녀와 같이 양양 읍내로 나와 돌아다녔던 상점들과 거리들까지도 낯선 곳인 것처럼 느껴졌다. 무심히 지나가는 사람들. 그리고 움직이는 차들. 그 모든 것들이 다 기계적인 움직임인 것처럼 여겨졌다.

종태는 화장터에서 받아나온 나무함을 차에 싣고는 읍내를 벗어나고 있었다. 수산포로 들어가는 길목에서 그는 잠깐 차를 멈추었다.

"……"

그는 차에서 내려 품 안에서 담배를 꺼냈다. 그리고는 담배 끝에다 불을 붙였다. 하늘을 올려다보니 거기에는 푸른 하늘을 배경으로 하얀 솜털 구름이 낮게 떠가는 것이 보였다.

옆의 산에는 신록이 우거지기 시작하고 있었다. 그는 그 자리에 서서 망연히 하늘과 산을 바라보다가 처연한 듯이 희자의 유골함을 바라보았다. 너무나 쓸쓸할 것만 같은 그녀였다.

그는 곧 차 안에서 유골함을 꺼내 품에 안았다. 그리고는 낮게 중얼거렸다.

"여보, 난 이제 어떻게 살아가지? 나 혼자 두고서 어디로 갈 거야? 봐. 이제 초여름이잖아. 곧 여름이 오면 당신을 데리고 동해안을 오르내리고 싶었어. 당신과 같이 말이야. 당신, 바다를 좋아했잖아. 근데 왜 일찍 갔어? 왜? 왜? 뭣 때문에 그랬어? 몸이 그렇게 아팠어? 내가 그걸 몰랐던 거야? 난 그래, 바보야. 바보! 당신이 아픈 줄도 모르고서 난 그냥 있었어. 바보같이. 바보같이."

종태의 가슴은 미어질 듯이 아파왔다. 마치 그녀가 유골함 안에서 그를 쳐다보고 있을 것만 같았다. 하얀 나무상자 속을 들여다보았다. 그녀의 몸이 한 댓박 정도의 뼛가루로 거기 남아 있었다.

"크윽!"

종태는 눈을 질끈 감았다. 그 바람에 떨어진 굵은 눈물이 하얀 가루에 떨어졌다. 슬픔이 슬픔을 더욱 사무치게 만들었다. 그녀를 생각하면 할수록 더욱 깊어지는 슬픔이었다.

그는 가까스로 눈물을 거두며 다시 말하기 시작했다.

"여보, 잘 가. 하늘에서라도 편히 살아. 당신이 바다를 좋아했으니까 당신을 영원히 바다가 보이는 곳에 놔둘게. 밤엔 파도소리를 듣고, 저녁엔 갈매기들이 끼룩거리는 소리를 듣고 살수 있을 거야."

그러면서 그는 차에 올라탔다. 희자의 유골이 든 나무상자를 고이 옆자리에 놓아두고선 차를 출발시켰다. 뽀얀 먼지를 일으키며 달려가는 짚차는 산모롱이를 돌아 바다가 보이는 곳으로 달려갔다.

동네로 들어서자, 마을의 아낙네들이 우르르 달려들었다. 종태는 길가에 차를 세우고는 차에서 내렸다.

"어머머! 세상에! 어떻게 그런 일이 일어났남! 색시가 왜 그랬어요? 얼매나 착했는데. 이걸 어쩌나, 글쎄!"

아낙들은 저마다 혀를 끌끌 차며 차에 고이 실려져 있는 유골함을 쳐다보는 것이었다. 아낙들은 차 주위를 에워싸듯, 빙둘러서서는 종태를 위로하고 있었다.

"아마, 색시가 새 아기를 가진다는 것이 충격을 받았는가 봐요. 그러지 않고서야 어디 그럴 수가 있남? 근데 왜 그랬을까? 우리 마을에서도 그 말을 듣고 얼매나 놀랬는지 몰라요. 아침에 집에 가니깐 아무도 없으니깐 도무지 알 수가 있어야제. 저쪽 초소에 있는 군인들이 동네로 와서 말해줘서 대충 알았구만."

"참 착한 색시였는데…….”

"아이구우, 아까버라. 그런 색시가 무슨 망조가 들려서 죽었
을까이.”

아낙들은 끝이 없었다. 종태를 위로하다가 희자의 유골을 보
고는 다시 얼굴을 찌푸리며 푸념을 늘어놓는 것이었다.

그때까지도 종태는 아무런 말도 할 수 없었다. 마치 자신이
큰 죄를 저지른 것 같은 죄책감 때문이었다. 눈시울이 벌개지
면서 자꾸만 눈물이 흘러나올 것만 같았다.

"어이구우, 무심해라. 이런 남편 놔두고 먼저 가다니. 그 샥
시도 제대로 눈을 감지는 못했을 거구마, 쯧쯧.”

이장댁의 말에 아낙들은 저마다 눈물을 찍어냈다. 아낙들 가
운데서는 작은 흐느낌마저 일어났다.

"고마웠습니다. 이렇게 신경을 써줘서…… 이제 하늘나라
로 갔겠지요. 이 사람은 이 동네를 안 떠날 겁니다. 바다를 좋
아했으니까…….”

그렇게 말을 하는 종태의 눈에 기어이 눈물이 맺혔다. 종태
는 얼른 차에 올라타면서 핸들을 붙잡았다. 아낙들이 길을 비
켜주었다. 그 사이로 해서 그는 차를 출발시켰다.

마을을 벗어나 별장집으로 돌아왔다. 마당에다 차를 세운 그
는 희자의 유골을 들고는 바닷가로 나아갔다. 그녀가 걸어갔을

백사장을 밟으며 모래톱까지 걸어간 그는 바다를 향해 그 자리에 섰다.

짙푸른 바다는 언제 그런 일이 일어났냐는 듯이 넘실대고 있을 따름이었다. 갈매기들이 유유히 바다 위를 날고 있는 게 보였다.

"여보. 바다 보이지? 나랑 같이 행복하게 살자고 그랬잖아. 근데 당신 혼자 먼저 가버리면 어떡해? 바다를 봐. 당신이랑 같이 거닐고 싶었어. 바다 보이지? 당신이 좋아하는 바다야."

그는 무릎을 꿇고는 유골함을 꼬옥 끌어안았다. 눈물이 상자 위로 뚝뚝 떨어지고 있었다. 얼마나 그러고 있었을까. 그의 무릎이 모래사장에 푹 박힐 정도로 오래도록 그는 그러고만 있었다.

종태는 더 이상 살고 싶지 않았다. 갑자기 낯선 곳에 혼자 떨어진 듯한 막막함이 엄습해왔다. 그녀가 없는 세상에서 홀로 살아간다는 것이 두렵기만 했다. 예전에는 그토록이나 강인했고, 무서운 것이 없었던 그도 희자가 곁을 떠난 마당에는 그것도 아무런 도움이 되어주지 못했다.

그는 아침부터 지금까지 아무것도 입에 대지 못했다. 속이 쓰라린 것도 까마득히 잊고 있었다. 오로지 슬픔이 물밀 듯이 밀려오고 있을 뿐이었다. 슬픔 때문에 그는 그 자신조차도 주체할 수가 없었다. 마음에서부터 일어나는 고독과 방황이었다. 그 어느 곳에서도 해결 받지 못할 그런 방황이었다.

만일 그녀가 곁에 있어만 준다면······ 그의 병은 나을 것이었다. 그러지 않고서는 그 어떠한 것으로도 그의 병을 치유할 수 없을 것 같았다. 지독한 사랑을 잃어버린 남자의 가혹한 시련이었다. 그가 아무리 굳센 남자라고는 하지만 여자에 대한 지독한 사랑만큼은 못했다. 그는 그랬다. 죽음이 앞을 갈라놓을지라도 희자를 영원히 사랑하리라는 고백만큼은 아직 유효했다.

그는 아예 철버덕 주저앉아 바다 쪽을 바라보고 있었다. 봐도 봐도 끝간 데 없는 바다였다. 저 수평선 너머 희자가 있을 것만 같은 기분이 들었다. 마치 바닷물이 넘실대는 것이 그녀가 손짓으로 자신을 부르는 것만 같아 자꾸만 환각이 일어나곤 했다. 그의 눈에서는 쉴 새 없이 눈물이 흘러내렸고, 어룽지며 보여지는 바다에서는 흰 갈매기들이 떼를 지어 날고 있었다.

마치 희자의 혼백이 갈매기가 되어 날아가는 것만 같았다. 그는 손을 이리저리 휘저으며 갈매기들을 쫓고 있었다. 어서 날아가라고. 어서 하늘 높이 날아오르라고 그러는 것만 같았다.

그는 밤늦게서야 집으로 돌아왔다.

그동안 그는 바닷가에서 희자의 유골이 담긴 나무상자를 부둥켜안고 있었다. 바다가 석양에 저무는 모습을 보며 망연히 앉아 있기만 하다가 돌아왔다. 그의 손에는 여전히 나무상자가 들려져 있었다.

그는 안방으로 들어가서 침대 머리맡에 희자의 유골을 내려놓았다. 그리고선 나직이 울음 섞인 목소리로 말을 하기 시작했다.

"여보, 당신이 잘 시간이야. 우리 아기는 잘 커? 잠을 많이 자야 돼. 그래야 예쁜 아기 낳지. 그렇지, 응?"

그의 목소리는 잔뜩 물에 젖어 있는 듯했다. 금방이라도 물이 뚝뚝 떨어질 것만 같았다. 그는 한숨을 내쉬었다가 다시 말을 꺼냈다.

"잘 자요, 여보. 난 당신 곁에 있을게. 이젠 누구도 당신을 데려가지 못해. 영원히 당신을 지키며 살 거야. 당신이 간 나라가 좋으면 나한테도 말해줘. 나도 따라갈게. 어디라도 좋아. 지옥이라도 좋고, 천국이라도 좋아. 당신이 있는 곳이라면 하나도 무섭지 않아. 알았지?"

그는 나무상자를 흔들어대며 말을 하고 있었다. 그녀가 바로 옆에 있는 것처럼 말을 했다. 그는 잠조차 자지 않았다. 창밖의 달빛을 내다보다가 다시 희자의 넋을 바라보며 말을 거는 것이었다. 그것만이 그가 유일하게 할 수 있는 일인 것처럼 보여졌다.

"여보. 나 이제 어떡허지? 당신은 저 하늘나라로 가버렸지만 난 이제 어떡해? 차라리 당신이 아이나 낳아주고 떠났다면 난 당신이 낳은 아이를 위해서 살아갈 수 있을 거야. 근데 당신은 너무했어. 왜 아이까지 데려가 버린 거야? 내가 그토록이나 미웠어? 내가 미운 거야? 크으흑!"

종태는 다시 뜨거운 울음을 솟구쳐냈다. 말을 할 때마다 또 다른 설움에 겹는 듯했다. 그녀와의 정이 유난히 깊었던 것이 오래도록 슬픔에 젖게 했다. 그 어렵고 힘든 영등포 구치소 안에서 싹튼 사랑이 결국 이렇게 허무하게 끝나버리는구나, 하고 생각하면 할수록 그는 더욱 눈물이 났다.

그는 오래 전, 영등포 구치소에서 그녀와 몰래 비둘기를 띄우며 사랑에 젖었던 순간들을 기억해냈다. 교도관의 눈을 피해 비둘기로 서로 연락하거나, 나중엔 담당님을 통해서 여사로 잔밥 작업을 나갈 적마다 편지를 주고받았지만, 그렇게 시작된 애틋한 사랑이 결국 이렇게 허무하게 무너져버린 것이 가슴 아픈 일이었다.

그녀의 가녀린 손목에 채워진 쇠팔찌가 덜렁거리며 쇳소리를 낼 때마다 종태는 마음이 아팠다. 여사로 짠밥 작업을 들어가 있는 종태에게 운동을 하러 나온 희자의 모습은 그야말로 한적한 들에 핀 들국화와도 같았다. 외로운 듯이 고개숙인 여자. 양손에는 수갑을 찬 채 혼자 외따로 산책하듯이 걷고 있던 여자. 다른 여자들은 작업을 하러 들어간 종태와 남자 출역수들에게 말을 못 걸어봐서 안달일 정도로 야단법석들이었으나 그녀만은 고고한 학같이 청초해 보였다.

종태는 구치소 안에서 희자에 대한 염원으로 하루하루를 살아갈 수 있었다. 그녀에게 편지를 쓰느라 추운 겨울날 모포를 뒤집어쓰고 밤을 새우던 모습들이 낡은 영화 필름처럼 돌아가고 있었다. 쇠창살에 기대어 달빛 밝은 밤, 그녀가 있는 여사를 향해 수없이 사랑하노라고 고백했던 아름다운 순간들이 잊혀질 수 없는 것들이었다.

남자는 사랑의 힘으로 살아가고, 또한 사랑의 힘으로 용기를 얻는 것이다.

그랬다. 종태는 희자를 안 이후로부터 하나님이란 존재를 알기 시작했고, 그녀에게서 성경적인 지식을 얻어나갔다. 희자의 편지마다 늘 하나님에 대한 감사가 가득 찼고, 비록 이런 곳에 있을지라도 하나님의 은혜로 자신은 늘 행복하다는 말에 종태는 그 무한한 사랑의 깊이가 과연 무엇일까 하고 하나님에 대한 궁금증이 일어났던 것이었다.

그녀가 믿는 하나님에 대해 그 자신도 믿어보고 싶었다. 그래서 그녀에게 더 가까이 다가가고 싶었다. 그래서 결국 그들은 하나님의 사랑 안에서 육체적인 만남이기보다는 정신적인 만남으로 시작되었던 것이었다.

이곳 수산포로 와서 종태는 한 날 한 시도 그녀의 곁에서 떨어지지 않았다. 밤마다 그녀의 육체의 문을 노크하고, 그녀의 순결한 몸이 열림과 동시에 그의 뿌리를 깊숙이 집어넣음으로써 비로소 환희의 극치에까지 도달할 수 있었다. 사랑이란 육체의 완벽함에 의해 극치점에 도달할 수가 있는 것이었다.

종태는 그 자신이 겪었던 수많은 여자들에게서 느껴보지 못했던 따뜻한 마음을 느낄 수가 있었다. 몸과 육체가 완전히 결합된 상태에서 느껴지는 정감은 남다른 것이었다. 그녀가 그랬던 것이다. 종태는 그녀와 몸을 섞을 때마다 사랑의 의미를 새롭게 깨닫곤 했다.

그는 아직도 잊어버릴 수가 없었다. 그때의 그 자그마한 순간들까지도. 그녀가 그를 받아들이기 위해 문이 열리기 시작하면서 꽃잎 주위로 애액이 묻어나오면서 스르르 다리가 벌어지던 순간을.

사랑하는 이를 온전히 받아들이기 위해 그녀는 눈을 감곤 했다. 그녀의 눈꺼풀 위로 키스를 해주고, 그는 볼과 귓볼을 핥으며 동그란 젖가슴으로 내려갔다. 작고 탱탱하게 부푼 듯한 젖가슴에서는 항상 풋풋한 엷은 젖내음이 나는 듯했다. 그는 오래도록 그곳에서 머물렀다.

작은 돌기가 빳빳이 일어서고, 그 주위를 핥을 때마다 그녀는 힘겨운 듯이 입술을 벌리곤 했다. 마치 행복에 겨워 못 견딜 것처럼 그녀는 가쁜 숨을 몰아쉬었던 것이다. 그 숨소리조차 달콤하기만 했다. 그 어떤 말보다도, 그는 그녀의 그런 숨소리를 느끼면서 더욱 흥분되었던 것이다.

"아아, 됐어요. 들어와요."

그녀는 그 말밖엔 할 줄 몰랐다. 그러면서 그를 꼬옥 끌어안는 것이 다였다. 바들바들 떨며 그를 끌어안을 때마다 종태는 환희의 꼭대기에 올라선 기분을 느끼며 다시 밑으로 내려갔다. 아랫배를 입술로 핥으며 다리사이의 계곡에 머무르면서 얇디얇은 꽃잎을 건드릴 때마다 그녀의 두 다리는 가늘게 흔들리곤했다. 마치 흐느끼듯이 흔들리던 다리였다.

"아아!……."

그녀는 깊은 신음을 낼 때마다 그 소리밖엔 할 줄 몰랐다. 그리고 역시 종태의 넓은 등짝을 움켜잡을 뿐이었다. 가슴에서부터 떨리는지 그녀의 가슴은 잔잔한 파문처럼 떨리고 있었다. 분명히 종태는 그걸 느낄 수 있었다. 그녀가 사랑에 겨워서 내는 떨림이라는 것을.

그녀는 그 여느 여자들보다도 꽃잎이 아름다웠다. 종태가 수없이 겪어본 여자들 중에서 꽃잎을 보면 곧 실망하게 마련이었는데, 그녀는 그렇지 않았다. 작고 조그마한 꽃잎을 보면서 그는 더욱 깊은 감사를 느낄 만큼 아름답고 고귀해 보이는 것이었다.

여자의 성기를 바라보면서 아름답다고 표현하는 것은 드문 일이다. 하지만 그녀는 그랬다. 마치 어린아이의 입술처럼 간단하면서도 오밀조밀한 부분이 신기하게 느껴질 정도였다. 그곳에서는 항상 맑은 샘물 내음이 흘러나왔다. 혀끝을 갖다 대

88

서 핥을 때마다 항상 풋풋한 물 내음이 났다.

계곡의 안쪽 벽을 보았을 때도 역시 마찬가지였다. 연분홍빛의 얇은 비단천을 덧씌워 놓은 것처럼 보드라운 살결이었다. 그곳에 혀를 댔을 때, 그 느낌을 아는가. 그곳은 마치 천국의 입구 같았다. 말할 수 없는 기쁨과 환희가 도사리고 있는 곳. 그곳을 열면 곧바로 천국일 것만 같은 가쁜 쾌감을 맛볼 수가 있었을 것이다.

붉은 방이었다. 속된 표현이 아니라, 정결하도록 붉은 방이었다. 그 방 속에는 점점 안으로 들어갈수록 더욱 붉은 방의 연속이었다. 그 방 안으로 자신의 뿌리를 집어넣었을 때, 비로소 완전한 사랑의 합일점에 도달한 것처럼 온 전신에서 숨 가빠지는 것이었다.

그가 위에서 움직일 때마다 그녀는 점점 밑으로 가라앉았다. 위에서 밑으로, 옆에서 사선을 그으며 내리꽂는 뿌리의 힘에 의해 그녀의 꽃잎은 잘디잘게 부서지고 흐트러지며 자그마한 물소리를 내는 것이었다. 몸과 몸이 부딪치는 소리, 물과 물이 만나 어우러지는 소리, 질과 뿌리가 맞닿으면서 내는 뻐근한 소리, 그리고 그녀의 질 안에서 우드득거리며 올라오는 뿌리의 표피에서 느껴지는 감촉을 그는 하나하나 놓치지 않고 다 느낄 수가 있었다.

그것이 바로 완벽한 사랑이라고 말할 수 있었다.

몸과 마음의 완전한 결합이라는 것이 바로 그런 것이었다. 행위를 통한 사정만이 그들의 전부가 아니었다. 그는 하면 할수록 더욱 깊은 갈증을 느낌과 동시에 애틋한 감정이 더욱 앞서는 것이었다. 사정은 모든 행위의 뒤끝에 일어나는 종결일 뿐이었다. 그녀는 그의 사정에서도 깊은 뜨거움을 맛보는 듯했다. 그가 격렬하게 움직이다가 뚝 멈추고는 뜨거운 김을 뿜어내듯이 정액을 토해낼 때는 그녀도 또한 뜨거운 물을 쏟아내는 듯했다. 온몸을 비틀면서 종태를 들어 올리려고 애쓰는 것이었다.

그녀의 몸 또한 빳빳하게 굳어지면서 온몸에 힘이 다 들어가는 것이었다. 두 사람이 동시에 사정하는 것이 그들의 사랑이었다. 그러고 나면 그들은 한참동안 꼼짝도 하지 못했다. 뜨거운 것이 쏟아 부어지고, 그녀의 꽃잎을 적시면서 바깥으로 흘러나왔을 때까지도 그들은 일어나지 않고 있었다.

나중에 흘러나온 물기를 닦아내면서 느끼는 희열 또한 작지가 않았다. 그는 그랬다. 자신이 내어뿜은 정액이 그녀의 깊은 곳을 다 적시고, 꽃잎 주위를 흠뻑 적신 것을 바라볼 때마다 마음이 한결 기뻐졌다. 그녀가 만족한 듯이 흡족한 기분으로 자신의 꽃잎을 닦아내는 것을 바라보면서 느끼는 환희였다.

그들은 일이 끝난 다음에도 곧바로 잠들지 않았다. 옷을 다 벗은 채로 한동안 서로를 깊게 포옹하고 있다가 잠이 들 무렵에서야 그녀는 옷을 찾아 입었다. 옷이래봐야 잠옷이겠지만,

알몸으로 나누는 스킨십은 행위가 끝난 뒤의 나른한 여운을 갈무리하는 중요한 후희일 수 있었다.

지칠 줄 모르는 사랑이었다.

매일 해도 모자랄 것처럼 그들은 열렬했다. 종태가 적극적이라면, 희자는 수동적이었다. 그러면서도 그녀는 아낌없이 모든 걸 바치려는 태도 하나만으로 그를 맞아들이곤 했다. 몸이 찌뿌둥할 때도 그들은 육체의 완벽한 조화를 통해 온몸에 묻은 찌꺼기들을 털어내 버리곤 했다. 사실 그랬던 것이다. 완벽한 성생활이란, 몸에 끼기 시작하는 녹슨 찌꺼기 같은 찌뿌둥함을 말끔히 털어내 버리는 것이었다.

종태는 희자의 유골을 붙잡은 채로 반듯이 누워 있었다.

달빛이 어느덧 엷어지고 있었다.

바다 쪽에서 점점 환하게 밝아오는 중이었다. 방 안은 아직 어두웠지만 창밖은 밝음 그 자체였다. 파도소리가 잔잔하게 들려오고 있었다. 그는 아직도 눈물을 흘리고 있었다. 눈물은 소리없이 흘러내려 귓볼을 적시며 뒷머리께로 흘러내렸다. 베개를 다 적신 그는 아직도 눈물이 많이 남아 있는 듯했다.

그동안의 애틋했던 사랑의 정리가 한 순간에 다 없어질 수는 없는 일이었다. 종태 역시 남자 중의 남자였지만 애틋한 그녀와의 사랑에 있어서는 역시 나약할 수밖에 없었다. 남자란 그랬다. 제아무리 강하다고는 하지만 여자 앞에서는 나약해질 수밖에 없는 존재였다. 겉으론 안 그렇게 보일지 모르겠지만 내면에서는 스스로의 나약함 때문에 우는 것이 바로 남자였다.

그대로 꼬박 밤을 새우고 난 종태는 희자를 끌어안은 채로 잠이 들었다. 어제부터 아무것도 먹지 않은 그는 잠 속에서 그녀를 만나는 것만이 유일한 희망이었다. 그는 꿈속에서 희자를 만났다. 하얀 옷을 입은 채로 걸어가고 있는 그녀를 불렀더니 그녀가 얼른 달려왔다.

"희자! 보고 싶었어! 어딜 가?"

그는 희자를 놓치지 않을 듯이 꼬옥 붙잡으면서 깊은 포옹을 했다. 희자 역시 그랬다. 그녀는 종태의 가슴 저 안쪽으로 파고들면서 나직하게 속삭였다.

"너도 보고 싶었어요! 나도 당신을 찾으러 다니고 있었는 걸요!"

그녀는 눈에서는 가느다란 눈물 두 줄기가 흘러내리고 있었다. 맑고 고운 눈이었다. 언제 보아도 눈 속으로 빨려 들어갈 것 같은 그런 눈빛이었다. 마치 작은 호숫가에 내려앉은 백조의 까만 눈빛이랄까. 티없이 맑은 그런 눈빛이 종태를 그윽이 바라보고 있었다.

"사랑해! 우리 떨어지지 말자, 응?"

종태는 그러면서 그녀의 입술 위에다 자신의 입술을 포갰다. 그녀의 입에서는 알지 못할 꽃내음이 활짝 풍겨났다. 그는 그

내음을 맡으려고 음미하듯이 눈을 감고서는 다시 속삭였다.

"나, 다시는 조직세계로 돌아가지 않을 거야. 알았지? 응? 그런데 당신이 내 곁에 있어줘야 돼. 안 그러면 난 언제 다시 그쪽 세계로 뛰어들지 몰라. 당신도 내가 그쪽 세계로 뛰어드는 걸 원치 않겠지, 응?"

그는 마치 다짐이라도 하듯이 말을 하면서 눈을 떴다. 그런데 그의 품 안에 있어야 할 그녀는 온 데 간 데 없어졌다.

"아!…… 어디 갔지? 어디 갔어?"

종태는 잠깐 잠을 깨면서 허둥거렸다. 손에 잡히는 나무상자가 있었다.

"……?"

그는 현실로 돌아오면서 다시 슬픔이 밀물처럼 밀려들었다. 벌써 환한 대낮이었다. 창문으로 밝은 햇살이 새어들고 있었고, 창문을 타고 바닷소리가 넘어 들어오고 있었다.

'희자……'

그는 입속으로 중얼거려보았다. 다시 눈물이 솟구쳐 나왔다. 그는 그 자리에 누운 채로 다시 눈물이 흘러내리고 있었다.

그는 계속 3일째, 아무것도 먹지 않고 있었다.

동네 아낙들이 찾아와 전복죽을 쑤어놓고 갔지만 그는 입에 대지도 않았다. 그냥 그대로 누운 채로 멍하니 천정만 바라보고 있었다. 여러 날 동안, 세수도 하지 않았고, 이빨도 닦지 않

93

은 그에게서는 몸 냄새와 함께 괴이한 모습을 자아냈지만 그는 꼼짝도 하지 않았다.

슬픔이 더 큰 슬픔을 만들어내고 있었다.

그녀를 생각하면 그는 더 이상 아무런 꿈도 희망도 없었다. 조직세계를 떠나 모든 것을 버린 그가 겨우 되찾은 이 행복이 깨어지면서 그는 더 이상의 아무런 꿈도 가질 수 없었다. 이미 나약해질 대로 나약해진 그였다. 행복의 맛을 알게 된 그에게는 다시 조직으로 돌아갈 엄두도 나지 않았던 것이다.

그는 오로지 희자만을 생각했다.

다시 파도소리가 들려왔다. 철썩, 하며 바윗돌을 때리는 소리였다. 그 소리를 듣고 있으면서 종태는 파도소리가 마치 희자의 치맛자락 소리인 것만 같아 자꾸만 바닷가로 나가고 싶은 마음이었다. 그러나 일어나진 않았다. 그녀와 같이 누워 있는 것이 더 좋았던 것이다.

그는 나무상자를 쓰다듬고 또 쓰다듬으면서 누워 있었다. 그는 나무상자를 쓰다듬을 때마다 보드라운 그녀의 살결을 느끼곤 했다. 그러면서 계속 희자의 이름을 불러댔다.

"희자야. 사랑했어. 죽도록 사랑했어."

그는 그럴수록 더 많은 눈물을 흘려냈다.

그리고 다시 닷새가 지나갔다. 그는 이제 꼼짝도 할 수 없었다. 누워 있는 것이 가장 편안했고, 희자를 생각하다가 스르륵 잠이 드는 것이 가장 편안했다. 그는 그러다가 저 세상으로 날아가고만 싶었다. 마치 기러기처럼 그녀의 뒤를 따라 저 세상으로 날아가는 것만이 그가 할 수 있는 유일한 일인 것처럼 느껴졌다.

한편 어촌 마을에서는 종태의 그러한 모습을 보고 온 아낙들의 말을 듣고 어른들이고, 아이들이고 할 것 없이 걱정을 하는 것이었다. 젊은 두 부부의 죽음을 보는 것만 같은 심정으로 그들은 염려들을 했다.

"아이구우, 시상에 우찌 그런 일이 있을랑고? 그 색시가 얼매나 이뻤다고. 그러니께 남자가 저러는 것이지. 죽은 사람 따라가느라고, 생사람 또 죽겠고만."

"글씨 말이우. 남자가 너무 정이 깊었는가봐. 그러니까 저러고만 있제. 이러다가 우리 동네에 쌍초상 나게 생겨부렸네, 잉."

"저 별장집이 그렇게도 오붓하게 보이더니만, 이젠 흉가집이 돼버린 것 같어. 시상에. 어쩐다요, 그래?"

아낙들은 동네 길목에 모일 때마다 그런 소리들을 주고받았고, 그물을 집으면서도 그런 말들을 나누곤 했다. 그러면서 그들은 이따금씩 별장집을 쳐다보는 것이었다.

"목사가 가서 달래도 소용없네, 그래."

누군가가 불쑥 그 말을 했다.

"저 아랫쪽 목사님이 다녀갔어요?"

하고 묻는 아낙이 있었다.

"그럼요. 그제, 어제하고 계속 목사님이 다녀가셨는데도 저 남자가 꼼짝을 안 해요. 목사님이 말을 해도 들은 척도 안 하고요. 그냥 울고만 있더래요, 글쎄."

"쯧쯧쯧. 사랑도 너무 깊으면 안 되는 기라. 그러니끼리 정이 너무 도타우면 생사람도 저런다니끼리."

이장댁도 별장집을 쳐다보며 혀를 찼다.

또 하루가 저물고 있었다. 서산으로 해가 늬엇늬엇 넘어가려고 그러는지 석양을 마음껏 뿌려대고 있었다. 아낙들은 그물 깁는 일을 끝마치고는 서운한 듯이 별장집을 한 번 쳐다보고는 힘없이 집으로 돌아가는 그런 시간이었다.

희자의 죽음으로 인해 수산포 어촌에 사는 사람들은 다들 시무룩해져 있었다. 갑작스런 죽음도 그랬지만 너무나도 애틋한 두 사람의 사랑에 대해 뭐라고 이렇다 할 말들을 하지 못하고 있었다. 그것은 또 종태의 칩거와 굶주림으로 인해 더욱 애처롭게 여겨지고 있었다. 사람들은 종태를 설득하다가 지친 나머지 더 이상 간섭하려 들지 않았다. 그러나 별장집을 생각하는 마음만은 애처롭기 그지없었다.

"이구, 어쩌다가 저렇게 됐노? 너무 정이 깊어서 삼신이 시샘을 했나? 부부 금슬이 너무 좋으면 저런다니까, 쯧쯧."

이젠 나이든 할머니까지도 그런 말을 하면서 인생의 무상함을 토해냈다. 남자들도 역시 마찬가지였다. 서울에서 흘러 들어온 종태와 희자에 대해 지대한 관심을 갖고 있었다. 뭔가 남다른 데가 있는 종태와 희자에게서 그들은 적의를 드러내지 않았다.

쓸쓸하고 외로운 이런 곳에까지 와서 살고 있다는 것 자체만으로도 그들에겐 경외감을 불러일으키기에 충분했다. 그리고 낯선 별장집에 대해 술자리에서 한 번씩 입에 올리는 것이 또한 이야깃거리가 될 수 있었다.

"글씨, 그 남자란 양반이 무척 단단해보이더구만 그래. 그런디 여자 때문인가? 몇 날 며칠을 아무것도 안 먹고 있다는 건 죽을라고 그러는 거 아닌겨? 아무리 그래도 그렇제. 사람이 먹고 나서 살 궁리를 해야제. 하 참, 우리 동네에 또 초상이 나겠고만."

"들리는 말로는, 그 남자란 양반이 서울서 큰 회사 사장이라는 말도 있고, 어느 회사 회장님 아들이라는 말도 있든디. 그런 양반이 이런 촌구석에 와서 저러고 있으니, 원. 저러다가 진짜 사람이 또 죽어나가면 바다신이 노해서 우리 그물잡이하는 데 해가 안 될라나 모르겠네."

남자들은 혹시라도 자꾸 사람이 죽어나가면 고기잡이 나가는데 해가 될 것을 우려하고 있었다.

"그땐 용왕제라도 지내야제. 바다가 노하면 남자들이 뒤집어져 죽고, 과부들 많이 생긴다 아이가. 그럼 안 되제. 아암, 그럼 안 되겠제."

남자들도 모여 앉으면 이구동성으로 별장집 얘기로 꽃을 피웠다. 어촌이라는 데는 까닭 없이 사람이 죽어나가는 것도 불길한 징조로 받아들이고 있었다. 바다가 노해서 그렇다는 것이었다. 그렇게 되면 바다일 나가는 남자들에게 화가 떨어지고, 그 동네엔 과부들이 많이 생겨난다는 말이었다.

그래서 마을 사람들은 수시로 바다에서 돌아오는 대로 별장집엘 들러 종태에게 식음을 들 것을 권했지만 종태는 들은 척도 안 했다. 아낙들은 아낙들대로 그물 깁는 일을 하다가 틈을 내서 죽이라도 쒀서 갖다 들이밀었지만 그것 역시 소용없는 일이었다.

종태는 안방에 그대로 누워 있었다. 이미 며칠이 지났는지도 몰랐다. 창문을 통해 바깥을 내다보면서 바깥이 밝으면 낮인 거고, 바깥이 어두우면 밤이라는 사실밖에 알 수 없었다.

모든 게 허망했다. 그녀가 그렇게 순식간에 자신의 곁을 떠날 줄은 몰랐던 그였다. 마치 꿈을 꾸다가 깨어난 사람처럼 멍하니 천정만 바라보다가 다시 눈을 감으면 늦도록 잠만 자는 그였다. 이미 며칠 동안 아무것도 먹지 않았으므로 종태가 제아무리 주먹잽이였다고 하더라도 어쩔 수 없는 일이었다.

거기에다 마음이 병이 깊어진 탓이었다. 희자를 잃어버린 그의 마음은 돌이킬 수 없는 나락으로 떨어진 것이나 다름없었다. 그는 기진맥진한 상태에서도 오로지 또렷한 것은 그녀에 대한 생각뿐이었다. 생각하면 할수록 그는 더욱 눈물이 났다. 생이별을 한 것처럼 쓰라리고 아팠다.

주먹세계에서 가장 아끼는 부하 한 사람이 칼침을 맞아 중태에 빠졌다고 해도 눈썹 하나 까딱하지 않았던 그였다. 오히려 그런 모습을 보고서는 대담해지는 성격이었다. 그러면서도 그는 후일 반드시 보복해주는 단단한 면이 있었다. 바로 그러한 면이 조직세계에서 그를 최강의 주먹잽이로 만든 것인지도 몰랐다.

그런 그가 희자 때문에 겪는 슬픔이란 너무 가혹했다. 자신이 무너져 내리도록 그는 슬픔을 이기지 못하고 있었다. 차라리 그는 죽으려고 애를 쓰고 있었는지도 몰랐다.

그는 한밤중에도 잠을 자지 않았다. 처음엔 쏟아지던 잠도 어느덧 정신이 맑아지면서 불면으로 바뀌어졌다. 이젠 몇 날 며칠을 꼬박 뜬 눈으로 밤을 지샜다. 기운이 없었다. 의식은 말짱한데, 몸은 물 먹은 솜처럼 무거웠다. 그는 침대에 누운 채로 달이 뜨는 것과, 별이 뜨는 것과, 또한 달과 별이 지는 것을 똑똑히 보고 있었다.

그리고 그가 까무룩한 잠에 빠져든 것은 바로 한 달쯤 되었을 때였다. 온몸에서 진기가 다 빠져나간 그는 이제 죽음이 문턱에 왔구나 하는 것을 느끼면서 서서히 잠이 왔다. 마치 봄날의 꽃향기를 맡는 것처럼 나른해지면서 어디론가 끌려 들어가는 것 같은 추락감을 느끼면서 서서히 정신을 잃어갔던 것이다.

그리고 그가 눈을 뜬 것은 그 며칠 뒤였다. 눈을 떠보니 병원이었다. 하얀 벽면이 가로막혀 있는 침대 위에는 자신이 뉘어져 있고, 그 옆에는 동네 아낙들이 서넛 바라보고 있는 게 보였다.

"이구, 깨어났구먼."

아낙들은 종태가 의식을 되찾은 것이 놀라운지 반색을 했다.

"물…… 물 좀……."

종태는 극심한 갈증을 느끼면서 타는 입술을 혀끝으로 축여냈다.

"여기 물."

옆에 있던 아낙이 얼른 물주전자를 집어 컵에다 따라서는 종태의 입가에 갖다댔다. 종태는 있는 힘을 다해 그 물을 다 받아 마셨다. 그리고 나니 조금 의식이 돌아오는 듯했다.

"아이구우, 그래. 죽으려고 그랬수? 어떻게 젊은 사람이 그런 무모한 짓을 혀?"

이장댁은 혀를 차다가 기가 막히는지 인상을 찡그리며 종태를 내려다봤다.

"……."

종태는 할 말이 없었다. 그저 눈물만 앞을 가릴 뿐이었다. 참 았던 눈물이 왈칵 쏟아지면서 줄줄 흘러내렸다.

"이제 산 사람은 살아야지. 이게 무슨 짓인교? 안 그래요?"

아낙들은 저마다 자신의 일이라도 되는 것처럼 걱정들을 해 왔다. 종태는 그 말을 들으면서 다시 한 번 서러움이 북받치는 듯했다. 가슴 저 밑바닥에서 꿈틀거리며 올라오는 울음이 목에 걸려 꺽꺽거렸다.

"이제 살아야 한다고 굳게 마음잡수슈. 그래, 젊은 사람이 그 깠걸 하나 못 참으면 사내가 아니제. 생목숨 산다고 생각하고 무슨 짓인덜 못 혀."

그랬다. 맞는 말이었다. 그렇지만 종태는 다 소용없는 말인 것처럼 들려졌다. 자신을 위로하기 위해 던지는 말로만 느껴졌 다. 종태는 눈을 감았다. 점점 의식이 돌아오면서 아낙들의 말 이 가슴에 와 박히는 것이었다.

"이제 좀 정신이 들라는구먼."

"뭣 좀 먹어야 혀지."

아낙들은 언제 끓였는지 죽그릇을 내밀었다. 종태는 눈을 감 은 채로 눈물만 흘려내고 있었다. 남자로 태어나서 이런 꼴을 보인다는 게 스스로 생각해도 피눈물이 날 만큼 괴로운 일이었 다.

"자, 묵어요. 이젠 살았으니까 큰 맘 먹고 일어나야제."

아낙들은 억지로 종태를 일어나게 해서 죽그릇을 들이밀었다.

"……."

종태는 죽그릇을 보는 순간, 다시 한 번 뜨거운 눈물이 솟구쳤다. 고마움이랄까. 그는 아낙들의 따뜻한 마음씨를 보는 듯했다. 그러나 희자를 떠나보낸 마당에 혼자만 살아서 죽그릇을 받고 있다고 생각하니 절로 마음이 아파왔다.

"됐습니다."

그는 그렇게 말을 했다. 그 말을 하는데도 그는 실로 어려움을 느껴야만 했다. 그가 이때까지 혼자 골방에 있으면서 실어증에 걸려버린 사람처럼 말을 잊고 있다가 이제서야 겨우 말을 되찾은 것이었다.

"그러면 안 돼우. 사람이 살아야지. 젊은 사람이 왜 죽어?"

이장댁은 억지로라도 미음을 먹이려고 들었다. 그 곁에 서 있던 아낙들도 이장댁을 거들었다.

"그럼요! 먹고 기운을 차려야지요. 그럼 우리 뱃놈 아낙들도 남편이 바다 나가서 죽으면 다 따라죽으려면 한도 없으요. 사람은 그게 아닌기라. 산 사람은 어떻게든 살아야지."

다시 이장댁이 미음 그릇을 종태 앞으로 내밀었다. 이젠 스푼에 떠서 종태의 입가로 들이밀었다.

할 수 없었다. 종태는 이장댁이 떠미는 대로 몇 숟갈 미음을 받아먹었다. 종태의 얼굴 위로 뜨거운 눈물이 줄줄 흘러내렸다. 자신이 이렇게까지 나약해져보기는 처음이었다. 그동안 종태가 지녀왔던 조직 생활의 딱딱함이, 어촌 아낙들의 후한 인심과 서로 맞부딪치면서 우러나오는 감정의 소용돌이였다. 지친 감정이 눈 녹듯이 녹아지면서 눈물이 솟구치는 것이었다.

"으허! 크윽! 크으!"

드디어 종태는 황소 같은 울음을 터뜨리고 말았다. 참고 참았던 남자의 울음이었다. 죽그릇을 들고 있던 이장댁과 아낙들이 깜짝 놀랐다. 그들은 종태의 갑작스런 울음에 놀라 눈이 휘둥그레졌다.

"으허! 으허! 난 죽게 내버려두쇼! 나도 따라 죽게!"

종태는 참을 수 없는 감정의 소용돌이 속에 갇혀 어깨를 들먹거렸다. 속울음을 토해내며 손등으로 얼굴을 가렸다. 차마 여자들 앞에서 이런 꼴을 보이리라고는 상상조차 할 수 없었던 일이었다.

그는 참으로 죽고 싶은 심정뿐이었다. 모든 게 깡그리 무너져 내리고, 자존심마저 어디론가 달아나고 없는 듯했다. 그의 울음을 말리려고 다가드는 아낙은 없었다. 워낙 거세게 울어젖히는 그의 울음을 달랠만한 마음의 여유조차 없는 듯했다.

병원에서 퇴원을 하고는 집으로 돌아왔다.

저만치 바라보이는 집은 영 낯선 집인 것처럼 느껴졌다. 그는 집으로 잠깐 들어갔다가 곧 밖으로 나왔다. 집안은 온통 썰렁한 공기뿐이었다. 잠깐 안방에 놓여진 희자의 유골함을 확인하고는 바닷가로 걸어나갔다. 오후의 스러지는 햇살이 길게 땅거미를 이끌고 있었다.

조용한 바닷가였다. 어촌 마을에서는 이런 시간쯤이면 서둘러 일을 끝마치고는 저녁밥을 준비하기에 한창일 그런 시간이었다. 그리고 저녁밥만 먹으면 곧 한밤중이 되곤 했다. 일찌감치 해가 떨어지고 나면 어촌은 금방 밤중으로 변하는 것이었다.

종태는 후적후적 백사장을 걸어 바닷가 바윗돌이 있는 근처로 갔다. 희자가 살아 있을 때, 같이 바윗돌에 앉아 석양을 바라보곤 하던 곳이었다. 그는 바윗돌 위에 앉아 서녘으로 지는 해를 바라보고 있었다. 붉게 물든 둥그런 햇님이 감홍시처럼 붉디붉게 빛나고 있었다. 이런 황혼녘이 인간의 내면을 가장 처연하게 만드는 그런 시간이었다.

그는 돌 위에 앉아 노을에 물든 구름을 올려다보고 있었다. 그 너머 어딘가에 희자가 숨어 있을 것만 같은 착각이 일어나곤 했다. 할 수만 있다면, 성큼 그 구름 더미 위에 올라서서 희자를 불러보고 싶은 심정이었다.

그는 내면으로 끓어오르는 희자에 대한 간절함을 입속으로 웅얼거려 보았다.

"희자. 사랑했어."

그는 그 말만으로도 부족했다. 그래서 다시 뜸을 들였다가 슬픔이 솟구치도록 희자를 불러보았다.

"희자, 사랑했어. 죽도록. 미치도록!"

그럴수록 그의 마음은 더욱 찢어지는 듯했다. 그는 바다 쪽을 바라보며 다시 중얼거렸다.

"나도 언젠가는 당신 곁으로 돌아갈 거야. 그리 멀지 않은 시간 내에 당신한테로 갈께."

그는 마치 희자 앞에서 굳은 약속이라도 하는 듯이 결연하게 내뱉었다. 그리고는 두 주먹을 움켜쥐었다. 종태가 손아귀에 힘을 주자, 두 주먹이 불끈 감겨지면서 우두둑, 하는 소리를 냈다.

그는 해가 서산으로 넘어가고 어스름이 찾아와 바다를 덮을 때까지 그러고만 있었다. 갈매기들도 깃으로 찾아 들어가고, 바다는 조용한 몸살을 앓아대면서 물살을 일으키고 있었다. 언제 보아도 매양 같은 몸짓의 바다였다. 그러나 바다는 볼 적마다 그 얼굴 표정을 달리하는 것 같았다.

쓸쓸할 때는 쓸쓸한 몸짓으로, 마음이 밝을 때에는 밝은 몸짓으로 춤을 추는 것이었다. 그리고 무언의 말을 하고 있는 듯했다. 쓸쓸할 때나, 마음이 밝을 때나 언제든지 바다는 용기를 가지라고 충고를 던져주는 듯했다. 그래서 사람들은 마음이 괴로울 때나, 우울할 때도 역시 바다를 찾는 것인지도 몰랐다.

바다는 종태에게 말을 하고 있는 것 같았다. 그렇게 느껴서 일까. 종태는 마치 희자가 바다가 되어 말을 던져주고 있는 것 같은 착각을 일으켰다. 어서 일어나라고. 어서 달려가라고. 어서 몸을 회복해서 그동안 당신이 하고 싶었던 일들을 하라고 자꾸만 말을 던져주는 것만 같았다.

"……."

종태는 바다를 쳐다보며 고개를 끄덕였다. 그의 두 손은 굳게 말아쥐어져 단단한 주먹을 만들고 있었다. 손가락마다 억센 힘이 들어가 있었다. 그는 주먹으로 바윗돌이라도 내려치고 싶은 마음이었다. 그러면 바윗돌은 쩍, 하고 금이 가버릴 것만 같았다.

그는 크게 한번 심호흡을 하고는 멀리 수평선을 바라봤다. 벌써 오징어잡이 배들이 켜놓은 환한 불빛들이 바다를 건너오고 있는 게 보였다. 수평선상에 일직선으로 서 있는 오징어잡이 배들은 마치 기다림 그 자체인 것처럼 보여졌다. 종태는 그 배들을 보면서 자신이 이때까지 이곳 수산포에 내려와 정착해 있었던 시간들이 절대 헛되지 않을 것이라고 생각되기도 했다.

"그래, 다시 시작하는 거야. 희자가 없는 세상은 내게 꿈도 주지 않아. 다시 시작하는 거야!"

그는 다시 한 번 주먹을 움켜쥐었다. 그리고는 크게 팔을 들어 올리며 주먹을 부르르 떨어대면서 소리쳤다.

"희자아! 기다려!"

그의 목소리는 넓고 공허한 바다 위를 퍼져나가 파도 속으로 산산이 스며들었다. 마치 결전을 앞둔 전사처럼 그는 벌떡 일어섰다. 그리고는 백사장을 달려 나갔다. 발이 푹푹 빠지는 데도 그는 아랑곳하지 않고 앞으로 내달았다. 숨이 가슴에 차도록 그는 헉헉거리며 내달렸다.

그는 집으로 돌아오자마자, 침대맡의 희자를 확인하고는 모처럼만에 세수를 했다. 머리를 감고, 밀린 면도를 하고, 그리고 찬 물에 샤워를 하고는 속옷을 갈아입었다. 안방으로 들어가 희자의 화장품을 열어 스킨을 바르고는 희자의 유품들을 정리하기 시작했다.

그녀의 손때가 묻은 것들을 차곡차곡 골라내어 깊숙한 곳에 놓아두고 싶었다. 그녀가 이 집 안에 영원히 있게 하기 위해서. 그는 장롱 속을 열어 그녀의 일기를 찾아냈고, 그녀가 이곳에 와서 하루하루를 얼마나 멋지고 보람있게 살아왔는가를 읽어볼 수 있었다. 아침이면 바다의 소리를 들으면서 일어나 종태를 바라본다는 것은 인생에 있어 가장 행복한 일이라는 것과, 매일 밤마다 그와 나란히 누워있다는 것도 행복인 것이며, 그가 어떻게 자신을 즐겁게 해주는가를 상세히 적고 있었다.

"……."

그는 한 장씩 넘길 때마다 일기장에서 묻어나오는 그녀의 숨결을 느낄 수 있을 것만 같았다. 그를 위해서 얼마나 많은 기도를 했고, 그와 자신과의 사랑을 위해서 그녀 자신이 앞으로 어떻게 살아가야 할 것인가에 대해서도 꼼꼼히 적고 있었다. 그녀는 오로지 종태만을 위해서 살 것이라고 적어놓고 있었다.

그리고 아직 들어서지 않는 아기에 대해서도 그녀는 적고 있었다. 왜 아기가 없는 걸까. 그와 같이 산 오랜 시간이었지만 아직 아기가 없다는 것이 못내 불안하다는 것과, 혹시 자신에게 문제가 있는 건 아닐까 하는 우려도 나타내고 있었다.

"……."

종태는 그 글을 읽다가 말고 멍하니 천정을 쳐다보았다. 그토록 갖기를 원했던 아기가 아니었던가. 그런데 그녀가 죽었다는 게 도저히 믿기지 않았다. 너무 예민해서일까? 아기를 가진 것에 대해 너무 경외스러웠던 나머지 혼자서 그렇도록 가슴 떨릴 만큼 고민하고 걱정을 했다는 말인가?

그는 희자의 촘촘한 글을 읽다 말고 의아한 생각이 들었다. 너무나도 갑작스럽게 죽어버린 그녀가 믿기지 않았다. 그것도 바닷물에 혼자 뛰어든 것이 믿을 수 없는 일이었다.

종태로서는 다시 의혹이 일지 않을 수 없었다. 그토록이나 자신을 사랑했고, 더구나 아이까지 임신한 그녀가 그렇게 쉽게 죽는다는 것이 믿기지 않는 일이었다. 그는 희자의 일기를 보면서 점점 의혹이 일어났다. 일기장 어느 구석에서도 마음의 복잡한 변화를 읽을 수가 없었다. 일기에는 자신에 대해 간절한 기도를 올릴 만큼 사랑하고 있었음을 다시 한 번 느낄 수 있었다.

"······?"

종태는 일기를 끝까지 다 읽어 내려갔다. 죽은 그날까지 적어놓은 일기장에서도 어떠한 마음의 괴로움이나, 죽고 싶다는 강렬한 변화는 찾아보지 못했다. 다만 그녀가 적어놓은 글에서 이런 글이 있었다.

······자꾸만 불안해진다. 나중에 아이가 태어나면 어떻게 할 것인가. 나는 두렵고 떨리기만 하다. 그냥 이대로 가만히 있을 수만은 없는 일이라고 생각하면서도 나는 어쩌지를 못하고 있다. 그저 미안할 뿐이다. 내가 사랑한 사람에게 그 모든 것을 다 주지 못한 것 같아 죄스럽기까지 하다. 아아, 내가 왜 이렇게 되어 버렸는지 모르겠다.

종태는 그 글을 읽으면서 희자가 말한 괴로움이라는 정체를 알 수 없었다. 아이 때문에 괴롭다는 말을 들어본 적이 없었던 것이다. 사실 그녀가 먼저 아이를 가지겠다고 말하지 않았던가. 종태는 그녀가 아이를 가지겠다고 누누이 말한 걸 기억하고 있었다. 종태의 분신을 가지고 싶다고 말한 걸 분명히 기억

하고 있었다.

"……?"

그리고 그녀는 이대로 가만히 있을 수만은 없는 일이라고 말한 게 뭘 뜻하는지 전혀 알 수 없었다. 그리고 그녀는 사랑하는 종태에게 모든 걸 다 주지 못한 것 같아 죄스럽다는 말이 무얼 말하는지 궁금하기만 했다.

종태는 다시 한 번 희자의 일기장을 읽으면서 아무리 생각해 내려고 해도 희자가 말한 숨은 말뜻을 알아낼 수 없었다. 정말 답답한 노릇이었다. 이제서야 어느 정도 희자의 죽음에 대한 어렴풋한 실마리가 풀릴 것 같으면서도 아리송하기만 했다. 명확하게 무엇이라고 말하지 않은 그녀의 글씨를 보면서 종태는 마음이 답답해졌다.

그 어떤 실마리가 풀리는 것도 같아 종태는 약간의 흥분이 되었다. 그는 일기장을 덮고서는 다시 이불장을 정리하기 시작했다. 그녀가 갈피갈피 잘 정리해 놓은 것들이었다.

"……?"

이불장 서랍 속의 안쪽에서 비닐에 쌓여 있는 계급 표시가 툭 튀어나왔다. 그것은 바로 총의 멜빵에나 붙어 있는 계급과 이름이 적힌 표시였다. 총기의 소유자임을 얼른 알아볼 수 있도록 하기 위한 명찰이었다.

'상병, 한영일?'

종태는 비닐의 접착면이 떨어져 너덜거리는 그 속에 든 종이에 계급과 이름이 적혀 있는 것을 읽어보았다. 전혀 모르는 이름이었다. 그리고 이런 게 왜 여기 들어와 있을까 하는 생각이 들었다.

"상병, 한영일? 이게 뭐지?"

종태는 분명히 군인들의 총의 멜빵에 붙여져 있는 표시물이란 걸 알았다. 종이 위에다 비닐을 씌워서 멜빵에다 부착시켜 놓은 것이 떨어진 모양이었다. 그런데 왜 이런 게 장롱 속에 있는지 모를 일이었다.

"……?"

분명히 들어본 적이 없는 이름이었다. 만일 희자가 아는 군인이라면 자신한테도 말했을 법한데도 종태는 아직 들어본 적이 없었다. 그는 입속으로 계급과 이름을 중얼거리면서 기억해 내려고 했지만 별다른 기억이 없었다.

장롱 속에는 그것밖엔 별다른 것이 없었다. 차곡차곡 개켜진 옷 밑에 고이 숨겨놓은 듯한 것이어서인지 궁금증만 더할 뿐이었다. 종태는 비닐에 싸인 종이를 호주머니 속에 집어넣었다. 그리고 나서 희자의 옷가지들을 다시 정리하고는 옷장 서랍을 닫았다.

그는 곧 바닷가로 걸어 나왔다.

천천히 초소가 있는 곳으로 걸어갔다. 초소에는 불이 켜져 있었다. 초소 위의 지붕에 사병 하나가 거총을 한 자세로 서 있는 게 보였다. 그리고 그 밑의 상황실에도 군인 한 명이 서 있는 게 보였다.

지붕 위의 군인이 종태를 보고는 소리쳤다.

"어떻게 왔습니까?"

그 군인도 이미 종태를 알아보는 듯했다. 아마도 희자가 죽는 날, 종태를 본 적이 있는 모양이었다. 종태는 그 자리에 서면서 위를 쳐다보며 말했다.

"소대장님, 좀 만나러 왔습니다."

종태의 말에 그 군인은 다시 말을 던져왔다.

"밑에 있을 겁니다. 상황실에서 이야기하십시오."

"……."

종태는 알았다는 듯이 고개를 숙여 보이고는 상황실로 다가갔다. 상황실에 있는 군인이 종태와 지붕 위의 초병과의 대화를 들었는지 조그만 창문을 열면서 물어왔다.

"무슨 일로 그러십니까?"

철모엔 병장의 계급장이 붙어 있는 군인이었다. 아마 제대를 앞둔 고참인 것 같았다. 꽤나 고참이라선지 바깥에서 보초를 서는 것이 아니라, 상황실 안에서 바다를 쳐다보면서 근무를 서고 있는 것 같아보였다.

"아, 네. 소대장님 좀 만나러 왔습니다. 저번에 미안한 일도 있고 해서…….”

종태가 그렇게 말하자, 병장도 바닷가에서의 희자의 죽음을 알고 있는 듯했다. 그는 친절하게도 얼른 대답을 해왔다.

“여긴 들어오면 안 되는 곳이거든요. 잠깐만 기다리십시오.”

“네, 알았습니다.”

종태의 대답이 있자, 병장은 얼른 안쪽으로 난 문을 열고는 누구에겐가 소리치는 것 같았다. 그리고 좀 있으려니까 저번에 봤던 소대장이 밖으로 나왔다.

“아이구, 어서 오십시오.”

소대장은 보기보다 꽤나 어려 보였다. 귀밑머리를 깡뚱하게 자른 전형적인 학사 장교처럼 앳되게 보였다. 소대장을 따라 종태는 안으로 들어갔다. 내무반의 복도를 지나서 끄트머리에 소대장실이 따로 있었다.

내무반에는 군인들이 하나도 없었다. 침상 위에는 마악 보초근무를 나가려던 참이었는지 총과 헬멧 등과 딴띠 등의 개인 장비들이 따로따로 놓여져 있었다. 아마 저녁을 먹으러 식당으로 간 모양이었다.

소대장실로 들어서자, 소대장이 의자를 권하며 말했다.

“전부 다 식당에서 밥을 먹고 있어요. 식사가 끝나고 나면 곧바로 근무지로 투입이 되죠. 어떻게 오셨습니까?”

소대장의 좁은 방 안의 책상 위에도 식사가 날라져 와 있는 게 보였다. 아직 식사 전인 모양이었다.

"이거, 아직 식사 전인데…… 이렇게 찾아와서 식사도 못하고……."

종태는 미안한 마음이 들었다.

"아, 아닙니다. 전 군장검사를 끝내고 나서 천천히 먹어도 됩니다. 사병들을 근무지로 투입시켜 놓고 나서 먹어도 되죠."

그러면서 소대장은 웃었다. 그리 신경 쓰지 말라는 투로 보였다.

"저번의 일로 폐를 많이 끼쳐서요. 그래서 언제 한 번 술이라도 한 잔 살까 해서요. 너무 고마웠습니다."

종태는 예의를 갖춰서 고개를 숙여 보였다.

"아이구, 아닙니다. 인근에 있는 초소에서 그런 일쯤이야…… 당연히 그런 일을 해야 하지요 뭐. 사람이 죽었는데 가만히 보고 있을 수가 있나요. 여긴 다 우리 작전권인데요. 말씀은 고맙습니다."

"언제 시간을 낼 수 있으시겠습니까?"

종태는 재차 물었다.

"네, 그러죠 뭐. 저도 술을 좋아하니까요. 그럼, 나중에 댁으로 들러도 되죠? 낮엔 전부 다들 보초를 서고 나서 잠을 자니까, 그때 들르도록 하죠."

소대장은 순진해 보였다. 대학을 마치고 곧바로 장교로 임관 받아 온 모양이었다. 소위 계급장이 어울리지 않을 만큼 풋풋한 청년인 것처럼 보여졌다.

"네, 고맙습니다. 그럼 이만 가보겠습니다."

종태는 의자에서 일어나면서 깊숙이 고개를 숙여 보였다. 소대장이 바깥에까지 따라나왔다가 배웅을 하면서 인사를 건네왔다.

"꼭 가보겠습니다. 그럼."

종태는 소대장과 악수를 나누고는 걸어 나왔다. 벌써 어둠이 내리깔린 백사장을 걸어 솔밭으로 걸어갔다. 초소에서 솔밭까지는 불과 20미터도 못 되는 거리였다. 그 솔밭 속에 20여 호쯤 되는 집들이 있었다. 그리고 그 중간쯤에 교회가 자리잡고 있었다.

종태는 교회를 향해 걸어갔다.

평일의 교회는 마당에 불만 켜져 있었을 뿐, 조용하기만 했다. 마당을 가로질러 교회 사택으로 걸어가면서 종태는 빈손이라는 것을 깨달았다. 그냥 나갈까 하고 생각했다가 이왕 마음먹은 것이라 생각하고 성큼 사택으로 들어섰다.

사택의 거실에는 마악 저녁을 먹으려고 준비하고 있는 참이었다. 목사님이 앉아 있다가 종태를 보고는 벌떡 일어나서 반겼다.

"어서 오시구료. 근데 몸은 좀……."

목사님의 걱정스런 염려의 말이었다.

"다 나았습니다. 덕분에…… 저녁을 드시는 시간인 줄 모르고 들렀는데……."

종태는 미안했다. 이럴 줄 알았으면 무엇이라도 사들고 올 걸 하는 생각이 들었다.

"아닙니다. 앉으시죠. 저녁을 안 드셨으면 같이 하시죠 뭐."

그러면서 목사는 얼른 주방을 향해 저녁을 준비해 달라고 부탁해버리는 것이었다. 할 수 없었다. 종태는 목사님 맞은편에 앉아 머리를 숙였다.

"뭐라고 송구스런 말씀을 드려야 할지…… 그동안 저희 집사람이 교회를 끔찍이도 좋아했었는데…… 목사님의 설교를 듣고 나서 좋아했었으니까요…… 그런데……."

종태는 말을 다 잇지 못했다. 마치 목 안에 무엇인가 걸린 듯한 울음이 자꾸만 쏟아져 나오려고 그랬다.

"아, 아닙니다. 우리, 기도합시다."

목사의 말에 종태는 무릎을 꿇었다. 목사는 다소 엄숙한 마음으로 기도를 하기 시작했다.

"여기 사랑하는 차종태 형제가 왔나이다. 슬픔을 당한 이 형제에게 위로를 주시옵시고, 아내를 잃은 슬픔을 딛고 속히 일어나게 하옵소서.

116

사랑 많으신 주님,

우리가 이 세상에 살면서 슬픔을 만나거나, 기쁨을 만나는 것도 다 주님의 뜻인 줄 압니다. 우리가 이 세상에 미련을 두지 말고, 하늘나라에 대한 깊은 소망을 가지고 살게 하옵소서.

형제에게 당한 이 슬픔이 크나큰 줄 압니다. 다시는 이런 슬픔이 없도록 붙들어주시고, 앞으로의 생에 주님만 붙들고 살아갈 수 있게 하여주옵소서.

우리 주 예수 그리스도의 이름으로 감사하며 기도드립니다, 아멘."

"아멘."

목사의 기도가 끝남과 동시에 종태도 아멘이라고 화답했다. 그리고는 바른 자세로 고쳐 앉았다. 목사가 손을 뻗어 종태의 손을 거머쥐었다. 두텁고 부드러운 손이었다.

"이제 자매님은 하늘나라로 가셨으니까 너무 심려하지 마십시오. 우린 다 죽어서 하늘나라로 돌아갈 사람들입니다."

목사님의 음성은 차분했다.

"네, 고맙습니다. 그동안 저희들을 신경 써 주시고. 저희들을 위해 기도를 해주신 것…… 감사드립니다."

종태는 진정으로 고마움을 표시했다.

"별말씀을 다 하십니다. 어려움을 당한 이웃에게 그만한 것도 못 하면 안 되지요. 근데 몸은 어떻게 좀……."

목사님은 종태가 아무것도 먹지 않고 누워만 있을 때나, 병원으로 실려 갔을 때도 찾아와준 적이 있었다. 그때는 종태도 눈에 아무것도 보이지 않을 때여서 목사님이 무슨 말을 했는지도 기억이 없었다. 그러나 시간이 흐르면서 목사님의 고마움을 알 수 있을 것만 같았다.

그래서 이 밤에 불쑥 찾아온 것이었다. 인사라도 드려야만 조금 마음이 놓일 것만 같아서였다. 걱정스런 눈빛으로 그윽이 바라보시던 목사님의 인자함을 그냥 지나칠 수는 없는 일이었다. 종태는 이렇게라도 불쑥 찾아오기를 잘했다는 생각이 들었다.

"전 괜찮습니다. 저희들에게 여러모로 도움을 주시고…… 목사님껜 면목이 없습니다."

종태는 다시 한 번 머리를 조아렸다. 그리고 곧 목사님 앞에 저녁상이 차려졌으므로 종태는 식사기도를 한 후, 같이 식사를 하게 되었다.

"많이 드세요. 반찬은 별로 없지만."

사모님의 말이었다.

"됐습니다. 전 반찬이 없어도 잘 먹습니다. 신경 쓰지 마십시오."

종태는 그 말을 하고선 밥을 떠서 입에 넣었다. 따뜻한 밥이 입안에 닿자, 희자의 손길이 느껴지는 듯 갑자기 목이 메어왔다. 그동안 희자가 해주는 밥만 먹은 종태는 그런 생각이 미치자, 불현듯 말할 수 없는 끈끈한 정이 느껴지는 것이었다.

"……."

종태는 자꾸만 눈시울이 붉어지려고 해서 천천히 밥숟갈을 놀렸다. 최대한 자신의 감정을 억제하면서.

"많이 드세요. 그동안 식사도 제대로 못했을 텐데……."

이번엔 목사의 배려였다.

"……."

종태는 대꾸도 할 수 없었다. 자칫 말을 꺼냈다간 왈칵 하고 눈물이 쏟아져 내릴 것만 같았다.

"……."

못가는 종태의 그러한 심정을 이해하는 듯했다. 종태를 물끄러미 바라보고 있다가 식사에만 열중하는 듯했다. 한참 만에 목사는 입을 뗐다.

"이제 어떻게 하실 건가요?"

목사는 스푼으로 국을 뜨면서 물었다.

"아직은…… 그렇습니다. 특별히 생각한 것도 없고…… 희자를 여기 두고 떠날 수도 없는 입장인 거고요…… 그냥 여기 있을려고 그럽니다."

"아, 네. 그렇지요. 여기 정착했으니까. 여기도 살만한 데더라고요. 조용하긴 해도 바다가 있어서 그렇게 외롭진 않으시겠죠?"

"……."

종태는 말을 하지 못했다. 여기 수산포에 그대로 남아 있을 거라고 막상 말은 그렇게 했지만 장담할 수는 없는 일이었다.

"어떻게 합니까? 사람의 운명이라는 것은 한 치 앞도 알 수 없는 것인데…… 여기서 그저 수양한다고 생각하고 살 수도 있죠."

"……."

종태는 목사의 말에 고개를 끄덕였다.

"교회엔 자주 나오세요. 나와서 기도를 하고…… 그동안 마음 아팠던 것을 삭이면서 회개 기도를 하면 우리 하나님께서 들어주실 줄 믿습니다."

목사는 진지하게 말을 했다. 오로지 종태를 위한 충고의 말인 것 같았다. 어쩌면 목사님은 희자와 종태의 만남과, 종태의 과거에 대해 알고 있는지도 몰랐다. 그래서 더욱 죄의 구렁텅이로 빠질지도 모른다는 생각에서 염려하는 것 같기도 했다.

종태는 이번에도 역시 고개만 끄덕였다. 아마 목사님이 어느 정도 자신에 대해 알고 있는 듯했다. 그런 느낌이 들었다. 어쩌면 희자가 특별히 목사님께 종태에 대한 기도를 해달라고 부탁드리면서 자신들의 과거에 대한 말을 했을지도 몰랐다.

목사님은 종태에 대해 알고 있으면서도 일절 그런 말을 입

밖으로 내지 않았다. 그저 평범한 신자로서만 대할 뿐이었다. 그러나 지금 희자가 죽고 난 마당에 목사가 우려하는 것은 종태의 오랜 과거의 생활이 되살아날까 봐서 우려되는 부분이 있는 듯했다.

남자란 여자가 하기 나름이라는 말도 있듯이, 그동안 희자가 있음으로 해서 그동안 종태는 만족한 생활을 할 수가 있었다. 그런데 희자가 죽고 난 다음, 그는 걷잡을 수 없는 마음의 동요가 일어나는 건 사실이었다. 겉으론 드러낼 필요가 없었겠지만, 그는 내면으로 일어나고 있는 풍랑을 감지할 수 있었다.

그래서 그는 더욱 희자에 대한 생각으로 하루를 보내려고 하고 있었지만 그게 쉽지는 않았다. 언뜻언뜻 정체를 알 수 없는 생각들이 떠오르려다간 사라지곤 했다. 정확한 실체를 알 수 없는 것들의 혼란이었다. 종태는 그것이 무엇이라는 것은 잘 몰랐지만 하여튼 옛날로 돌아가고픈 회귀의 본능일지도 모른다는 생각이 들었다.

송충이는 솔잎을 먹고 살아야 한다는 말이 생각났다. 그동안 희자가 곁에 있을 때에는 그런대로 몰랐었지만 그녀가 없는 지금은 종태 혼자서 이 세상을 살아가기란 무척 힘이 들 것 같은 생각이 들었다. 막상 무엇을 하려고 해도 낯설기만 하고, 자신의 무식이 탄로날 것 같은 일종의 불안감이 내습하는 것이었다.

조직의 세계에서는 그러한 염려를 할 필요도 없었다.

그곳에서는 오로지 주먹만이 정의였고, 법이었고, 주관일 수 있었다. 그런데 세상이라는 것은 온갖 윤리와 규범, 그리고 법에 의한 제재가 있었기 때문에 신분과 개성의 노출이 자연시됐다. 그런 사회에의 적응이란 종태로서는 실로 어려운 일이었다. 목사님과 대화를 하는 동안에도 그는 그러한 것을 느꼈다. 자연스럽게 받아들이지 못하는 자신이 마치 이방인처럼 느껴졌다.

옆에 희자가 있었다면 그녀가 어떻게든 분위기를 바꾸기도 하고, 이야기의 실마리를 풀어갈 수도 있었겠지만 그로서는 당당히 대할 수 없는 신분의 높은 벽 같은걸 느꼈다. 종태는 저녁식사를 끝내고 나서 후식으로 나온 딸기를 먹으면서 대화의 빈궁함을 느끼고 있었다. 더 이상 그 자리에 있을 수가 없었다.

"저, 그럼 이만 가보겠습니다."

종태는 일어나면서 인사를 했다.

"아유, 좀 더 노시다 가시잖고요? 식사도 변변치 못했는데."

사모님의 말을 들으면서 종태는 다시 한 번 고마움의 표시를 했다.

"아닙니다. 이젠 가봐야지요."

"그럼 멀리 안 나갑니다. 자주 들르십시오."

목사님은 거실에서 인사를 했다. 종태는 목사님에게 인사를 하고는 솔밭으로 걸어 나왔다. 제법 어두운 밤이었다. 소나무 사이로 높다랗게 떠 있는 반달이 보였다. 마치 희자가 웃고 서 있는 것 같은 기분이 들었다.

"……."

종태는 그 자리에 서서 해송 사이로 멀리 바라보이는 달을 바라보고 있었다. 모처럼만에 보는 달빛이었다. 예전에는 전혀 느끼지 못했던, 혼자만이 고독을 되씹어볼 수 있는 그런 시간 이었다. 그는 솔밭을 걸어 나오면서 혼자뿐이라는 절실한 마음 이 들었다. 그 누구도 자신의 고독과 슬픔을 대신할 수는 없는 일이라고 생각했다.

종태는 빈 집으로 들어오는 것 같은 기분이었다. 집 안 마당 에는 불이 꺼져 있었다. 그는 거실로 들어서면서 스위치를 올 릴까 하고 생각했다간 그만두고 말았다. 그냥 그대로 안방으로 들어갔다. 창문으로 달빛이 흘러들고 있어서 굳이 전등불을 켤 필요도 없을 것 같았다.

침대에 누워 그는 생각하기 시작했다.

상병 한영일이라는 자는 누구인가? 그 군인의 총기 명찰이 희자의 장롱 깊숙한 데서 나왔다는 것이 못내 마음에 걸렸다. 아무리 생각해봐도 희자가 달리 다른 마음을 품고서 그 군인과 그렇고 그런 사이는 아닐 것이란 생각을 하면서도 종태는 의구 심이 생기지 않을 수 없었다.

혹시 그 남자 때문에?

그는 점점 그런 쪽으로 생각이 굳어져가고 있었다. 그렇지 않고서는 희자가 그렇도록 쉽게 목숨을 끊어버릴 여자가 아니란 걸 그는 알고 있었다. 독실한 기독교 신자인 그녀가 자살을 한다는 건 있을 수 없는 일이었다. 성경에서는 자살이 곧 죄라는 걸 그도 알고 있었다.

그렇다면?

종태는 혹시 그가 없는 사이에 그 군인에게 겁탈을 당했을지도 모른다는 생각에까지 미쳤다. 그렇게 생각하자, 그건 좀 가능한 일인 것처럼 생각되어졌다. 그래서 희자가 마음의 괴로움을 이기지 못하고 스스로 목숨을 끊어버린 건지도 모르는 일이었다.

그리고 그는 희자를 데리고 양양 읍내의 산부인과에 갔을 때를 생각해봤다. 그때, 희자는 별로 달갑잖은 표정이었다는 걸 이제서야 깨달을 수 있었다. 의사가 임신이라고 말했을 때, 펄쩍 뛰면서 반가워했어야 할 그녀는 오히려 침울한 눈빛이었다. 멍한 눈으로 종태를 살피는 듯한 표정이었다는 걸 알 수 있었다.

그리고 양양에서 집으로 돌아오는 동안 그녀는 내내 잠만 잤던 것이었다. 몸이 허약해서 일거라고 생각했었지만 어딘지 모르게 쓸쓸해보이던 그런 모습을 그는 까마득히 몰랐던 것이다.

그리고 집으로 돌아와서부터 점점 나아지는 그녀에게서 별다른 문제점 같은 건 발견할 수 없었다.

종태는 군인의 총기 명찰이 장롱 깊숙한 곳에 있었다는 것이 못내 마음에 걸렸다. 희자가 감춰둔 데에는 그만한 이유가 있었을 것만 같았다. 그는 멍하니 앉아 하던 일을 멈추고는 생각에 잠겼다. 명찰이 희자의 죽음과 무슨 연관성이 있을 것만 같은 직감이 자꾸만 들었다.

"……?"

그는 일단 소대장을 만나 한영일이라는 군인에 대해 물어보는 수밖에 없었다. 그러지 않고서는 어떠한 실마리를 찾아낼 수가 없을 것 같았다. 그는 장롱 속을 더 뒤졌지만 그 밖의 별다른 것은 찾아낼 수 없었다.

대충 씻고 나서 잠자리에 누웠지만 잠이 오질 않았다.

가만히 귀를 기울이고 있으면 파도소리만이 점점 더 크게 들리고 있었다. 그는 억지로라도 잠을 청하기 위해 몸을 뒤척거렸지만 의식은 더 말똥거려졌다. 아무런 생각도 없으면서도 의식만 맑아지는 그런 공허한 상태였다.

"……."

종태는 희자의 하얀 나무상자를 바라보았다. 달빛을 받아 더욱 하얗게 드러나 보이는 것이었다. 그는 속울음이 치밀어오려는 것을 꾸욱 참으며 창밖 하늘을 쳐다보았다. 캄캄한 가운데에 달님만이 유난히 밝았다. 시리도록 맑고 청명한 밤하늘이었다.

그는 하늘을 올려다보면서 기어이 눈물을 떨궈내고 말았다. 소리 없이 흘러내리는 물기였다. 얼굴을 타고 흘러내린 굵은 눈물은 입속으로 들어가곤 했다. 찝찌름한 것이 혀끝에 와 닿았다.

"희자. 난 이제 어떡하지? 어디 있어?"

그는 입속으로 나지막이 웅얼거렸다. 대답도 없는 그런 물음이었지만 그는 그 말을 하지 않고선 견딜 수 없었다.

"장롱 속에 있는 명찰은 어떻게 된 거야?"

"왜 그런 게 그 속에 있지?"

그는 자꾸만 묻고 있었다.

"왜 혼자만 가버렸어?"

그는 끝내 깊은 오열을 터뜨리고 말았다. 참을 수 없는 황소울음 같은 것이 목젖을 울리며 타고 넘어나왔다.

"으흐엉. 이렇게 될려고 그런 고생을 하며 나왔어? 차라리 그곳에 있는 게 더 좋았잖아?"

그는 희자가 청주 여자교도소에 있고, 자신은 영등포 구치소에 있을 때가 더 나았을 것이라고 항변하고 있었다. 차라리 그때가 더 행복했었는지 몰랐다. 그곳은 비록 자유는 없었지만 편지 왕래는 할 수 있는 곳이었다. 그리고 까마득한 미래에 대한 희망 같은 것이 남아 있어서 그나마 훗날에 실낱같은 만남을 기약할 수도 있는 곳이었다.

이제 그녀가 없는 세상은 종태에게 있어선 별의미가 없는 그런 세상이었다. 오로지 그녀만이 자신의 행복인 것이고, 그의 전부일 정도였다. 그는 아직도 그녀를 잊지 못하고 있었다.

그녀가 거실 주방에 선 채로 설거지를 하거나, 집안 청소를 꼼꼼히 하고 있는 것을 바라볼 때마다 종태는 가정의 안온함을 새삼 느끼곤 했었다. 가정이란 것은, 마음을 편히 누일 수 있는 그런 마땅한 곳이기도 했다. 그래서 그는 뒤늦게나마 가정의 소중함을 다시 느끼곤 했던 것이다.

이제 그는 갈 곳이 없는 나룻배나 마찬가지였다. 바다 한가운데 떠서 어디론가 정처 없이 흘러가고 있을 뿐이었다. 마치 운명의 장난질치는 바다 한가운데 떠 있는 고독한 배와도 같았다. 막상 어디론가 가야 할 것 같건만 그는 어디로 가야 할지, 방향조차 제대로 잡지 못하고 있었다.

어쩌면 그는 바닷가 수산포에서 생을 마감해버리고도 싶었다. 이제까지 자신이 누렸던 모든 영화와 주먹세계의 권좌는 한낱 물거품과도 같은 것이었다. 한 인생이 죽어버리고 나면 아무것도 남는 것이 없는 것이었다. 종태는 그렇게 생각했다. 자신이 죽고 나면 마치 넓은 백사장의 모래알 하나인 것처럼 어떻게 죽었는지조차 알 수도 없을 것 같았다.

그는 거의 뜬 눈으로 밤을 지새웠다. 잠깐 눈을 붙였다가도 번뜩 눈이 떠지면서 맑은 의식이 돌아왔다. 그것은 희자를 기다리다가 잠깐 졸았던 것처럼 눈이 떠졌다. 그러다가 희붐한 새벽을 맞았다.

그는 서서히 밝아오는 바닷가로 나갔다.

이런 시간이면 밤새 보초근무를 섰던 군인들도 철수할 그런 시간이었다. 초소의 군인들은 밤 동안의 보초근무를 마치고는 아침 식사를 하고 나면 곧장 취침을 하는 것이었다. 그런 것은 종태가 그동안 군인들을 가까이서 지켜봤기 때문에 아는 것이었다.

그는 밝아오는 새벽 바다를 거닐었다.

검은 파도가 점점 푸른 빛깔을 띠면서 아침이 다가오고 있었다. 희자와 같이 거닐었던 백사장은 바닷바람으로 인해 흔적조차 남아 있지 않았다. 마치 눈이라도 내린 것처럼 백사장조차 편편했다. 그는 바닷물이 밀려와 찰랑이고 간 모래톱을 걸어갔다.

얼마나 걸었을까.

그는 걸었던 길을 되돌아 다시 걷곤 했다. 그러면서 그는 완전한 아침을 맞았다. 배들이 초소가 있는 포구로 들어오는 걸 봤고, 뱃사람들이 배에서 내려 아침을 먹으러 가는 것도 지켜봤다. 그들은 밤새도록 일한 피로를 이기지 못한 채, 종태를 힐끗 쳐다보고는 멀찌감치 멀어져갔다.

　그런 어부의 눈빛에서도 종태는 쓸쓸함을 맛보는 것이었다. 종태는 마치 자신이 사랑했던 아내를 잃어버린 외기러기 같은 심정이었다. 동네 아낙들이나, 뱃사람들이 동정어린 눈길을 보낼 때마다 홀로 처참한 기분이 들었다.

　바닷가에서 돌아오는 대로 그는 짚차를 몰아 속초로 나갔다.

　견딜 수 없는 마음의 쓸쓸함을 어떤 식으로든 메우고 싶었다. 그는 속초 시내로 나와 제일 먼저 다방으로 들어갔다. 다방은 이제 마악 장사를 시작하려는지 아가씨들이 청소를 하고 있다가 손님을 맞는 것이었다.

　"어서 오세요."

　아가씨는 청소를 하다 말고 얼른 종태에게로 다가왔다. 그리고는 종태의 옆자리에 앉아 종태를 빤히 쳐다보는 것이었다.

　"왜?"

　종태가 물었다.

　"아뇨. 그냥 보는 거예요. 호호호. 이곳 사람 아니죠?"

　아가씨는 종태를 알아맞히기라도 하는 듯이 대뜸 그 말을 하는 것이었다.

　"그렇게 보여?"

　종태는 씽긋 웃어보이며 물었다. 내면에서는 답답한 마음이었지만 겉으론 그런 내색을 드러내고 싶지가 않았다.

"네, 그래요. 서울서 오셨나 보네? 무슨 일로?……."

아가씨는 이제 갓 스물 살을 넘었을까 말까한 그런 나이였다. 웃을 때마다 볼에 우물이 패이는 것이었다. 요즘 신세대라는 말이 적당할 정도로 꽤나 발랄하게 차려입은 옷도 그랬다. 그녀는 종태의 옆에 찰싹 달라붙어 앉았다.

다른 아가씨들도 손님이 들어와서인지 대충 청소를 끝내고는 이쪽을 흘끔흘끔 바라보는 것이었다. 아가씨는 종태 옆에 앉아 말상대가 돼 주려고 간지럼을 태우고 있었다.

"아유, 멋있다! 놀러 왔어요?"

아가씨는 종태의 다듬지 않아 까칠해진 턱수염을 만져보았다. 보드라운 손가락이 턱에 닿자, 종태는 그게 싫지 않았다. 얼마만에 느껴보는 여자의 보드라운 손길이었던가.

"그럴 수도 있고……산다는 건 어차피 소풍이나 나온 거 아닌가?"

"어머! 그런 말씀, 정말 멋지다아! 와아! 선생님이세요? 아니면? 그림 그리는 분?"

아가씨는 제멋대로 추측을 하면서 종태의 한쪽 팔을 끌어안았다.

"그냥 구름 따라 흘러가는 나그네라고나 할까? 외로운 쪽배겠지."

종태는 스스로를 그런 식으로 표현했다. 그 말이 더 아가씨의 맘에 들었는지 아가씨는 마치 장난이라도 치듯이 깔깔 웃으며 나왔다.

"어머어머! 외롭다는 말, 그런 식으로 표현하시면 난 너무 좋아! 선생님이 처음에 탁 들어왔을 때부터 무슨 전류 같은 게 흘렀어요. 왜, 그런 거 있죠? 첫눈에 탁 마음에 와 닿는 그런 거 말예요. 너무 멋있다아!"

아가씨의 찬사는 그냥 하는 말이 아니었다. 속으론 어떨지 모르겠지만 하여튼 아가씨는 종태에게 호감이 가는 건 사실이었다.

"식사는 했나?"

종태가 물었다.

"아직요. 이제 해야죠. 아직은 이른 시간이에요. 청소 끝내놓고, 아침을 먹거든요. 식사는 했어요?"

"아직……."

"아직요? 그럼 우리, 같이 먹을래요?"

아가씨는 반색을 했다.

"여기서?"

종태가 턱짓을 해보이며 물었다.

"여기가 어때서요? 우린 여기서 먹는데……."

"나가서 먹을까?"

종태의 말에 아가씨는 대번에 얼굴이 환해졌다.

"사주실 거예요, 그럼? 아유, 좋아라!"

아가씨는 손뼉이라도 칠 것처럼 좋아라 했다. 아가씨는 얼른 종태에게 귓속말을 해왔다.

"내가 언니한테 말하고 올게요. 나가서 먹어요, 우리. 알았죠?"

"……."

종태는 고개를 끄덕였다. 아가씨는 곧 일어나더니 언니한테로 가는 것이었다. 주인인 듯한 삼십 대 중반의 여자한테로 간 아가씨는 무어라 말을 하고는 금방 다시 왔다.

"됐어요. 우리, 나가요. 근데 차는 뭘로 하실래요?"

아가씨는 승낙을 얻었다는 것에 마음이 들뜬 것처럼 보여졌다.

"커피. 블랙으로!"

종태의 말에 그녀도 맞장구를 쳐왔다.

"그럼, 나도 블랙으로 할 거예요."

그리고선 아가씨는 주방의 언니한테 커피, 블랙이라고 말을 한 다음에 종태의 무릎 위에 손을 얹었다.

"선생님 이름이 뭐예요? 가르쳐주면 안 돼요?"

아가씨는 아직 어린 티가 났다. 화장을 해서 제법 어른스럽게 보이려고 애쓴 흔적이 역력했다. 종태는 오랜 조직생활에서 수많은 아가씨들을 봐온 터였으므로 대번에 알 수 있었다.

"차종태야."

종태는 짧게 내뱉었다.

"어머어머! 무뚝뚝하셔라! 그냥 이름만 대고…… 나이는 어떻게 돼요?"

"그건 말할 수 없어. 아가씨가 대충 때려잡아. 그럼 됐지?"

그 말을 하고선 종태도 웃어보였다. 그것까지 다 말해주기는 싫었다. 마치 희자가 옆에서 보는 것만 같은 기분이 들어서였다.

"어머! 알았어요. 저도 보는 눈이 있는 걸요. 전 이름이 지예예요. 성이 가 씨고요. 가지예."

"가지예?"

"네, 그게 제 이름이에요."

"가 씨구만. 가지예라고 부르니깐 이름이 예쁘네."

비로소 종태는 마음이 조금 놓이는 듯했다. 처음 아가씨가 너무 달착지근하게 나오는 것이 좀 어색하기는 했었지만, 자신의 본명까지 밝히고 나오는 것이 우선 마음이 들었다.

"네, 아빠가 그런 이쁜 이름 지어주셨어요. 서울 사세요?"

"그런 셈이지."

"그럼 이곳엔 놀러?"

지예는 동그란 눈을 뜨며 빤히 쳐다봤다. 아직 앳된 모습이 콧날에 그대로 묻어 있었다. 작고 도톰한 입술이 다물어져 있을 때엔 마치 사과알 한쪽을 물고 있는 것처럼 보여졌다.

"그냥 왔지. 바다가 보고 싶어서. 둘이 왔다가 나만 혼자 돌아가게 생겼어."

종태는 그 말을 하면서 슬펐다. 결국 희자만 잃고 돌아가야 하는 외로운 나그네와도 같은 심정이었다.

"왜요? 싸웠어요?"

지예는 더욱 커진 눈으로 종태를 쳐다보는 것이었다.

그때, 커피가 날라져왔다. 지예와 같은 동료인 아가씨가 커피를 가지고 왔다. 지예는 그 아가씨의 손을 붙잡으면서 미안해하는 것이었다.

"언니, 미안해. 이 분이 나, 아침 사준댔어. 나갔다 올게."

하고 말하자, 언니는 씽긋 웃으며 앞자리에 앉았다.

"그래라. 좋겠다, 넌."

언니라는 아가씨는 그런 말을 하면서 종태를 쳐다봤다. 종태는 담배를 꺼내 천천히 불을 붙였다. 달리 할 말이 없었기 때문이었다.

언니라는 아가씨는 세 잔의 커피를 만들어 종태와 지예 앞에 잔을 놓아주고는 자신도 한 잔을 마시는 것이었다.

"서울서 오셨어요?"

언니라는 아가씨의 질문이었다.

"으응, 그런데 이 선생님이 그림 그리시는 분이래. 말을 참 재밌게 해. 너무너무 멋있어."

지예는 커피를 마시면서 마구 떠들어댔다. 그러면서 자신은 이제 커피를 마시고 나서 바깥에 나가서 식사를 할 것이라는 것을 은연히 드러내고 있었다.

"그으래? 그렇게 뵈네요."

언니는 지예를 쳐다보고 있다가 종태 쪽으로 시선을 돌렸다.

"그건 아니고…… 그냥 바다가 좋아 왔다가…… 혼자 돌아가는 겁니다."

종태는 좀 어색해졌다. 마치 자신이 거짓말을 하고 있는 것 같은 생각이 들었다. 마치 두 아가씨들을 속이고 있는 듯한 자책감이 들었다.

"아, 그래요. 저도 바다가 좋아서 이곳으로 왔어요. 저도 서울이고, 얘도 서울이 집이거든요. 그런데 바다를 실컷 보고 나니 이젠 바다가 밍밍해졌어요. 여기 뱃사람들 거친 것도 이젠 신물이 나고요. 요즘 서울은 좀 어때요?"

언니는 서울 소식이 궁금한 모양이었다.

"나도 오래 전에 내려왔어요. 서울에서 일어나는 일은 잘 몰라요. 그냥 바다만 보고 살아서."

"아, 네에."

언니는 커피를 마시면서 종태를 빤히 쳐다보는 것이었다. 그런 눈빛은 마치 멋있는 남자를 지예에게 먼저 선수를 당한 것처럼 보여졌다. 지예는 언니의 그런 눈빛을 보자, 더욱 신이 나는 듯했다.

"언니, 나, 이분이 멋있어서 오늘은 땡땡이 쳐야 될 것 같아, 후훗. 그럼 언니는 약 오르겠지?"

지예는 언니가 화를 내지 않을 만큼 농담을 던지고 있었다.

"그래, 그래라. 그럼 난 내일 아무나 붙잡고 외박해버린다 뭐."

언니도 지지 않겠다는 투였다. 그리고는 언니는 일어섰다. 종태에게 고개를 까딱해 보이고는 저쪽으로 걸어가고 나자, 지예는 얼른 종태에게 서둘렀다.

"빨리 마시고 나가요. 오늘 아침은 제가 살게요."

"아니지. 내가 사야지."

종태는 얼른 커피잔을 비우고는 일어섰다. 지예는 뒤따라 나오면서 언니와 주방 언니에게 눈을 찡긋거리면서 혀를 낼름거렸다. 마치 놀리기라도 하는 듯이.

그들은 밖으로 나와 지예가 음식을 잘 한다는 식당으로 들어갔다. 지예는 꽤나 명랑한 아가씨였다. 종태의 한쪽 팔을 끼고선 마치 연인처럼 걷는 것이었다. 자리에 앉자마자, 지예가 생글거리며 말했다.

"나, 아저씨 맘에 들어."

"……?"

종태는 갑작스럽게 그런 말을 하는 지예를 쳐다보았다.

"왜요? 안 돼요? 그냥 왠지 맘에 드는 거 있죠? 믿음직스럽기도 하구…… 좀 쓸쓸한 거 같기도 한…… 그런 매력이 있는 거 같아요."

지예는 웃을 때마다 볼에 작은 보조개가 패였다. 웃을 때마다 하얀 치아가 싱그럽게 드러나고 있었다. 가는 목덜미가 티셔츠 밖으로 훤히 드러나 보이고 있었다.

"그래? 그렇게 보였나 보지? 난 안 그런데?"

종태는 그 말을 던지면서 웃었다.

"안 그래요 뭐. 나도 사람 볼 줄 알아요 뭐. 아저씬 어딘가 좀 쓸쓸해. 어느 구석엔가 철학이 있는 거 같애."

지예는 깔깔 웃었다. 물잔을 두 손으로 잡고선 빙빙 돌리면서.

그때, 아주머니가 다가왔다. 물수건과 메뉴판을 내밀었다. 아주머니는 지예를 알아보는 듯, 아는 체를 하면서 종태를 바라보는 것이었다. 지예는 메뉴판을 종태에게 내밀었다.

"뭘로 하실래요? 이 집은 아구찜하고 된장 백반이 일품이에요."

지예의 말에 종태는 메뉴판을 볼 것도 없다는 듯이 지예를 쳐다보며 말했다.

"알아서 정해요. 난 아무거나 다 잘 먹으니까."

종태의 말에 지예는 피이, 하는 식으로 입술을 삐죽 내밀었다간 메뉴판을 손가락으로 짚었다.

"우리, 된장찌개로 해요. 여긴 반찬이 많이 나와요. 회도 좀 곁들여 나오고요."

지예가 쳐다보는 것이었다. 종태는 알았다는 듯이 고개를 끄덕였다. 지예가 된장 백반 둘, 이라고 소리치며 주문을 하자, 아주머니는 곧 사라졌다. 지예는 식탁 앞으로 바싹 다가앉으며 턱을 괴었다.

"으음. 아저씨는 무얼 하는 분일까? 한 번 알아맞혀 볼까?"

지예는 턱을 괸 채, 장난스러운 표정으로 빤히 쳐다보는 것이었다.

"난 백수야. 파도처럼 떠다니는 백수. 백수야."

종태는 마치 강조라도 하듯이 백수라는 말을 썼다.

"피이, 그 말 누가 믿을까봐서. 난 그런 말에 안 속아."

다시 지예는 입술을 삐죽 내밀었다.

"아냐. 정말이야. 백수니까 이렇게 할 일 없이 돌아다니는 거지."

그러면서 종태는 활짝 웃었다. 비로소 마음이 좀 밝아지는 듯했다. 아무런 조건도 없이 이렇게 앉아 대화를 나눌 수 있다는 것이 기분 좋았다. 천진난만한 지예에게 뭔가 해주고 싶은 생각이 들었다.

음식이 나오고 나서 그들은 식사를 하면서도 대화가 계속됐다. 주로 지예가 물으면, 종태는 웃으면서 대답을 하는 정도였다. 지예는 발랄했다. 스스럼없이 캐묻는 것이었다.

"결혼 같은 건 했어요? 물론 했죠? 그죠?"

지예는 밥을 먹다 말고 그 대답을 듣기 위해선지 말똥거리며 쳐다보고 있었다.

"나도 모르겠어. 알아맞혀봐."

"에이, 그런 게 어딨어요? 했으면 했는 거고, 안 했으면 안 했는 거지."

지예는 그러면서 실망한 듯이 밥을 먹기 시작했다.

종태는 더 이상 말하지 않았다. 희자와의 결혼 이야기를 꺼내기가 싫었다. 지예에겐 그냥 그대로 덮어두고 있는 게 더 나을 것 같아서였다. 그렇다고 굳이 지예를 어떻게 하겠다는 마음 같은 건 아니었다.

자신과 희자의 고귀한 사랑에 대해선 필요 이상으로 파헤치고 싶지 않을 뿐이었다. 언제까지나 정신적인 사랑으로만 남아 있기를 바랄 뿐이었다. 그는 밥을 먹으면서 지예의 발랄한 모습을 바라보고 있었다.

지예는 맛있다는 듯이 된장을 떠서 입에 넣다가 종태와 눈길이 마주치면서 얼른 스푼을 내려놓는 것이었다.

"왜요? 제가…… 뭐가 묻었어요?"

지예는 얼른 손바닥으로 얼굴을 훔치는 것이었다. 그러나 손바닥에는 아무것도 묻어나지 않았다.

"아니, 그냥 보는 거야. 너무 싱그러워서."

"에이, 아저씨도. 자꾸 그러면 나, 밥 못 먹어요. 어서 드세요."

지예의 말에 그는 다시 밥을 먹기 시작했다. 식사가 다 끝나고 나서 후식으로 과일이 들어왔을 때에 지예가 말했다.

"아저씨, 나, 오늘, 일 안 하고 싶어."

"……?"

종태는 그게 무슨 말이냐는 듯이 그녀를 쳐다봤다.

"그냥 그래요. 아저씨 만나니까 괜히 그러네. 아저씨, 티켓 끊으면 하루 종일 아저씨랑 같이 놀 수 있는데……."

지예는 아직 어린애 같았다. 종태를 쳐다보며 그런 말을 하는 것이 아직 어린애였다. 지예는 과일을 집어 먹으면서 빤히 쳐다보는 것이었다.

"나랑 같이 있고 싶어?"

종태는 아까 한 그녀의 말을 확인해보고 싶었다. 너무나도 자연스럽게 뱉어낸 말이라 다시 물어보고 싶었던 것이다.

지예는 동그란 눈을 크게 떠보이며 크게 고개를 끄덕였다. 입에 든 과일을 씹느라 볼이 우물거렸다.

이제 갓 스물을 넘었을까 말까한 나이였다. 짙은 화장을 했지만 나이를 높이려는 것보다는 이곳 속초의 바닷바람 때문에 까매진 속 피부를 감추려고 그런 것 같았다. 은빛 나는 루즈가

140

독특하게 느껴졌다.

지예는 혼자 과일을 다 집어먹었다. 마지막 하나가 남았을 때, 종태를 쳐다보긴 했지만 종태가 그것마저 먹으라는 뜻으로 씽긋 웃어보이자, 그녀는 얼른 과일 조각을 집어들었다. 그리곤 다시 종태를 바라보는 것이었다.

종태는 지예의 맑은 눈동자를 똑바로 쳐다볼 수가 없었다. 자꾸만 희자의 얼굴이 겹쳐지는 것이었다. 궁금해서 한번쯤 쳐다보면 지예는 이상하다는 듯이 종태를 빤히 쳐다보는 것이었다.

"일 하기 싫어?"

"아뇨. 그냥 그래요."

지예는 별로 무관심한 듯이 툭 내어뱉는 듯했다. 종태가 거절할까봐서 일부러 그러는 듯했다.

"그럼 나랑 같이 어디로 갈까?"

종태가 다시 물었다.

"아무데로나 가요. 다 좋아요. 어디로 가던지…… 오늘은 일 안 하고 싶은 걸요."

그 말을 하면서 지예는 입술을 꼬옥 다물었다. 은빛나는 입술이 도톰하게 닫혀 있었다. 입을 열 때마다 그녀의 치아는 하얗게 반짝이다가 닫혀지곤 했다. 그리고 오똑한 콧날이 잘 대조된 얼굴이라고 느껴졌다.

"나, 굉장히 쓸쓸한 사람이야. 무슨 일을 하는지도 모르고 어떻게 따라와? 내가 무슨 짓을 하면 어떡하려고?"

그러면서 종태는 낮게 웃었다. 별 의미 없이 해본 말이었다.

"그래도 좋아요. 가끔 그러고 싶을 때가 있잖아요? 일하는 데서 멀리 달아나버리고 싶은 때가요."

"……."

종태는 담배를 꺼냈다. 그리고는 담배에 불을 붙이려다가 우뚝 멈추고는 지예를 바라봤다. 지예가 씽긋 웃으면서 손을 내밀었다.

"저도 하나 피워도 돼요? 식사 후니깐…… 가끔 해요."

그녀는 떠듬거리며 말을 이었다.

"……."

종태는 그녀에게 담배를 내밀었다. 지예가 담배를 꺼내 입술에 무는 것을 보고 불을 켜서 내밀었다. 그녀는 가볍게 연기를 빨아들이고는 얼굴을 들었다. 그녀의 조그만 입술에서 담배연기가 흘러나왔다가 흩어졌다.

"그럼 전화해요. 내가 티켓을 끊는다고."

종태의 말에 그녀는 얼굴이 밝아졌다.

"정말요? 아이, 좋아라."

지예는 얼른 한 모금 담배연기를 빨아들였다가 내뱉고는 손을 뻗어 전화기를 잡아당겼다. 그녀가 전화를 거는 동안, 종태는 창밖을 내다보며 묵묵히 담배만 피우고 있었다.

창밖으로 지나가는 사람들의 모습들이 보였다. 벌써 여름으로 접어들어선지 사람들의 옷차림은 한결 가벼워져 있었다. 지나가는 아가씨들의 발랄한 옷차림이 유난히 눈에 띄었다.

"응, 언니. 나야. 나, 오늘 좀 쉬면 안 돼? 내일은 열심히 할게. 응. 응, 미안해요."

지예는 수화기를 떼면서 키스라도 해줄 것처럼 입술 가까이 가져갔다간 이내 내려놓았다.

"됐어요. 이제 나가요."

지예가 먼저 일어섰다. 그녀는 얼른 방을 나가면서 먼저 자신의 구두를 신고는 종태의 구두를 꺼내 가지런히 놓아주었다. 종태는 그러는 그녀가 싫지 않았다. 비록 어린 나이지만 그런데에까지 신경을 쓰는 세세함에 약간 놀랄 뿐이었다.

"오늘 이건 제가 낼게요. 다음부턴 다 책임지세요."

지예는 그러면서 먼저 계산을 치루는 것이었다.

종태는 밖으로 나와 커피숍을 향해 걸었다. 지예가 딸랑거리며 뒤따라와서 찰싹 달라붙었다.

"왜요? 또 커피 마시게요?"

"아니, 차가 저기 있어."

종태는 차를 손가락으로 가리켰다. 그제서야 그녀는 동그란 눈을 풀어뜨리며 옆으로 바싹 다가붙었다.

08

섹스에 미치다

"어디로 갈 거예요?"

지예는 옆자리에 앉아 긴 머리칼을 모아 뒤로 넘겼다. 바람에 흩날리는 머리칼에서 싱그러운 샴푸 냄새가 났다.

"어디로 갈까? 가고 싶은데 있으면 말해."

종태는 일단 시내를 벗어나기 위해 방향도 없이 차를 몰고 있었다.

"마구 달리다가 어디 조용한 데가 있으면 가요. 아는 데 있으세요?"

"아니."

종태는 지예를 쳐다보았다. 지예의 눈길이 다소 풀어져 있었다. 차를 타고 어디론가 가고 있다는 사실만으로도 그녀는 기분이 좋은 듯했다.

"그럼, 자활촌으로 가요. 여기서 가까우니깐."

지예가 그렇게 말했다.

"어디지? 난 여길 잘 몰라. 커피숍인가? 레스토랑?"

종태는 그곳이 어딘지 몰랐다.

"네에, 재즈 카페예요. 시내에서 약 5분쯤 거리예요. 가깝죠. 자활촌이라는 동네에 있는 외딴 재즈 카페인데, 젊은 분위기로 지어진 통나무집이에요. 술도 팔고, 원두커피, 간단한 식사 종류도 나오거든요. 들판에 홀로 서 있는데 너무너무 분위기 죽이는 곳이에요. 한 번 가보면 정말 마음에 드실 거예요."

지예는 마치 신이 난 듯이 말을 하고 있었다.

"속초에 그런 데가 있나? 난 잘 모르겠지만……."

"네에, 얼마 전에 지은 집인데, 그곳 주인이 서울에서 음악을 하다가 내려온 분이라는 소문이 있어요. 그래서 재즈 음악만 틀어놓는 곳이에요. 바깥에서 앉아 술을 마셔도 분위기가 좋구요. 주변이 너무 아름다운 걸요. 가끔 서울에서 내려오는 어느 작가 한 사람도 이곳 속초엘 오면 꼭 들른다고 그래요."

"그런가?"

종태는 속초에 그런 곳이 있다는 것을 몰랐다. 한 번 가보고 싶은 생각이 들었다.

"저번에, 소설 쓴다는 그 남자랑, 속초에서 글을 쓰는 작가랑 같이 우리 커피숍엘 들어왔었어요. 서울에서 온 그 작가 선생님이 속초엘 왔다가 글 쓰는 친구랑 같이 온 거예요. 그래서 나도 그 틈에 끼어서 이야기를 나눴는데 너무 재밌더라고요. 그분들이 자활촌에 있는 통나무집 베이스캠프를 이야기하더라고요. 나도 이야긴 들었지만 한 번도 가보진 못했어요. 히힛."

지예는 마치 어린 소녀처럼 웃었다.

"그래? 그 글 쓴다는 사람 멋있는가 보지? 무슨 소설을 썼나?"

종태는 마치 궁금한 듯이 물어봤다.

"네에, 차암 멋있어요. 콧수염을 기르고, 턱수염도 길렀는데 멋있었어요. 그리고 레옹 안경 있죠?"

"응."

"그 레옹 선글라스를 꼈는데 너무 멋있는 거 있죠? 그 사람이 쓴 소설이 꽤나 많이 팔렸다는 〈삥끼통〉하고, 〈아르바이트〉하고, 〈다이어트〉가 있어요. 난 그거 다 봤는데. 히이~."

지예는 그 말을 하면서 부끄러운 듯이 웃어보였다.

"왜? 소설이 재밌었어?"

종태가 물었다. 종태는 지예가 가르쳐주는 대로 길가의 표지판을 보며 달리고 있었다.

"그 소설들 다 야해요. 재미는 있어요. 좀 튀는 듯한 그런 소설들이에요. 전 시간이 날 때마다 소설을 자주 읽거든요. 그런

데 이때까지 그런 소설들은 못 봤어요. 페이지가 잘 넘어가는 게…… 그래요, 내용이. 히이~."

지예는 다시 하얀 이를 드러내며 웃었다.

"지예가 그 사람한테 빠졌구나. 그렇게 다 읽어봤다고 하니까."

종태는 발랄한 지예가 아직은 감상적인 데가 있다고 생각하며 그렇게 물어봤다.

"선글라스를 끼고 친구랑 같이 우리 커피숍엘 들어왔는데, 첫눈에 척 봐서도 아, 예술하는 사람이겠구나 하고 생각했어요. 그런데 말을 듣다가 보니까 소설을 쓰는 사람이더라고요. 속초엔 가끔 오는가 봐요. 같이 온 친구가 속초에서 글을 쓰니까 한 번씩 들르는가 봐요."

지예는 마치 짝사랑이라도 하다가 들킨 것처럼 낯빛을 붉혔다.

종태는 그러는 그녀가 앳되어 보여서 좋았다. 자신을 숨김없이 다 드러내놓고, 내숭을 떨지 않는 모습이 천진난만해 보였다.

종태는 그랬다. 남자건 여자건 간에 내숭을 떠는 건 딱 질색이었다. 비싼 밥 먹고서 일부러 내숭까지 떨어내는 인간들이란 하등 이야기할 가치조차 없는 그런 사람들이라고 생각하고 있었다.

147

그런 면에선 지예의 그런 면이 마음이 드는 것이었다. 종태는 다 와 같다는 지예의 말을 듣고서는 말을 던졌다.

"그럼, 난 어떻게 생각하나? 좋은 건가? 느낌이?"

종태의 말에 지예는 크게 웃으면서 말했다.

"히이~ 좋아요. 그러니까 내가 따라나왔죠. 안 그러면 안 따라나와요."

그러면서 지예는 종태의 팔뚝을 잡았다. 가볍게 올려놓은 그녀의 손의 감촉이 부드럽게 느껴졌다.

"저기예요. 입구에 간판이 보이죠?"

종태는 지예가 손가락으로 가리키는 곳으로 차를 몰았다. 원조 순두부집이라는 간판이 보이는 집 모퉁이를 지나 조그만 시멘트 다리가 있는 곳을 지났다. 그리고 곧 나타난 들판길을 달려 속초 시내가 바라다 보이는 그런 곳에 통나무집이 서 있는 게 보였다.

들판 가운데에 우뚝 서 있는 그런 통나무집이었다. 약간 경사진 곳에 서 있어서인지 비스듬히 속초 시내가 한 눈에 다 들어왔다. 종태는 잘 꾸며진 마당으로 들어서면서 차를 세웠다. 마당에는 자갈들로 가득 채워져 있었고, 차를 세우는 곳 외에는 나무판자를 깔아놓은 상태에서 운치있게 테이블과 나무 의자들을 갖다놓은 것이었다.

한 눈에 얼른 봐도 정말 운치가 있도록 잘 꾸며놓은 그런 카

폐였다. 이층으로 된 통나무로 된 집이었다. 벌써 대낮인데도 몇몇 커플들이 바깥에 앉아 있었다. 그들은 나른한 햇빛을 받으면서 정답게 소곤거리고 있었다.

"우리, 안으로 들어가봐요."

지예는 마치 연인이라도 되는 것처럼 종태의 손을 잡아끌었다. 종태는 그녀를 따라 안으로 들어갔다. 실내는 더욱 고풍스럽게 통나무로만 장식을 해놓은 것이 우선 마음에 들었다. 실내 중간에는 놋쇠로 만든 커다란 난로가 놓여져 있었다. 그 난로 위에는 역시 놋쇠로 연통을 만들어놓아 운치를 더하고 있었다. 비록 사용하곤 있지 않지만 장식용으로도 충분히 그 값어치를 하고 있음이 분명했다.

그들은 창가로 가서 앉았다. 탁자며 의자가 온통 나무로만 만들어져 있어 첫 느낌부터가 포근하고 아늑했다. 실내에는 지금 오톰 리브즈(Autumn Leaves)가 흘러나오고 있었다.

"어때요? 좋죠?"

지예는 두 손을 탁자 위로 올려놓은 채, 종태를 빤히 쳐다보며 말했다. 지예는 슬며시 창밖으로 시선을 던졌다. 푸릇푸릇한 기운이 온 대지를 뒤덮고 있었다. 뜨거운 태양이 녹색 식물들에게 풍성한 햇빛을 쏟아붓고 있는 게 보였다.

"으음, 좋군. 분위기가 좋아."

종태는 다시 한 번 실내를 둘러보았다. 저쪽 창가 테이블에도 젊은 남녀 두 명이 앉아 있었다. 아마 학생인 것 같았다. 그들은 담배를 피우면서 키들대고 있었다. 주로 여자가 웃고, 남자는 담배를 톡톡 털어내며 웃기는 말을 해주고 있는 듯했다.

"뭘로 하실래요?"

어느새 다가왔는지 아르바이트를 하는 여학생이 옆에 와 있었다. 종태는 학생이 내민 메뉴판을 집어 한 번 훑어보고는 지예한테로 내밀었다.

"뭘로 할까?"

"전 커피보다는 밀러로 할래요. 맥주가 낫겠어요."

지예는 생글거리며 말했다. 처음엔 커피나 마시려고 마음먹었다가 갑자기 맥주가 마시고 싶어졌던 것이다.

"그래? 그럼 나도. 여기, 밀러 셋 줘요."

종태는 아르바이트 학생에게 밀러 세 병을 갖다달라고 주문했다. 학생이 가고 나자, 지예는 눈을 가늘게 뜨고는 종태를 바라보는 것이었다. 마치 관상이라도 볼 것처럼.

"왜? 내 얼굴에 뭐가 묻었나?"

그러면서 종태는 얼굴을 쓰윽 문질렀다.

"아녜요. 그냥 봤어요. 멋있어서요."

지예는 깔깔거리며 웃었다.

곧 맥주가 나오고, 간단한 안주거리가 나왔다. 종태는 먼저 맥주병을 따서 지예의 잔에 가득 채워 주었다.

"제가 따라드릴게요, 주세요."

이번엔 지예가 병을 들고서 종태의 잔에 맥주를 따랐다. 두 사람은 누가 먼저랄 것도 없이 잔을 들며 부딪쳤다. 그리고는 단숨에 잔을 다 비워냈다. 시원한 맥주가 넘어가며 목 안이 찌르르 했다.

이번엔 다시 지예가 먼저 종태의 잔에 맥주를 따라주었고, 종태가 그녀의 잔에 맥주를 부어주었다. 이번에도 역시 지예는 잔을 들어 종태의 잔에 부딪쳐왔다. 그녀는 하얗게 웃어보였다.

"같이 맥주를 마시니까 차암 좋아요."

"그래. 그건 나도 그래. 지예와 같이 마시니까 좋은걸."

종태는 웃었다. 그녀가 흡족해하는 걸 보면서 어느새 자신의 마음도 점점 밝아지고 있었다.

두 사람은 세 병의 밀러를 다 비우고도 두 병을 더 시켰다. 다섯 병을 다 비우고 나서야 그들은 자리에서 일어났다.

그곳에서 하일라 밸리까지는 멀지 않았다.

산 속의 편편한 곳에 오막하니 자리잡고 있는 하일라 밸리에는 초여름의 작열하는 햇빛들이 녹음을 짙게 만들어내고 있었다. 돌담과 돌로 지어진 콘도들이 옛날 집들을 연상하도록 지어져 있었다. 잘 포장된 도로를 달려 안쪽의 연못이 있는 곳으로 가서 차를 세웠다.

연못 주변의 경관이 너무 아름다웠다. 통나무로 된 다리가 연못 위에 가로놓여져 있었다. 그들은 통나무 다리 위를 걸으면서 맑은 공기를 마음껏 들이마셨다. 그리고 연못가의 초가가 얹혀진 원두막으로 가서 걸터앉았다.

종태는 어느새 지예의 어깨 위에 팔을 올려놓고 있었다. 작은 어깨였다. 그녀는 숨을 쉴 때마다 작은 어깨가 한들거렸다.

"여기도 좋죠? 그림 같아요, 마치⋯⋯."

지예는 종태를 돌아보며 말했다. 웃고 있는 얼굴이 햇빛에 유난히 희게 보여지고 있었다.

"속초에 이런 곳이 있었는 줄 몰랐군. 조용하고 좋아."

"콘도에 한 번 들어가봤음 좋겠다."

"⋯⋯?"

종태는 물끄러미 지예를 바라보았다. 두 사람의 눈길이 잠시 허공에서 엉겼다가 풀어졌다. 지예는 종태의 어깨 위에 머리를 얹어왔다. 그러고 있다가 그들은 일어났다. 다시 이번에는 원두막이 있는 잔디밭을 지나 계곡으로 내려갔다. 시원한 물소리가 들리는 그곳에서 그들은 물에 손을 담그기도 했고. 서로에게 물을 끼얹기도 했다.

"까악!"

그녀는 종태가 뿌린 물을 맞아 가슴께가 젖었다. 그녀의 젖가슴의 브래지어의 윤곽이 선명히 드러나고 있었다. 지예가 부끄러웠는지 종태를 따라오며 주먹질을 해댔지만 종태는 그녀에게 붙잡히지 않을 만큼 내달았다.

그들은 잔디밭을 걸어 콘도가 있는 곳으로 걸어갔다.

"우리, 잠깐 쉬어가요."

"……."

종태는 그녀를 물끄러미 바라보았다. 종태가 잠깐 망설이는 눈치를 보이자, 그녀가 다시 말하는 것이었다.

"괜찮아요."

"……."

종태는 알았다는 듯이 사무실로 걸어가서 콘도 하나를 얻었다. 그리고는 키를 받아 나왔다. 하일라 밸리는 전부 특이하게도 1층으로 된 콘도였다. 돌로 지어진 별장 같은 집이었다.

종태가 문을 따고 안으로 들어갔고, 지예는 뒤따라 들어왔다. 실내는 그리 화려하진 못했지만 아담한 분위기였다. 창가로 환한 햇빛이 쏟아져 들어오는 것이 무엇보다 좋아보였다.

"아아, 좋아!"

지예는 창문을 활짝 열어 햇빛이 마음껏 들어오게 해서는 의자로 와서 앉았다.

"우리, 술 마실까요? 그냥 있기가 뭐해요. 그렇죠?"

"더 마시고 싶어?"

"네, 마시고 싶어요. 이런 데서."

그러면서 지예는 냉장고로 가서 맥주를 꺼내왔다. 그들은 다시 맥주잔을 기울였다. 지예는 마른 오징어를 찢어 종태의 입에 넣어줬다.

"아저씨, 뭐하는 분이세요? 말 안 해도 좋고요."

지예는 그게 아직도 궁금한 모양이었다.

"그냥, 노는 사람이라고 생각해. 하는 일도 없으니까."

"그런 게 어딨어요?"

지예는 약간 눈을 흘기면서 쳐다보았다.

"뭣 좀 생각하려고 그래. 그러니까 백수지."

그 말을 하면서 종태는 웃었다.

"백수? 그럼 하얀 손이네? 어디 봐요? 하얀 손인가 아닌가를 볼게요."

지예는 장난스럽게 종태의 손을 잡아끌어 펴 보는 것이었다. 그리고는 손바닥을 꼬집으면서 말했다.

"하얀 손이 아니네 뭐."

"하하하, 그런가?"

종태의 말에 지예는 가슴을 콩닥콩닥 때리면서 안겨들었다. 종태는 얼떨결에 지예를 안으면서 야릇한 쾌감으로 빠져들었다. 풋풋한 봄나물처럼 안겨든 그녀의 몸에서는 싱그러운 내음이 나는 듯했다.

"나, 이대로 안아줘요."

그녀가 가슴에 묻힌 채로 소곤거렸다. 종태는 내려놓으려던 것을 멈추고 그대로 가만히 있었다.

"……."

지예는 눈을 감고 있었다. 종태의 목을 껴안은 채로 잠이라도 잘 것처럼 하고 있었다.

종태는 그녀의 작은 입술 위로 자신의 입술을 포갰다. 그녀는 기다렸다는 듯이 입술이 벌려지면서 종태의 혀를 맞아들였다. 두 사람의 혀는 금방 서로를 알아보듯이 서로 엉켜들었다. 감미로움이었다. 그녀의 혀는 작고 앙증맞았다. 아무리 세게 빨아도 다 빨려나올 것 같지 않으면서 작은 몸부림을 치고 있을 뿐이었다.

종태는 그녀의 가슴을 하나씩 풀어나갔다. 그녀가 어깨를 들어 종태를 도왔다. 작은 젖가슴이 나왔을 때, 종태는 숨이 멎어버릴 것만 같았다. 아직은 탱탱한 젖가슴이 가늘게 숨을 쉬고 있는 것처럼 보여졌다.

종태는 손바닥으로 쓸어주다가 그것도 모자랄 것만 같아 이번엔 입술을 갖다댔다. 혀와 입술을 번갈아가며 그것을 핥아주었을 때, 그녀는 앙증맞은 몸을 비틀면서 몸부림을 쳐댔다.

종태는 다시 그녀의 스커트를 밑으로 내렸다.

손바닥만한 팬티가 하얗게 드러나고, 그는 그 속으로 손을 밀어 넣었다. 보송보송한 털의 감촉이 느껴졌다. 그리고 어느

155

순간에 얇디얇은 살결의 감촉도 느낄 수 있었다. 이미 그녀의 그곳에서는 물이 흘러나오고 있는 중이었다. 맑고 깨끗할 것만 같은 그곳으로 손가락을 집어넣었다.

그녀의 계곡은 이미 흥건한 물이 고여 있어 미끄러웠다. 작고 조그만 계곡 사이로 어렵사리 손을 집어넣은 그는 절로 마음이 가빠져왔다. 꽃잎이 벌어진 듯한 그곳 사이로 손가락을 집어넣으면서 그는 점점 알 수 없는 나락으로 빠져 들어가는 듯했다. 무엇이라고 표현해야 좋을까. 이 세상에서 가장 황홀한 곳을 만지는 듯한 쾌감이 뿌듯이 위로 올라왔다.

그녀도 가만 있지 않았다. 그가 그럴수록 그녀도 점점 달아오르는 듯했다. 그를 더욱 세게 끌어안으면서 달라붙는 것이었다. 그런 시간이 좀 더 오래 가자, 지예는 참을 수 없었던지 그의 바지를 끌러 아래로 끌어내렸다. 그리고는 팬티 속으로 손을 집어넣어 불끈 선 것을 마구 쥐어짜듯이 흔들어댔다.

"아아……."

그녀의 입에서 먼저 조그만 탄성이 터져 나왔다. 그녀는 얼굴을 잔뜩 찌푸리며 몸을 점점 작게 옹그리는 것이었다. 그렇게 작아져서는 끝내 종태의 가슴 속에서 한 주먹도 안 될 조그마한 공처럼 느껴지고 있었다.

그녀는 활처럼 몸을 휘면서 자꾸만 뒤로 넘어가고 있었다.

종태는 그녀의 입과 아래쪽을 동시에 비벼대면서 더 많은 물이 흘러나오기를 바라는 듯, 거친 숨을 내뿜고 있었다. 그녀가 끝내 더 이상 버티지 못할 즈음해서 그는 그녀를 번쩍 안아 침대 위로 눕혔다.

다시 그녀의 젖가슴을 핥아나갔다. 그리고 목덜미를 거쳐 다시 밑으로 내려오면서 샅샅이 핥아주자, 그녀는 마치 금방이라도 기절할 듯이 몸을 부르르 떨어댔다.

"아아…… 아저씨…… 됐어요."

지예는 숨이 찬 듯, 억지로 말을 하면서 종태의 가슴을 쥐어뜯었다. 그녀는 이미 잔뜩 얼굴을 찌푸린 채, 할딱거리고 있었다. 그 숨소리를 들으면서 종태는 더 이상 참을 수 없었다. 마지막으로 그녀의 계곡을 입술과 혀끝으로 핥으면서 뿌리를 집어넣었다.

"아!……."

그녀는 커다란 것이 그녀의 몸속으로 들어오는 것을 느끼면서 스스로 황홀해하는 것이었다. 온몸이 경직되면서 그녀는 입을 크게 벌렸다가 그의 등을 꽈악 끌어안았다.

종태는 느낌이 달랐다. 처음 맛보는 듯한 그런 아득함이었다. 몸을 들었다가 내려찧을 때마다 산산이 부서지기라도 하듯이 아래쪽에선 꽃잎이 자지러지는 듯한 소리가 들려나왔다.

자신의 뿌리가 들어갈 때마다 느껴지는 뿌듯함, 그리고 빠져나올 때의 그 미끄러움이 한데 어우러져 말할 수 없는 쾌감의 극치를 만들어내고 있었다. 마치 가파로운 절벽을 오르내리는 듯한 절정감이 뿌리에 와 닿았다. 그것은 마치 좁고 긴 터널을 몸으로 부딪치면서 오돌토돌한 곳을 빠져나가는 기분이었다.

거세게 부딪칠수록 밑에서는 야릇한 물소리가 났다.

육체의 오밀조밀한 구석을 다 헤쳐내면서 종태는 더 깊이 빠져 들어갔다. 그럴수록 쾌감의 덩어리는 더 커지는 것이었다. 지예는 비록 어렸지만 작은 풍뎅이처럼 버둥거리기만 했다. 종태의 가슴을 핥으며 놓치지 않을 듯이 다가들었다. 그가 한 번씩 내려찧을 때마다 그녀는 물러섰다가 다시 달라붙곤 했다. 끈끈한 끈적임이 둘 사이를 떼어놓질 않고 있었다.

종태는 그녀의 두 다리를 들어 가슴 위쪽으로 올렸다. 그리고는 거센 힘으로 힘껏 치받았다. 그럴 때마다 그녀는 작은 비명을 내질렀다. 만족해하는 그녀의 얼굴은 잔뜩 찡그려져 있었고, 두 다리를 오므리면서 헉헉거렸다.

더욱 좁아진 그녀의 다리사이에서 그는 최대한의 힘을 다해서 공격해 들어갔다. 마치 고지를 바로 앞에 둔 병사의 마지막 안간힘처럼 그는 가파르게 뛰어 올라갔다. 마지막 순간에 이르러서는 더욱 격렬해졌다. 종태는 엉덩이를 번쩍 들어 올려서는 있는 힘을 다해 내려찧었다.

"아아!……."

그녀는 순간적으로 입을 벌리면서 짧은 소릴 냈다. 그리고는 그는 풀썩 그녀의 몸 위로 쓰러지고 말았다. 한 순간의 기쁨이 덩어리가 되어 쏟아져 나오고 있었다. 그녀의 몸속으로 울컥거리며 들어가는 즐거움을 고스란히 느낄 수 있었다.

"허억!"

종태의 입에서도 그런 말이 튀어나왔다. 그는 지예의 젖가슴에다 얼굴을 묻고서는 함없이 가라앉는 기분을 느꼈다.

모든 것이 다 끝났을 때의 만족감이란 이루 말할 수 없는 것이었다. 자신의 몸에서 빠져나간 정액들이 그녀의 몸속 깊숙이 들어갔다는 사실만으로도 그는 기뻐할 수 있었다. 그녀도 역시 그랬다. 자신의 몸속으로 들어오는 뜨거운 느낌을 완연히 느낄 수가 있었다. 남자의 뜨거운 체액이 그대로 들어오는 것을 느끼면서 지예는 까무룩히 잦아들었다.

그들은 그대로 쓰러진 채로 잠이 들었다. 아무런 말도 필요치 않았다. 알맞게 마신 술은 그들을 혼곤한 잠 속으로 빠져들게 하고도 남았다. 종태는 온몸에서 진기가 다 빠져나간 것처럼 나른해졌다. 그녀의 손을 붙잡은 채로 금방 잠이 들어버렸다.

아아, 그랬다. 종태는 모처럼만에 겪어보는 여자의 풋풋한 살결에 흠뻑 취했다. 잠시나마 희자에 대한 생각을 잊어버릴 수가 있었다. 옆에는 희자가 아닌, 지예의 가느다란 숨소리가 나지막이 들리고 있었다. 잠을 자면서도 그는 가끔 희자를 끌어안듯 지예를 끌어안곤 했다.

물고기 같은 지예의 알몸뚱이가 잠결에도 만져졌다. 이런 걸 행복하다고 말할 수 있을런지. 그는 그동안 너무나도 외로웠던 상태였다. 그 누구도 아는 이 없는 이곳에서 그는 홀로 외로움을 이겨내려고 하고 있었다. 가만히 있으면 자꾸만 희자가 나타나 어디론가 그를 불러내는 것만 같은 착각을 일으키곤 했다. 그것은 바로 바다였다. 그녀가 그렇게도 좋아했던 바닷가에서 종태는 서성이다가 해 질 녘에서야 집으로 돌아오곤 했다.

그런 종태에게 이런 정사는 처음이었다. 풋물고기 같이 싱싱한 지예의 살결에 녹아나는 듯했다. 종태는 한 잠 자고 나서 지예의 알몸뚱이를 내려다보았다. 지예는 아직 정신없이 자고 있었다.

"……."

어디 한 군데라도 군살 하나 없는 그런 몸매였다. 가지런하게 내리뻗은 싱싱한 알몸이 옆에서 자고 있다는 것이 믿기지 않을 정도였다. 예전엔 그래도 관심조차 없었던 것이 오늘따라 더욱 새삼스러워지는 것이었다.

종태는 일어나 앉아 담배를 꺼내 피웠다.

담배를 다 피웠을 때까지도 지예는 아직 깨어나지 않고 있었다. 술을 마신 탓이었을까. 종태는 잠든 그녀의 알몸을 내려다보며 다시 성욕이 꿈틀거리는 걸 느꼈다.

그녀의 반듯이 누운 허벅지 사이로 앙증맞게 생긴 삼각형의 숲이 보였다. 아직 미숙한 듯이 돋아난 작은 숲이 거기 있었다. 새카만 털은 계곡을 울창하게 덮지 못한 채, 윗부분만 겨우 가리고 있을 뿐이었다. 그 밑으로 드러나 보이기 시작한 계곡의 가는 틈새가 보였다.

신기한 곳이었다. 그 작은 곳으로 자신의 커다란 것이 들어가서 방아를 찧어대고, 마음껏 움직일 수 있다는 것이 믿기지 않았다. 그만큼 그녀의 계곡은 좁고 작아보였다.

종태는 손을 가져가 만져보았다. 손바닥에 느껴지는 털의 감촉이 부드러웠다. 그리고 계곡의 물기가 만져졌다. 그는 숲을 어루만지다가 계곡을 약간 벌려보았다. 연분홍빛을 띤 그곳은 잔잔한 물기가 그대로 남아 있는 듯했다. 위에서부터 길게 찢어진 그곳은 아름다움 그 자체였다.

그는 입술을 가져가 갖다 대었다. 혀끝을 내밀어 계곡을 더듬기 시작했을 때, 지예는 반짝 눈을 떴다가 종태를 알아보고는 와락 끌어안았다. 종태는 더 깊숙이 혀를 내밀어 그녀의 그곳을 핥아주었다.

"······."

지예는 절대 어리지 않았다. 지예의 손이 종태의 머리칼을 잡아 자꾸만 쑤셔박듯이 자신의 계곡 쪽으로 눌러댔다.

계곡 속에 점점 많은 양의 물이 고이기 시작했다. 종태는 그녀의 사타구니와 계곡을 번갈아가며 핥아대면서 양손으로 그곳을 벌려보았다. 혀끝을 갖다 대자, 그녀는 몸을 비틀면서 부르르 떨었다.

"아아……."

그녀는 종태의 머리를 잡았던 손을 놓으며 젖가슴을 움켜잡는 것이었다. 종태는 그러는 그녀가 한없이 좋았다. 그는 오래도록 그녀의 아래쪽을 핥다가 젖가슴으로 혀를 옮겼다. 둥근 젖가슴의 안쪽을 어루만졌다. 점점 일어나는 돌기 부분 주위를 핥으면서 그는 위로 올라갔다.

두 번째의 뿌리가 닿자, 그녀는 아까보다는 좀 더 적극적으로 나왔다. 처음부터 그녀는 종태의 허리께를 붙잡고서 마구 달려들듯이 헐떡거렸다. 방아가 시작되었을 때, 그녀는 미친 듯이 밑에서 허리를 위로 치받으면서 종태의 움직임에 동조를 해왔다.

더 깊은 물소리가 흘러나왔다. 찰박거리는 살갗의 물소리가 흘러나오고, 그녀의 입에서는 가벼운 신음소리 같은 것이 튀어나왔다. 종태는 이번에도 역시 그녀의 두 다리를 들어 어깨 위로 올린 채로 거세게 들이박았다.

뿌리의 끝부분이 그녀의 몸속 깊은 곳까지 가 닿는 듯한 느낌이 왔다. 자신의 뿌리가 들락날락거리면서 뿌연 물기가 내비치는 것도 볼 수 있었다. 이미 지예의 꽃잎 주위엔 많은 양의 물기가 번져 나와 있는 게 보였다.

종태는 자신의 뿌리를 축으로 해서 돌리거나, 억지로 잡아끌어 올리듯이 하면서 들쑥거릴 때마다 지예는 더 이상 참을 수 없다는 듯한 얼굴 표정을 지었다. 마치 말미잘같이 서로 찰싹 달라붙었다가 억지로 떨어지는 것이 안타까움만 더할 뿐이었다.

이런 환희가 있을까. 그건 종태뿐만 아니라, 지예도 역시 마찬가지였다. 술 힘을 빌어 서로 결합한 것이었지만 느낌은 또렷하기만 했다. 지금 종태는 맑은 정신이었다. 그녀의 몸짓과, 얼굴 표정까지도 다 기억할 수 있었다. 자신의 뿌리가 깊숙이 들어갔다가 빠져나오는 것도 생생히 볼 수 있었다. 그리고 그녀의 몸에서 뿜어져 나온 물기까지도 흥분을 더하고 있었다.

그는 앞으로 쓰러지듯, 그녀의 젖가슴으로 무너져 내렸다. 그리고는 입술로 핥았다. 작고 탱탱한 것이 한 입에 다 들어 올 것처럼 암팡졌다. 종태는 달콤했다. 모처럼만에 느끼는 육체의 탐닉이었다. 그냥 이대로 끝이 없을 것처럼 그는 지칠 줄 몰랐다. 입술로는 그녀의 젖가슴을 탐닉하면서 밑으로는 뿌리를 거세게 움직였다.

지예는 감당할 수 없는 쾌감의 덩어리 속에 빠져 허우적거렸다. 그가 이렇도록 거세게 나올 줄은 몰랐다. 위와 아래쪽을 동

163

시에 공격해오는 그의 집요함에 그저 출렁이면서 받아들이고만 있는 중이었다. 그의 뿌리가 와 닿을 때마다 짜릿한 아픔이 느껴졌다. 그것은 그녀의 저 깊숙한 곳에까지 와 닿는 그의 뿌리 탓이었다.

마치 질벽을 후벼 팔 듯이, 자궁 입구에까지 와 닿는 듯한 찔림 때문이었다. 그러면서도 그녀는 결코 지지 않았다. 그럴수록 더욱 힘이 나는 그녀였다. 그가 위에서 내려칠 때마다 그녀는 가라앉았다가, 그가 위로 들어 올려지면 다시 내려칠 때쯤 해서 그녀도 같이 힘을 들어 올려 맞부딪쳤다. 그랬으므로 둘의 몸뚱이는 더욱 거세게 들러붙었다가 떨어지곤 했다.

"아아!……."

지예는 그런 소리를 내면서 그를 끌어안는 것이었다. 그를 완전히 붙잡을 수는 없었다. 붙잡았다 싶으면 곧 달아나는 그였다. 그리곤 다시 파상적인 공격이 감행되었다.

그는 한 번도 쉬지 않았다.

연속적으로 지칠 줄 모르게 공격이 계속되었고, 지예는 아픔과 함께 즐거움을 맛보고 있었다. 종태의 힘은 대단했다. 한 번씩 움직일 때마다 온몸의 근육질이 다 꿈틀거리며 터져버릴 것만 같았다.

"아아, 됐어요…… 아저씨이……."

지예는 더 이상 참을 수 없었다. 언제까지라도 계속될 것만 같은 그의 동작에 제동이라도 걸어야 될 것만 같았다. 지예는 그의 등짝을 꽉 붙잡은 채로 헐떡거렸다.

"허억! 알았어……."

종태는 드디어 마지막 사정의 순간이 임박해 왔음을 알아챌 수 있었다. 그는 곧 몸을 꼿꼿이 세우면서 최대한 아래쪽을 밀어붙이면서 정액을 토해냈다. 참았던 것만큼 많은 양의 정액이 콸콸 쏟아져 나오는 듯했다. 그는 온몸을 부르르 떨면서 하체의 근육을 실룩거렸다.

"아아…… 됐어요."

지예는 그의 몸에서 뜨거운 것이 자신의 몸 안으로 흘러 들어오는 것을 느끼며 마지막 쾌감을 느꼈다.

"……."

잠시 후, 그들은 그대로 포옹한 채로 눈을 감았다. 훌륭한 섹스가 끝난 뒤의 여운이 스치고 지나갔다. 그들은 서로의 알몸을 놓아주지 않고 있었다. 지예는 그의 가슴 속에 파묻힌 채로 가파른 숨을 몰아쉬었다가 불규칙하게 내뱉었다.

09
나무

더 이상 무슨 말이 필요했을까.

그 오랜 시간 동안의 섹스가 끝난 뒤의 황홀함이란 어디에도 견줄 데가 없었다. 지예는 모처럼만의 가파른 섹스에 절로 감탄하고 있었다. 일찍부터 다방 생활로 나선 그녀였지만 오늘처럼 멋진 섹스는 겪어보지 못했었다.

그건 한 마디로 말로 다 표현할 수 없는 섹스였다. 황홀했다는 말이 옳을까? 그건 너무 유치하고 가벼운 말일 것이다. 그렇다면 뭘까? 그건 확실히 인간의 말로 다 표현할 수 없는 그런 것이었다. 감정의 미묘함 같이 글로써 다 표현할 수 없는 것이 분명히 이 세상엔 있는 법이다, 라고만 말할 수 있을 것이다. 사람의 생활 가운데서 그때까지 겪었던 그 무엇보다도 가장 황홀했던 순간이라고 말할 수 있을 것이다.

지예는 그동안 여러 명의 남자를 겪어봤지만 이런 섹스는 처음이었다. 커피숍이라고 해봐야 다방의 수준을 벗어나지 못하는 그런 수준이었다. 다방 생활을 하는 동안, 외로움 때문에 남자를 만나 정을 나누고 몸을 섞긴 했지만 오늘처럼 찐득한 정사를 나누긴 처음이었다.

물론 티켓이라는 명분으로 돈거래의 몸값으로 만났지만 지예는 대개의 남자들에게서 정액을 받아내는 정도로밖엔 생각되지 않았다. 처음엔 그래도 기대를 했던 적도 있었지만 지금은 아예 그런 걸 생각지 않고 만나는 경우가 많았다. 그건 순전히 돈을 모으기 위한 한 방편일 뿐이었다. 뱃사람들이 성의 굶주림을 채우기 위해 다방을 찾았고, 지예는 젊다는 것 하나만으로도 충분히 그들의 유혹의 대상이 될 수가 있었다. 그동안 지예는 이곳 속초에 와서 만난 남자만도 백 명이 넘었다. 그들은 대개 속초 시내에서 사업을 하거나, 배를 타는 사람들이었다.

여관이나 모텔 같은 데에서 전화를 걸어 커피를 시키는 사람이라면 거의 대부분이 섹스를 목적으로 한 커피 주문이었다. 으레 티켓을 끊을 각오를 하고서 부른 그들에게 지예는 몸으로 봉사를 하고 돌아오면 그만이었다. 남자가 최대한 만족할 수 있도록 누운 채로 색을 쓰거나, 더 빨리 사정하게 하기 위해선 그녀로서는 온갖 기교를 다 부릴 수밖에 없었다.

지예는 이곳 속초에 와서 수많은 남성들을 겪으면서 얻은 결론이 돈만을 생각하자는 것이었다. 그리고 마음에 드는 남자를 찾는 걸 포기한 것이었다. 그런데 오늘 종태를 만나면서부터 그녀의 마음은 달라졌다. 처음 본 첫인상이 좋았고, 지금은 그의 섹스가 마음에 드는 것이었다. 섹스란 동물적인 행위에 지나지 않지만 느낌이란 것이 있어서 기억에 젖어 오래도록 남는 것이 있었다.

종태와의 섹스에서 그녀는 기진맥진해졌다. 두 번의 관계에서 그녀는 더 이상 할 수 없을 정도로 힘이 빠져버렸다. 그녀는 종태의 가슴에 얼굴을 묻은 채로 손끝으로 가슴을 만져보았다. 단단한 가슴이었다. 마치 오랫동안 운동으로 단련된 것 같은 생각이 들었다.

지예는 고개를 들어 종태에게 물었다.

"아저씨, 운동 했어?"

그녀의 말에 종태는 감았던 눈을 떴다.

"왜?"

종태는 그저 웃기만 했다.

"그런 거 같아서요. 맞아요?"

지예는 다시 확인하고 있었다. 종태는 긍정도, 부정도 아닌, 그저 웃기만 할 뿐이었다.

"자주 올 수 있나요?"

이번엔 지예가 다소 침착한 목소리로 물어왔다.

"거기? 커피숍에?"

"네."

지예는 이제 이곳 속초에서 마치 동향인이라도 만난 듯이 반갑게 말을 하고 있었다. 두 번의 섹스에서 지예는 이미 마음이 기울고 있는지도 몰랐다. 자신의 그런 성급함을 탓했지만 이미 뱉어놓은 말이었다.

"그건 모르지…… 나도 마음이 좀 그래…… 속초엘 오면 들르지."

"……?"

지예는 그게 무슨 말이냐는 듯이 그를 쳐다보았다.

"장담할 수는 없고…… 내가 겁나지 않아?"

"무슨 겁요? 왜요?"

지예는 종태의 말뜻을 모르겠다는 듯이 되물어왔다.

"그냥…… 나보고 운동을 했을 거라며? 그런데 겁 안 나?"

"아녜요. 겁 하나도 안 나요. 믿음직스러운 걸요."

지예는 다소 마음이 놓이는 듯, 웃음까지 흘리며 대답했다. 그러면서 그녀는 종태의 앞가슴에다 얼굴을 얹었다. 지예는 손으로 그의 가슴에 글씨를 쓰기 시작했다. 아무런 뜻도 없는 그런 글이었다. 그저 손가락이 가는대로 움직이는 글이었다.

"……."

169

종태는 아무 말도 하지 않았다. 지예는 계속 그의 가슴에다 글씨를 쓰고 있었다. 옆으로 돌아누워 종태의 뒷머리에 팔을 끼워 넣어서는 팔베개를 하고 있었다. 그녀의 동그란 젖가슴이 옆구리에 와 닿았다. 말랑말랑한 젖가슴의 탄력이 그대로 느껴졌다.

"일어나서 나갈까? 어디 갈 데 있어?"

종태가 말하자,

"그럴래요? 대포항 가서 회나 먹을래요? 제가 살게요."

하고 지예가 맞장구쳤다.

종태가 일어나자, 그녀도 따라 일어났다. 그들은 곧 밖으로 나와 차에 올랐다. 하루치의 콘도 이용비를 내고도 곧바로 나와 버린 것이었다. 더 이상 누워서 잠만 잔다는 것도 무의미한 일이었다.

그들은 곧장 차를 몰아 대포항으로 갔다. 하일라 밸리에서 불과 15분 거리였다. 대포항에 이르자, 벌써 갯비린내가 물씬 풍겨왔다. 입구의 주차장에 차를 대고 그들은 안쪽으로 걸어갔다. 지예는 차에서 내리기만 하면 종태의 오른팔을 끼고서 걸었다.

길옆으로 갖가지 먹을 것들을 파는 장사치들이 즐비하게 늘어서 있었다. 속초 오징어 찹쌀 순대를 파는 사람이 있었고, 가리비를 연탄불에 구워 파는 곳이 있었고, 아직 때가 아닌 데도 메뚜기를 구워서 파는 곳도 있었다. 그리고 아줌마들이 고무 다라를 펼쳐놓고 산 횟감들을 바구니에 담아 소리치고 있었다.

"이거 다 2만원에 드릴께유. 드시고 사세요."

"아저씨, 이거 먹어봐요. 싸게 드릴께. 한 마리 더 얹어줄 게."

지나가는 곳마다 아줌마들이 호객하느라 발걸음을 멈추게 하곤 했다. 풍성한 횟감들이 고무 다라의 물속에 갇혀 있었다.

"여기서 먹고 갈까?"

종태는 발걸음을 멈추며 말을 했다. 그러자, 지예는 얼른 종 태의 팔을 잡아당기며 잡아끌었다.

"이런 데서 어떻게? 저 안으로 들어가요. 저쪽이 더 나아요."

지예의 말에 그는 순순히 따라 걸었다. 지예가 말한 대로 안 쪽으로 더 들어가자, 그곳엔 아예 포장까지 친 집단 횟집들이 줄줄이 늘어서 있었다. 그 안은 꽤나 넓었다. 좁은 통로만 제외 하고는 전부 다 횟거리를 파는 아줌마들이 자리를 차지하고 앉 아 있었다. 호스를 이용해서 바다에서 퍼올린 바닷물이 다라 에서 줄줄 흘러넘치고 있어서 싱싱한 횟감이라는 걸 보는 이로 하여금 은연중에 강조하고 있는 것처럼 보여졌다.

통로를 걸어 다니면서 양편으로 늘어선 고무 다라에 담긴 횟 감들을 둘러보다가 지예가 한 곳에서 발걸음을 멈추었다.

"이거 얼마예요?"

지예는 그 자리에 쪼그리고 앉으면서 물속에 있는 물고기들을 이리저리 만져보는 것이었다. 허수룩하게 생긴 아주머니가 종태와 지예를 번갈아 쳐다보다가 이내 말을 했다.

"두 사람이 먹으면 딱 맞아요. 2만원만 내요. 내가 한 마리 더 얹어줄게."

그러면서 아주머니는 다른 고무 다라에서 싱싱한 놈으로 한 마리를 건져 올려 플라스틱 바구니에 담는 것이었다. 광어, 우럭, 멍게, 청어, 가자미 등이었다. 플라스틱 바구니를 들어 올리자, 그곳에 든 물고기들이 퍼뜩거리기 시작했다.

"이거 오늘 잡은 거예요. 싱싱해요. 이렇게 많이 주는 데도? 한 번 먹어봐요."

아주머니는 지예를 쳐다보며 말하는 것이었다.

"어때요?"

지예는 바닷물기를 털어내며 종태를 쳐다보았다. 종태도 그녀 바로 옆에 앉아 있었으므로 그녀는 자연스럽게 연인처럼 말하는 것이었다. 종태가 웃어보이며 고개를 끄덕이자, 그녀는 아주머니한테 말했다.

"그럼 이걸로 줘요. 어디로 가죠?"

그녀의 말에, 아주머니는 얼른 플라스틱 바구니를 도마 위로 쏟아놓으며 신난 듯이 말했다.

"저쪽, 의자가 있는 곳으로 가서 기다리면 금방 가져갈게요.

172

그곳에서 상추랑, 술은 시키세요. 따로니깐."

그들은 곧 일어나서 아주머니가 말한 곳으로 갔다. 넓은 홀 같이 생긴 곳에는 기다란 의자가 놓여 있었고, 이미 많은 사람들이 그곳에 앉아 회를 먹고 있었다. 바다가 바로 옆에 있어서 바다를 바라보면서 먹을 수 있는 곳이었다.

"아아, 시원해. 그렇죠?"

지예는 옆쪽을 바라보며 그 말을 했다. 바로 옆의 바다에서 파도가 일렁이고 있었다. 그리고 먼 바다 위에는 고깃배가 떠 있는 게 보였다. 햇빛이 잘게 부서지는 수면은 은빛 모래를 뿌려놓은 것처럼 반짝거리고 있었다.

"으응, 그렇군. 이런 데서 먹으면 더 맛있겠는 걸."

종태는 바다를 보며 중얼거렸다.

눈이 부실 지경이었다. 바다에서 불어오는 바람이 지예의 긴 머리칼을 흩날렸다. 그녀는 가끔 손을 들어 올려 흩날린 머리카락들을 모아 뒤로 넘기곤 했다. 그러나 이내 흐트러지는 것이었다. 곧 회가 나오고, 그들은 그곳에서 장사를 하는 늙은 할머니에게서 상추와 술을 시켰다. 할머니에게 다시 상추값을 지불하고는 그들은 술을 따르기 시작했다. 지예가 먼저 종태의 잔에 청하를 따랐다.

"조금만 드세요. 운전을 해야 하니까."

그러면서 그녀는 종태의 잔에 반만 따랐다. 이번엔 다시 종

173

태가 그녀의 가득 술을 따랐다. 그녀는 술에서만은 주저하지 않는 듯했다. 그녀가 먼저 잔을 부딪쳐왔다.

"사랑해요."

그녀의 말이었다. 그녀는 그러면서 씽긋 웃었다.

"난 뭐라고 하지?"

종태가 웃어보였다.

"아저씨도 나처럼 사랑해요, 라고 말해요."

그녀의 말에 종태도 다시 잔을 부딪치면서 말을 했다.

"사랑해."

그들은 함께 웃었다. 그리곤 단숨에 잔을 털어 넣었다. 그녀가 집어주는 횟감을 받아먹으면서 종태는 야릇한 기분이 드는 것이었다. 마치 바다에서 희자가 자신을 보고 있는 것만 같은 생각이 들곤 했다. 다소 마음이 무거워지는 건 사실이었다. 지예 앞에서 그런 내색은 않았지만 그 자신 내면에서 일어나는 그런 것이었다. 그는 술잔을 기울이면서 되도록 빨리 취하고만 싶은 마음이었다. 그래서 잠시나마 희자의 생각에서 벗어나고 싶었다.

그가 술잔을 다 비우고 나서 다시 잔을 내밀었을 때, 지예는 깜짝 놀라는 것이었다.

"술 더 줘요? 마셔도 돼요?"

그녀는 종태의 알 수 없는 표정을 읽어내면서 그런 말을 했다.

"괜찮아. 이런 데서 마시는 것도 괜찮지."

종태는 다시 잔을 내밀었다. 지예는 마지 못한 듯, 그의 술잔에 술을 따라주었다. 그러나 가득 채운 것이 아니라, 반만 채운 것이었다. 그는 단숨에 술잔을 다 비워버렸다. 그리곤 이번엔 지예한테 술잔을 건네주었다. 그녀는 순순히 술잔을 받았다. 그가 가득 따라주었다.

회는 싱싱했다. 많은 양의 횟감이 플라스틱 바구니에 가득했다. 지예는 술을 마시면서도 회를 많이 먹는 편이었다. 가끔 상추잎에 싸서 종태한테 건네주는 것이었다. 종태는 그녀가 내미는 대로 입을 가져가 받아먹었다.

그 자리에서 그들은 청하 세 병을 비워냈다. 지예가 두 병쯤 비워냈고, 종태가 한 병쯤 마신 셈이었다. 약간 술이 오르는 듯했으나 그리 취한 상태는 아니었다. 이만하면 차를 몰고 갈 수 있을 만했다.

종태와 지예는 술을 다 비우고 나자, 자리에서 일어났다. 약간 술이 오른 상태에서 바다를 바라보는 것이란 역시 마음이 즐거웠다. 즐거운 듯하면서도 어딘가 모르게 쓸쓸함이 배어드는 것 같은 기분이었다.

이번에도 역시 지예는 종태의 한쪽 팔짱을 낀 채로 걸어 나왔다. 차가 있는 곳에 이르자, 그들은 난간에 기대어 바다 쪽을 바라보고 서 있었다. 시원한 바닷바람이 불어왔으므로 곧바로 차 안으로 들어가는 것이 싫어서였다.

"아, 배불러."

지예는 그 말을 하면서 바다 쪽으로 시선을 고정시키고 있었다. 약간 술이 오른 그녀의 얼굴은 불그스름하게 상기돼 있었다. 다소 풀어진 듯한 옆모습이 고혹적으로 보여지기까지 했다. 눈빛이 아까보다 더 촉촉하게 젖어 있는 것처럼 보여졌다.

"……."

종태는 묵묵히 담배를 뽑아 물었다. 라이터를 꺼내 불을 붙이고는 길게 한 모금 뿜어냈다. 그녀의 얼굴 쪽으로 흩날려간 연기는 이내 사라지고 없었다. 지예가 종태를 바라보면서 말했다.

"저도 하나 줘요. 피워도 되죠?"

지예가 내민 손에 한 개비를 쥐어주면서 그는 라이터를 켜주었다. 그녀가 불을 붙이느라 약간 고개를 숙이는 바람에 앞머리가 쏟아져 내렸다. 그녀는 한 손으로 머리칼을 붙잡고서 담배에 불을 붙였다. 그녀의 조그마한 입에서 흘러나온 연기는 곧 흩어지고 말았다.

바다를 유심히 바라보고 있는 그녀의 옆얼굴이 점점 어두워지는 것 같았다. 종태는 그녀의 어깨 위로 손을 올렸다.

"이제 가지. 어디로 갈까?"

"……."

그의 말에 지예는 말없이 돌아섰다. 차로 돌아와 앉으면서 그녀는 안전벨트를 매고는 나직이 말했다.

"오늘은 왠지…… 빨리 돌아가고 싶지 않은 거 아세요?"

그녀는 침울해 보였다.

"가야지?"

"안 가면 안 돼요?"

"누구? 나?"

종태가 시동을 걸면서 물었다.

"네. 저랑 같이 있으면 안 돼요? 오늘 밤…….."

그렇게 말하는 지예의 모습이 쓸쓸해 보였다. 마치 헤어질 시간이 두려운 것처럼 말을 하고 있었다.

"그건 좀…… 그래. 이렇게 만났으면 됐지. 같이 오래 있는다고 좋은 건 아니잖아? 다음에 또 만나면 되지 뭘 그래."

그렇게 말을 하는 그도 그리 마음이 밝지 못했다. 마치 오랜 연인끼리 만났다가 헤어지는 듯한 기분이었다. 왜 그랬는지 모른다. 지예의 말을 들으면서 갑자기 생긴 그런 감정이었다.

"그래도…… 난 같이 있고 싶은데…….."

지예는 한참 망설이다가 말을 꺼내는 데 힘이 없어보였다.

"내일 또 올게, 그럼. 그럼 되잖아?"

"아냐. 난 내일은 일을 해야 되잖아. 그래서 그래요."

"……."

177

종태는 더 이상 말을 하지 못했다. 그녀의 그런 표정이 못내 마음이 걸렸다. 그냥 이대로 헤어지고 싶지 않은 것이었다. 그러나 더 이상 같이 한다는 건 좀 그랬다. 그래서 내일 또 오겠다고 말했지만 지예는 그러고 싶지 않은 듯했다.

"같이 있어요, 우리. 내일은 시간이 없어요. 언니들한테 눈치도 보이고…… 오늘 빼먹은 시간 땜에 그래요."

지예는 굳이 다방으로 돌아가고 싶지 않음을 드러내 보였다. 사실 그랬다. 매일 하는 일이 반복되는 그런 생활에서 한 번쯤 달아나보고 싶은 마음이었다. 이렇게 종태랑 같이 있는다는 게 좋았다.

"그래. 그럼. 그러자."

그러면서 종태는 차를 뒤로 빼면서 앞으로 전진시켰다가 주차장을 빠져나갔다. 속초 시내로 들어올까 하다가 이왕 그렇게 하기로 약속한 터라, 그는 강릉 쪽으로 차를 몰았다. 바다를 옆에 끼고 그는 달렸다.

도로 확장 공사를 하느라 그런지 곳곳마다 공사 표지판이 세워져 있었고, 길은 다른 곳으로 우회하도록 돼 있는 곳이 많았다. 뽀얀 먼지를 일으키며 달려가는 앞차와 적당한 거리를 두면서 달렸다.

지예는 줄곧 바다만 쳐다보고 있었다. 그녀는 약간 비스듬히 의자를 젖힌 채로 종태가 있는 쪽의 바다를 바라보고 있었다.

"아아, 시원해. 이렇게 나오니까 차암 좋다!"

지예는 마치 어린아이처럼 굴었다. 운전을 하고 있는 종태의 팔을 붙잡거나, 허벅지 위에다 손을 올려놓고선 간지럼을 태우기도 했다. 그러다가 그녀는 종태의 어깨 위에 머리를 얹은 채로 가만히 있기도 했다.

종태는 묵묵히 운전에만 열중하고 있었다. 좁은 길이라서 자칫 잘못했다간 반대편 차와 부딪칠 수도 있었다. 군데군데 공사가 진행 중이어서 길이 갑자기 휘어지거나, 길이 없어지면서 엉뚱한 곳으로 길이 나 있기도 했다. 대개 이런 곳을 지나다니는 차들은 바다 쪽을 한번쯤 바라보게 마련이어서 까딱 잘못하다간 중앙선을 침범할 수도 있었기 때문이었다.

종태는 그녀가 팔을 잡거나, 머리를 기대올 때엔 오른손이 아니, 왼손에다 힘을 주며 핸들을 잡고 돌리곤 했다. 만약에라도 그녀 때문에 오른손이 장애를 받는다 하더라도 왼손으로 운전이 가능하도록 하기 위해서였다. 그렇다고 해서 지예에게 조심하라고 타이를 수는 없는 일이었다.

차는 주문진을 지나 강릉으로 가고 있었다. 그리 속도를 내지 않은 그는 지예와 같이 바다를 보면서 운전을 하고 있었다. 지예는 졸리운지 자꾸만 종태의 허벅지와 어깨 쪽으로 몸이 쏠려져왔다.

"졸리우면 좀 잘래? 강릉 가서 깨울까?"

179

종태는 그녀를 생각해서 한 말이었다.

"아니예요. 나 안 졸려워요. 그냥 이렇게 기대고 있으니까 좋아서 그래. 푸근해서 좋아."

지예는 다시 종태의 어깨 위에다 뺨을 갖다댔다. 그리고는 종태의 가슴을 쓰다듬는 것이었다. 지예는 종태의 가슴을 쓰다듬다가 셔츠 단추를 풀어 그 안으로 손을 집어넣었다.

"사고나면 어쩔려고?"

종태는 그 말밖엔 하지 않았다. 그런다고 해서 사고가 날 염려는 없었다. 다만 그녀의 집요한 행동에 대해 일종의 경고 같은 것일 뿐이었다.

"알았어요. 그냥 이렇게만 하고 있을게요."

지예는 더 이상 다른 행동 같은 건 하지 않았다. 그녀가 그러는 것은 순전히 자신의 사랑이 함축된 행동의 표현일 것이었다. 종태는 그녀가 왜 그러는 것인가를 알고 있었다.

"혼자 사세요?"

그녀가 물었다. 그 말에 종태는 흠칫 지예를 쳐다보았다가 다시 앞으로 시선을 옮겼다.

"그렇게 보여? 내가 혼자 사는 것 같아?"

종태의 말에 그녀는 피식 웃었다.

"내가 물었잖아? 그런데 대답은 안 하고, 도리어 나한테 묻고 있네."

"아하, 그렇지. 대답을 하기 전에 지예가 한 번 알아맞혀 봐. 알아맞출 수 있을지 모르겠네."

종태는 마치 퀴즈문제라도 내는 듯이 호탕하게 웃어젖혔다.

"싱글. 맞죠? 아직 결혼 같은 건 안 했죠?"

지예는 어깨에서 얼굴을 떼며 물었다.

"글쎄…… 그것도 맞나?"

종태는 애매한 말을 했다. 그러자, 지예는 꼬집을 듯이 방망이질을 하며 덤벼들었다. 몇 번 어깨를 두드리다가 이번엔 간지럼을 태우기 시작했다. 그 바람에 종태는 다소 핸들이 움직였으나 이내 평정을 되찾았다. 오른손의 힘을 빼면서 왼손으로 핸들을 붙잡은 것이다.

"빨리 말해봐요. 난 그게 궁금해."

지예는 지지 않을 듯이 재촉하고 있었다. 그런 모습이 오히려 귀여웠다. 종태는 그녀를 쳐다보았다가 빙긋이 웃으며 말했다.

"맞아. 지예 말이 맞아. 그렇지만 난 한 번 결혼 했어. 지금은 아니지만."

"그게 무슨 말이에요? 무슨 수수께끼 같아. 했으면 했다, 안 했으면 안 했다 이거지, 무슨 말이 그래요? 그럼 혹시 이혼?"

"아니."

종태는 짧게 말했다.

"그럼 뭐야? 이혼도 아니고? 그럼 뭐지? 죽었나?"

지예는 아직 철이 없는 듯했다. 그 말이 종태의 가슴을 찔렀다. 종태는 그 말을 듣자, 내심으로 덜컥 했다. 무심코 던진 지예의 말에 그토록이나 가슴이 놀랄 줄은 몰랐던 것이다. 종태는 순간 지예한테 섭섭한 마음이 들었다가 가라앉는 것이었다.

"알아서 생각해. 네 말 중에서 나왔으니까."

종태는 다소 냉정해졌다.

"그럼 죽었구나? 난 그런 줄도 모르고서…… 미안해요."

그제서야 지예도 대충 알아차리고는 미안하다는 말을 건네 왔다. 지예는 사과라도 하는 듯이 종태의 어깨를 붙잡았다. 마치 토닥거리기라도 하듯이 어깨를 쓰다듬는 것이었다.

"……."

종태는 말을 하지 않았다. 갑자기 눈시울이 붉어질 것만 같았다. 그는 차를 길옆으로 천천히 몰아세우면서 브레이크를 밟았다.

"……?"

지예가 놀라 종태를 쳐다보는 것이었다. 혹시 자신이 한 말 때문에 그러는 것인가 하고 다소 놀란 눈빛이었다.

"……."

종태는 먼 바다 쪽을 바라보다가 안주머니에서 담배를 꺼냈다. 그리고는 담배 끝에다 불을 붙이면서 깊이 한 모금을 빨아들였다가 내뱉었다. 지예가 말끄러미 바라보고 있는 데도 그는 안중에도 없었다. 가슴이 시린 듯 아파왔다. 그는 담배를 거의 다 피울 때까지도 아무런 말도 하지 않았다.

"……미안해요. 전 그런 줄도 모르고서 그냥 한 말이었어요. 그렇다면 제가 사과드릴게요."

"……."

종태는 말이 없었다. 그저 망연히 바다 쪽만 바라보고 서 있었다. 종태의 가슴 속엔 한 가닥 서늘한 바람이 훑고 지나간 것처럼 냉기가 거리는 듯했다. 이유를 알 수 없는 그런 바람이었다.

"화났어요? 제가 한 말 때문에?"

"아니야. 그런 게 아니고…… 그냥 차를 세웠어. 좀 쉬었다가 가려고……."

종태는 변명 아닌 변명을 했다. 지예에게 자신의 속마음을 내비치고 싶진 않았다. 그걸 삭히고 서 있을 따름이었다.

"……."

지예는 미안한 듯이 종태의 뒤로 와서 그를 껴안았다. 그리곤 다시 나지막이 속삭였다.

"잘못했어요. 전 아무런 뜻도 없이 한 건데……."

"……."

종태는 다 탄 담배를 땅바닥에 비벼끄고는 지예의 팔을 풀었다. 그리고는 다시 차에 올랐다. 지예가 옆자리로 와서 앉았다.

그녀의 손이 종태의 손을 거머쥐었다. 마치 놓아주려 하지 않을 것처럼 굳게 쥔 손이었다.

"가요. 내가 괜히 그런 말 했어……."

종태는 천천히 액셀러레이터를 밟으며 차를 출발시켰다. 잠시 더워졌다가 다시 서늘해지는 것이었다. 차는 바람을 가르며 고갯길을 오르고 있었다. 일직선으로 난 길은 핸들을 놓아도 저절로 달릴 수 있을 만큼 시야가 탁 트인 곳이었다.

지예는 더 이상 말을 걸지 않았다.

그의 옆모습을 바라보면서 바다 쪽을 구경하고 있었다. 까칠한 그의 턱수염이 어딘지 모르게 쓸쓸해 보였다. 그의 얼굴은 단단함과 함께 고독한 그림자가 동시에 공존하고 있는 듯했다.

마치 어떠한 결심을 하기 전의 남자의 굳은 모습 같았다. 지예는 이 남자가 좋았다. 말이 없으면서 어딘지 모르게 신뢰감을 주는 듯했다. 그리고 두 번의 섹스에서 만족감을 안겨준 남자였다. 그 두 번의 섹스에서 지예는 많은 걸 한꺼번에 깨달은 느낌이었다.

그동안 이곳 속초에 와서 수많은 남자들을 겪어봤지만 오늘처럼 찐한 섹스를 한 적은 없었다. 오늘의 그것은 몸과 영혼이 한데 아우러져 녹아드는 듯한 절정의 쾌감이 꽤 오래도록 지속된 섹스였다. 처음부터 후끈 달아오른 그것은 끝날 때까지도 식을 줄 몰랐던 것이다. 바로 이런 것이 완전한 섹스인 것 같았다.

지예는 그의 몸짓이 다른 남자들과는 전혀 다르다는 것을 느낄 수 있었다. 자연스러우면서도 잘 단련된 듯한 그런 테크닉이었다. 섹스란 그저 느낌만으로 알 수 있는 것이지, 그 어떤 방법으로도 측정할 수 없는 것이었다. 몸짓과 섹스하는 동안의 표정이 중요했다.

대개 남자들은 지예가 영계라는 사실만으로 빨리 사정하는 편이었다. 보통 5분에서 10분을 못 넘기는 그런 남자들이 많았다. 그 시간이 결코 짧은 건 아니었다. 그러나 처음부터 내키지 않는 그런 섹스에서는 더 많은 시간이 필요했음에도 불구하고 남자들은 성급하게 달려들어 아직 젖지 않은 꽃잎을 마구 문지르며 개처럼 달려들곤 했었다.

어찌보면 강제로 하는 것처럼 달려든 것이었다. 그리고선 남자 자신만 황급히 껄떡거리다가 사정을 해버리고는 만족하는 듯했다. 아예 전희라는 것도 형식적이었고, 후희라는 것은 전혀 없는 것이었다. 지예도 이미 많은 남자들을 겪어보면서 오로지 돈 때문에 몸을 눕히는 것밖엔 되지 않았다. 가끔, 비가 오거나, 바람이 몹시 세차게 부는 날은 그녀 자신이 섹스에 굶주린 고양이마냥 몸을 열고 싶어질 때도 있었다.

그런 날에도 역시 그랬다. 잔뜩 기대를 했다가 곧잘 실망하곤 했었다. 물론 매번 몸값을 치루는 남자들과 잠자리를 같이

185

했지만, 그들은 대부분 지예를 실망시킬 뿐이었다. 기대치에 못 미치는 그들이었다.

지예는 하루 화대조로 받는 액수가 적지 않았다. 대개 20만 원에서 30만 원 정도를 받았으므로 마음만 먹으면 통장의 액수를 불리는 건 누워서 식은 죽 먹기였다. 한 달을 꼬박 외박을 할 순 없었다. 그 다음날, 커피 배달을 다니려면 녹초가 될 수 있었기에 몸의 컨디션을 고려해서 외박을 나가는 편이었다.

그래도 그녀는 한 달에 보통 20일은 외박을 나갈 정도로 인기가 있었다. 둥지 커피숍에선 제일 나이가 어렸고, 몸매 또한 제일 날씬하고 예쁜 것이 뱃사람들의 인기를 독차지할 수 있었다. 지예를 한 번 품고 자려면 속초 남자들은 며칠 전부터 미리 예약을 해둬야만 가능할 정도였다.

예약이란 복잡한 절차가 아니었다.

미리 커피를 배달시켜서 커피를 마시면서 은근히 언제 한 번 몸을 풀자는 식으로 말을 건네는 것이 곧 예약이랄 수 있었다. 그리고 남자들은 조금이라도 확실하게 예약을 만들어놓기 위해서 커피값에다 만 원 정도의 팁을 얹어주는 것으로 확실한 예약을 보장받는 한 가지 방법을 쓰기도 했다.

이곳에 와서 지예가 겪은 남자의 수만도 수백 명이 넘었을 것이었다. 좁은 속초시에서 지나다니는 대다수의 남자들과 잠을 잤다고 해도 과언이 아닐 것이다. 그만큼 속초는 좁은 곳이었다. 배달을 나가면서 길거리에서 마주치는 남자들의 대부분이 자신의 몸 위에서 몸부림을 치며 사정을 했다고 생각하면 지예는 혼자 쿡, 하고 웃음이 튀어나올 정도였다.

그런데 종태를 만난 지예는 비록 만난 시간은 짧았지만, 마음이 끌리는 것은 어쩔 수 없었다. 그의 단단한 뿌리의 맛을 잊어버릴 수가 없었다. 마치 기차 화통을 닮은 듯이 거세게 밀어붙이는 그의 힘에 온 전신이 녹아내릴 것처럼 허물어지는 듯한 찐한 쾌감을 느꼈었다.

마치 꽃잎이 뭉개져 없어져버릴 것처럼 격렬하게 와 부딪히는 힘에 전신이 녹아드는 듯했고, 온몸의 기운이 다 빠져 달아나는 것만 같았다. 섹스가 끝났을 때의 느낌 또한 여전하기만 했다. 아랫도리께가 뻐근해지면서 얼얼한 것이 그 여운을 오래도록 남게 하는 것이 있었다.

지예는 아직도 아랫도리에 남아 있는 그 여운을 잊어버릴 수가 없었다. 마치 지금도 몸속에서 그의 단단한 뿌리가 휘젓고 있는 듯한 착각에 빠져들곤 했다. 그것은 그녀로서도 대단한 경험이었다. 아무리 많은 남자들을 겪었다고 해도 이런 느낌은 처음이었다.

남자들은 대개 영계인 지예의 몸값을 치르고는 한꺼번에 본전이라도 뽑을 듯이 거칠게 나왔다. 초저녁에 섹스를 하면, 새벽까지도 잠을 자지 않고 여러 번의 섹스를 요구하곤 했다. 불과 5분에서 10분 정도의 섹스를 하고는 곧바로 자는 것이 아니라, 잠을 자지 않고서 계속적으로 그것을 요구하는 것이었다. 나중에는 힘이 딸려 일어서지도 않는 데도 그들은 억지로 일으켜 세워 집어넣는 사람도 있었다.

그럴 때는 정말 고통이었다. 이미 한 번 실망한 남자에게선 지예로서도 더 이상의 물이 나오질 않았다. 그런데도 자꾸만 집어넣으려고 하면 짜증이 남과 동시에 꽃잎이 찢어지는 듯한 아픔이 왔다. 물이 나오지 않은 상태에서 삽입을 시도하려는 그들의 노력이 애처로워서 지예는 가만히 참고 있긴 했지만 마음은 어서 빨리 사정을 끝냈으면 하는 마음뿐이었다.

돈거래로 이루어지는 그것은 진정한 사랑이 아니었다. 그럼으로 해서 충분한 애액이 나올 리 없었던 것도 당연한 일이었다. 지예는 그런 밤을 보낸 다음날에는 꽃잎이 화끈거릴 정도로 쓰라렸다. 간혹 약국에 가서 연고를 사서 바르기도 했지만 어차피 이 길로 들어선 마당이라면 돈이 먼저일 것이라는 생각 때문에 아파도 참고서 다시 그 짓을 하는 수밖에 없었다.

섹스가 중요한 건 아니었다. 다만 돈이 더 소중했다. 그래서 남자가 잘 생기고, 돈이 많다는 것과 지위가 있다는 것은 별로 문제가 되지 않았다. 한 번의 화대로 얼마를 받느냐가 더 중요한 문제였다. 돈이 많은 남자라고 해서 지예한테 주는 돈이 헤픈 건 아니었다.

돈이 많은 남자일수록 더욱 돈에 짜다는 것을 알 수 있었다. 그런 남자들은 또 더 많은 것을 요구하곤 했다. 본전을 뽑겠다는 식으로 밤새도록 오르락내리락하면서 찔끔찔끔 싸는 경우가 많았다. 그런 남자한테 걸리면 지예는 온몸이 다 아플 정도로 찌뿌둥하기만 했다. 정말 미치고 환장할 노릇이지만 그렇다고 홱 밀어버리고 나와 버릴 수도 없는 일이었다. 조금만 더 참으면 2,3십만 원의 돈이 생길 터인데, 하는 마음으로 그저 누워 있을 수밖엔 없었다.

좆에 다마를 박아 울퉁불퉁한 남자가 있는가 하면, 요상하게 포경 수술을 해서 해바라기처럼 떠억 벌어진 것들이 너덜너덜한 성기가 있고, 실리콘을 얼마나 집어넣었는지 들어가는 데조차 버거울 정도로 무식하게 크게 키운 좆도 있었다. 대개 그런 것들을 한 남자들은 한번쯤 교도소를 들락날락거려서 그 안에서 치솔대를 갈아 박아 넣었거나, 아니면 제비족으로 돈 많은 여자들을 함락시키기 위해 일부러 그렇게 만든 게 분명했다.

더구나 요즘은 신문 지상에 광고가 나오는 이상한 물건을 차고 들어오는 경우가 있어서 지예는 쾌감이라기보다는 고통스러운 경우가 더 많았다. 요즘 흔히 신문 지상에 광고가 나가는 옥으로 만든 둥근 것이라던가, 말랑말랑한 실리콘의 일종으로 만든 솔이 부착된 걸 뿌리께에 차고선 섹스를 하는 경우도 있었다.

처음엔 지예도 대단한 무엇이 있는가 해서 경험삼아 상대를 해본 적도 있었다. 남자의 성기 안쪽에 차는 그것은 말랑말랑한 재질로 만들어진 것으로 여자의 클리토리스에 가느다란 솔이 닿도록 만들어진 것이었는데, 그것이 클리토리스에 닿게 되면 쾌감이 급상승할 것이라는 생각이기보다는 오히려 이상한 느낌만 가져다주는 그런 것일 뿐이었다.

마치 이물질이 중간에 가로놓여 있어 서걱거리는 듯한 느낌이었다. 지예는 아예 그런 걸 쓰는 남자에게는 못 하겠다고 버티곤 했다. 실제로 그런 것들은 별로 도움이 되지 못했다. 오히려 일어나려던 기분을 망칠 뿐이었다. 그런데도 남자들은 한결같이 그런 것들을 사용해선 지예에게 시험해보고자 하는 열망이 강했다.

지예는 이런 남자, 저런 남자들을 다 겪어본 나머지의 결론이었다. 남자란 강해지려고만 할 뿐, 이렇다 할 노력 같은 건 하지 않는 듯했다. 그냥 영계라는 사실만으로 사정을 하기에만 급급할 뿐이었다. 돈을 주고 산 몸 안에다 자신의 정액을 쏟아부음으로써 일종의 정복욕 같은걸 느끼는 듯했다.

차는 곧 강릉 시내로 접어들고 있었다.

왼편으로 펼쳐진 바다가 끝나고 시내로 들어서자, 차가 다소 막혔다. 종태는 횡단보도 앞에서 다시 담배를 꺼내 불을 붙였다. 그러면서 어느덧 화가 조금 풀렸는지 지예를 바라보며 빙긋 웃어보였다.

"치이……."

지예는 이빨이 드러나도록 웃었다.

"왜?"

"아깐 너무 화가 난 것 같아서 미안해서 혼났어. 괜히 말도 못하고…… 눈치만 보면서 왔는걸 뭐."

지예는 이제서야 자신의 속마음을 털어놓는 것이었다.

"그런가? 말을 하지?"

종태는 아무렇지도 않게 말을 했다.

"기분이 안 좋아 보이는데 어떻게 말을 해요? 말을 붙이기가 겁나서…… 괜히 또 말을 잘못했다가 성질내면 어쩔려고?"

지예는 단단히 별렀던 속마음을 털어내며 입술을 삐죽거렸다.

"미안해. 아까 미안하다고 그랬잖아. 그런 말은 안 하는 게 좋아. 알았지?"

종태는 마치 타이르듯이 말했다.

"알았어. 다신 그런 말 안 할게."

지예는 그 말을 하면서 종태의 허벅지에 손을 얹었다. 그건 화해의 표시이기도 했다. 시내에는 벌써 얇은 옷을 입은 젊은 남녀들이 길거리를 활보하고 있었다. 짧은 미니스커트가 발걸음을 옮길 때마다 팔랑거렸다. 스커트가 팔랑거릴 때마다 허벅지 안쪽의 허연 살결이 다 드러나곤 했다.

"어디로 갈까?"

종태가 물었다.

"경포대로 갔다가, 호텔로 가요. 좀 쉬고 싶어요."

지예의 말에 종태는 경포대를 향해 차를 몰았다. 경포대로 올라가는 길목에는 벌써 많은 차들이 즐비하게 주차되어 있었다. 종태는 그 차들이 있는 빈 공간에 차를 세웠다.

오르막길을 오르면서 지예는 다시 종태의 옆으로 바싹 다가붙었다. 지예는 으레 팔짱을 끼는 것이었다.

"바닷바람이 좋죠? 시원하고."

"그래. 여기 오면 파도소리가 더 세게 들리는 것 같은데?"

"맞아요. 밑에 있는 바위 때문일 거예요. 바위에 와서 부딪치는 물소리가 유난히 커요."

지예는 좁다란 길 밑으로 바라보이는 바다를 바라보았다. 싯푸른 바다가 보였다. 위에서 내려다보는 바다는 더 푸른 것 같았다. 햇빛과 수면과의 각도 차이 때문일까. 바다는 마치 약간 검은 색을 띠고 있는 것처럼 보여지고 있었다. 녹음이 우거지기 시작한 길옆에는 시원한 바람이 숨어 있다가 훅 끼쳐나오는 것 같았다. 그들은 걸어서 꼭대기까지 올라갔다. 가다가 잠시 쉬고 있는 사람들이 종태와 지예를 번갈아 쳐다보았다. 미륵석불이 있는 데서 걸음을 멈추고는 다시 바다 쪽을 바라보았다.

망망한 바다가 초원처럼 펼쳐져 있는 게 보였다.

"아, 좋아요. 너무 시원해. 바람이."

지예는 팔을 넓게 벌려 위로 들어 올리면서 숨을 들이마셨다.

"여긴 자주 오나?"

종태는 돌계단에 걸터앉으며 물어보았다. 담배를 꺼내 불을 붙였다. 그는 곧 한 모금을 뿜어냈다. 하얀 연기가 바람 속으로 흩어지면서 사라졌다.

"몇 번 왔어요. 쉬는 날에요."

지예는 그 말을 하면서 종태를 힐끔 쳐다보았다. 그녀가 말한 몇 번이라는 것은, 다른 남자와 같이 놀러온 것이었다. 그래서 그녀는 말을 꺼내놓고도 한편으론 마음이 켕기는 것이 없지 않았다.

다행히 그는 묻지 않았다. 시시콜콜 그런 것까지 간섭하려 들지 않는 그가 좋았다. 종태는 계단에 앉아 물끄러미 바다만 바라보고 있었다. 제법 진지한 눈빛이어서 지예는 함부로 말을 걸 수도 없었다.

그녀는 종태의 옆으로 가서 앉았다.

바다는 항상 그만한 톤으로 출렁이고 있었다. 마치 약속이나 한듯이 알맞게 움직이고 있는 바다는 바라보면 볼수록 더 정겨운 느낌이 들었다. 하얀 갈매기가 푸른 바다 위를 날아가고 있는 게 보였다. 빠르지도 않게 천천히 날갯짓을 하며 바다 위를 표류하고 있는 것만 같았다.

뜨거워진 햇빛이 수면에 부딪치면서 무수한 반짝거림을 반사시키고 있었다. 파도장 하나마다 거울 같다는 생각이 들었다. 바다는 늘 그랬다. 조용한 듯하면서 쉴 새 없이 움직이는 생명체 같았다. 종태는 바다를 바라볼 때마다 잃어버렸던 그 어떤 꿈틀거림을 되찾아내는 듯했다. 그것의 정확한 실체를 몰랐다. 다만 내면에서 서서히 꿈틀거리기 시작하는, 불끈 치솟는 용기 같은 것이었다.

해가 서서히 기울어지려고 그러는지 수면의 반짝거림도 점점 그 빛을 잃는 듯했다. 그러면서 바다는 천천히 가라앉는 듯이 암청색으로 변해갔다. 오전의 바다와, 오후의 바다가 달랐고, 오후 늦은 시간의 바다 색깔이 달랐다. 해의 기울기에 따라 점점 빛깔을 달리하는 바다였다.

종태는 바다를 바라보면서 그 먼 옛날의 아련한 추억 같았던 주먹세계가 떠올랐다. 천방지축으로 날뛰며 무서운 줄 몰랐던 그때가 좋았을지도 모른다고 생각했다. 차라리 그때는 희자를 모를 때였으므로 인생에 대해, 사랑에 대해 깊이 생각해본 적이 없었으므로 몸뚱이 하나만 갖고도 이 세상을 다 가질 수 있을 것만 같았던 때였다.

돈과 주먹세계는 불가분의 관계였다. 조직이 크면 클수록 굴러 들어오는 돈의 규모가 엄청났고, 어디에고 손을 대기만 하면 곧바로 현찰이 되어 들어오곤 했다. 조직은 돈이 되는 일이라면 손을 안대는 곳이 없었다. 정치, 사회, 연예인 계통, 히로뽕, 심지어는 법조계에까지 손을 뻗치는 수가 있었다.

모든 것이 현금으로밖엔 보이지 않았다. 법조계라는 곳도 돈이 있어야 재판을 유리하게 진행시킬 수 있고, 돈을 가진 자가 사건을 의뢰를 해오면 조직에서는 일을 맡긴 자의 신분을 노출시키지 않은 채, 각종 불리한 증인까지도 협박하여 린치를 가한다거나, 금전으로 매수와 협박을 병행해서 유리하도록 증언할 수가 있었다.

그리고 검사나 판사에게 전화를 걸어 만날 수도 있었다. 물론 그때는 변호사를 개입시켜 다리를 통해서 만나는 것이겠지만, 하여튼 그들은 조직이라는 것을 은연중에 내세워서 돈과 주먹으로 유리한 재판이 되도록 끌고 나가는 것이었다. 돈이라는 당근과 주먹이라는 협박이 잘 사용되기만 하면 그건 곧바로 약효가 나타나는 최고의 처방이 될 수 있었다.

우리 사회에서 조직의 힘이란 어디에도 사용 가능한 약방의 감초일 수 있었다. 조직이 한 번 움직이면 그건 곧 돈이라는 공식이나 마찬가지였다. 돈이 되지 않는 일에는 절대 끼어들지 않는 것이 조직의 불문율이었다.

"……."

종태는 이런저런 생각에 잠기다가 자신도 모르게 두 주먹을 불끈 거머쥐었다. 손가락 끝을 말아 끌어당기며 우두둑, 소리가 나게 힘껏 끌어 잡았다가 놓았다. 마치 손가락 끝에서 모든 힘이 나오는 것처럼 그는 여러 번 그런 동작을 계속했다.

"무슨 생각하세요?"

지예가 물었다. 그녀는 종태가 바다를 무연히 바라보면서 주먹을 움켜쥐는 것을 보고는 묻는 말이었다.

"······."

종태는 그녀를 쳐다보기만 했을 뿐, 더 이상의 말은 하지 않았다. 한 번 웃어주었을까.

"깊은 생각을 하고 있는 거 같았어요. 왜요? 무슨 고민거리라도 있어요?"

지예는 아무 뜻 없이 그런 말을 했다.

"아니. 그냥 바다를 쳐다보고 있는 거야. 고민은 무슨······."

종태는 그제서야 정확한 현실로 돌아왔다. 지에가 옆에 있다는 것이 느껴졌다. 그는 미안한 듯이 그녀의 손을 잡아주었다. 지예의 작은 손이 자신의 손안에서 꼼지락거렸다. 긴 손톱이 만져졌다. 종태는 그제서야 그녀의 손을 들어 올려 햇빛에 비춰보는 것처럼 자세히 들여다보고 있었다.

가늘고 긴 손이었다. 하얀 피부를 가진 그녀의 손톱은 유난히 빨간 매니큐어를 칠하고 있었다. 그것도 손톱의 반만······.

"예쁘군."

종태는 낮게 중얼거렸다.

"그래? 아이, 좋아라. 예쁘다는 말 첨 들어보네."

지예는 마치 어린아이처럼 좋아했다. 그러면서 자신의 손톱과 종태의 얼굴을 번갈아 쳐다보는 것이었다.

"이제 내려갈까?"

"가요. 바다를 실컷 봤으니까. 가요."

종태가 먼저 일어나자, 지예는 곧 뒤따라 일어났다. 다시 내리막길을 걸어 밑으로 내려왔다.

바닷가 호텔이었다. 바다가 한 눈에 다 내려다보이는 방이었다. 그들은 일단 방을 정해놓고 저녁 식사를 하러 나갈 참이었다. 룸으로 들어오자, 지예는 먼저 침대가 있는 곳으로 가서 펄쩍 드러누웠다.

"한 잠 잤으면 좋겠어. 아, 피곤해. 저녁은 이따 먹으면 안돼?"

지예는 늘어지는 듯한 기분을 느끼며 그 말을 했다. 하루 동안 돌아다니느라 피곤했고, 두 번의 섹스 때문에 더욱 피곤함을 느꼈다. 마음 같아서는 일어나서 다시 바깥으로 나돌아다니고 싶었지만, 몸이 말을 안 들었다.

"그러지 뭐. 좀 쉬어. 난 샤워나 하고 나올 테니까."

종태는 욕실로 들어갔다. 오픈카라서 오는 중에 먼지를 뒤집

197

어쓴 탓에 온몸이 땀으로 밴 것처럼 끈적거렸다. 약간 땀이 난 것이 먼지와 범벅이 된 것만 같았다. 욕실로 들어간 그는 시원한 물을 틀어 씻어내렸다.

차가운 물이 닿자, 제일 먼저 일어나는 것이 바로 남성이었다. 빳빳하게 일어선 그것은 샤워가 다 끝날 때까지도 죽지 않고 있었다. 비누칠을 해서 몇 번 닦아내고는 밖으로 나왔다.

지예는 침대에 쓰러져 누워 있다가 설핏 잠이 든 모양이었다. 옷을 입은 채 그대로였다. 가는 숨을 내쉬는 그녀의 동그란 젖가슴께가 조용히 부풀었다가 가라앉았다. 한쪽 다리를 세운 그녀의 허벅지 사이로 하얀 팬티가 드러났다. 볼록하니 솟아오른 그곳이 보였다.

"……."

종태는 머리카락의 물기를 털어내면서 자꾸만 지예의 가는 다리사이로 눈길이 모아졌다. 작은 히프와 알맞게 벌어진 불두덩의 볼록한 모습에서 그는 짜릿한 전율이 스쳐 지나가는 것 같았다.

한쪽 다리를 세워서인지 짧은 스커트가 위로 미끄러 올라가면서 팬티의 일부분이 다 드러나 있었다. 탱탱하게 달라붙어 있는 팬티는 중요한 부분이 있는 곳을 살짝 가리고 있을 뿐이었다. 그 중요한 부분이 꺼뭇하게 내비쳤다. 아까 옷을 벗겼을 때, 지예의 그곳은 새카만 털로 무성했다는 것이 떠올라졌다.

그는 털던 머리카락을 다 턴 다음, 지예를 깨웠다.

"일어나. 씻어야지."

종태는 그녀의 몸을 약간 흔들었으나 지예는 옆으로 돌아누울 뿐이었다. 종태는 그 자리에 서서 다시 말했다.

"안 씻을래?"

"……."

그녀는 말이 없었다. 가는 숨을 내쉬고 있는 걸로 봐서 깊은 잠이 든 것 같았다.

"……."

종태는 그녀를 내버려둔 채, 창가로 가서 창문을 열어젖혔다. 파도소리가 한꺼번에 밀려들어오듯, 쏴아 하는 소리를 냈다. 그와 함께 신선한 맑은 공기가 방 안으로 흠씬 풍겨 들어오는 것이었다.

그는 알몸뚱이였다. 벗어놓은 옷으로 가서 호주머니에서 담배를 꺼내왔다. 그는 창가에 서서 담배에 불을 붙였다. 깊게 한 모금 빨아들여선 폐부에까지 들이마셨다간 천천히 밖으로 내뿜었다. 상쾌했다. 마치 양치질을 하고 나서 첫 담배를 피우는 것처럼 입안이 개운했다. 그는 담배를 피우면서 바다 쪽을 바라보고 있었다. 이런 데에 지예와 같이 와 있다는 것이 믿기지 않았다. 마치 희자에게 죄스러운 것 같기도 하면서, 다른 한편으론 묘한 생각마저 일어나는 것이었다.

다시 옛날로 돌아와 버린 것 같은 회귀의 시발점에 서 있는 것 같았다. 그는 아직까지도 마음이 뒤숭숭했다. 어떻게, 어떤 식으로 살아가야 하느냐 하는 마음의 준비도 없이 무턱대고 한 여자를 데리고 들어와 버린 것처럼 막막한 감도 없지 않았다.

비록 다방 아가씨라고는 하지만, 희자가 죽은 후로 얼마 지나지 않은 시간에 지예를 데리고 이런 호텔에 들었다는 것이 스스로에게도 미안한 마음이 생기는 것이었다. 그는 담배를 다 피우고는 다시 새 담배에 불을 붙였다. 그리고 두 개비째의 담배를 다 피울 때까지도 그 자리에서 꼼짝도 하지 않았다.

그리고 나서 그는 침대가 있는 쪽으로 걸어왔다.

"……."

지예는 아직도 꿈속에 깊이 빠져 있었다. 옆으로 돌아누운 그녀의 엉덩이께의 팬티가 다 보여지고 있었다. 찰싹 달라붙는 하얀 팬티를 입은 그녀의 허벅지선과 엉덩이의 곡선이 묘하게도 눈길을 잡아끄는 무엇이 있는 듯했다.

단단함이랄까. 이십 대의 팽팽함이랄까. 미끈하게 뻗어있는 다리와 엉덩이의 앙팡진 모습이 잘 조화되고 있어서 종태의 뿌리는 다시 새 봄을 맞는 듯이 서서히 일어나기 시작하고 있었다.

"……."

종태는 자신의 뿌리를 내려다보았다. 검붉게 충혈이 되어 치

솟아 있는 그것은 숨이 꼴딱 넘어갈 만큼 팽팽하게 부풀어 있었다. 마치 건들기라도 하면 곧 터져버릴 것 같았다. 그는 뿌리를 한 번 쓰윽 만져보았다. 손바닥에서 느껴지는 단단함. 그것은 곧 희열을 느끼려는 간절한 욕망이었다.

그는 침대 밑으로 가서 걸터앉은 채로 그녀의 스커트 위에다 손을 얹었다. 그래도 지예는 꼼짝도 하지 않았다. 한편으론 애처로운 마음까지도 들었다. 밤낮으로 일해야 하는 그녀의 피곤을 느낄 수 있을 것만 같아서였다.

그는 장난을 하듯이 그녀의 스커트를 위로 걷어 올렸다. 하얀 팬티가 다 드러났다. 움켜쥐면 한 주먹도 안 될 것 같은 조그만 천조각이 겨우 그곳만을 가리고 있는 듯했다. 엉덩이의 둥근 곡선이 다 드러나 보이고 있었다. 그 곡선은 작고 조그만해서 한 손에 꽉 쥐면 다 잡힐 것 같았다. 두 엉덩이 짝의 맞닿는 부분이 패여 있는 것까지 다 보였다.

그는 손을 뻗어 히프를 어루만졌다. 작고 탱탱했다. 손바닥에 느껴지는 감촉이란 황홀할 지경이었다. 그는 천천히 엉덩이께를 어루만지다가 팬티의 고무밴드를 들어 올렸다. 그 속으로 손을 집어넣었다. 보송보송한 털이 만져졌다. 그는 그녀가 웅크리느라 닫혀 있는 그곳을 만지다가 팬티를 밑으로 끌어내렸다.

밴드가 늘어나면서 어렵사리 밑으로 내려왔다. 지예가 몸을 뒤척이면서 팬티는 쉽게 내려왔고, 그는 다리사이로 팬티를 걷어냈다. 조그만 팬티가 오그라들며 손바닥만큼 작아졌다. 그는 그것을 침대 맡에 놓아두고는 그녀를 반듯이 눕혔다.

그때까지도 지예는 잠에서 헤어나지 못하고 있었다.

"으응, 왜에……."

그 말만 했을 뿐, 더 이상의 어떠한 말도 하지 않았다. 종태는 그녀의 다리를 벌린 채로 그곳에다 입을 갖다댔다. 풋풋한 살결이 입술에 닿자, 그는 혀끝으로 털과 계곡의 보드라운 살결을 핥아나갔다. 위에서 아래로, 옆에서 옆으로 움직이면서 그는 진지하게 혀를 움직였다.

점점 더 많은 양의 물이 흘러나오고 있었다. 그는 두 손으로 그녀의 꽃잎을 벌린 채로 깊숙한 데에까지 혀를 밀어 넣었다. 질벽이 혀끝에 만져졌다. 그리고 클리토리스를 어루만졌다. 아무리 핥아도 질리지 않을 것 같은 그곳이었다.

"아……."

지예는 잠결이었지만 짧은 소리를 내면서 몸을 비틀곤 했다. 그러나 눈을 뜨진 않았다. 서서히 잠이 깨는 중이었다. 종태는 더욱 서둘렀다. 활짝 열려진 꽃잎 속으로 혀를 집어넣어 곳곳을 샅샅이 핥아댔다. 미끄러운 감촉이 혀끝에 느껴지고, 물기가 흘러나와 윤활유 작용을 하고 있었다. 그리고 계곡을 살짝 덮은 새카만 털이 시야를 자극하고 있었다.

꽃잎 주위를 핥는 것도 쾌감이었다. 허벅지 안쪽의 보두라운 살결에다 입을 맞추며 그는 더 넓게 범위를 넓혀 나갔다. 그러다가 다시 꽃잎으로 모여들었고, 다시 계곡 속을 파들어가듯이 혀끝으로 만지작거렸다.

"아아…… 됐어. 올라와요."

그녀는 언제 잠이 깼는지 흐느적거리는 목소릴 냈다. 그러면서 종태를 붙잡고선 위로 끌어올리는 것이었다. 종태는 마지막으로 몸을 일으켜 젖가슴을 핥아주었다. 그리고선 성난 뿌리를 그곳으로 밀어 넣었다. 미끄러지듯 들어간 뿌리는 들어가자마자, 곧 힘차게 움직이기 시작했다.

거센 동작이었다. 1초에 여러 번의 부딪침으로 해서 밑에서는 살갗이 서로 맞닿는 소리가 들려나왔다. 그는 마치 그 소리에 장단이라도 맞추듯이 더욱 거세게 밀어붙였다. 그의 입은 지예의 입술을 덮고 있었다. 그녀가 혀를 내밀었고, 종태는 자신의 입안으로 그것을 세게 빨아들였다.

"으으……."

지예는 신음소리조차 맘대로 낼 수 없을 정도였다. 아래쪽과 위쪽이 모두 점령당한 상태에서 어느 곳 하나 마음대로 움직이지 못한 채로 그녀는 그를 고스란히 받아들이고 있었다. 그건 바로 뜨거움 그 자체였다. 그리고 황홀이었다. 자꾸만 무너질 듯이 내려앉는 기분을 느끼며 지예는 종태의 알몸뚱이를 끌어안는 수밖엔 달리 할 일이 없었다.

종태의 힘은 셌다. 한 번 내려칠 때마다 지예의 아래쪽이 터져버릴 것처럼 철썩거렸다. 그리고 억센 그것이 깊숙한 곳에까지 내려와 박히는 걸 느꼈다. 마치 자궁에까지 와 닿는 것 같은 묵직한 느낌이 아랫배를 타고 위로 올라왔다.

꽉 찬 듯한 느낌. 그리고 꽉 찼다가 졸지에 빠져 나갔다가 들어와 앉는 듯한 묵직함으로 그녀는 정신이 아득해지기만 했다. 그리고 침대가 출렁거리도록 거세게 밀어붙이는 힘에 의해 그녀는 잘디잘게 부서지는 느낌이었다.

종태는 마지막에 이르러서는 지예의 가는 두 다리를 들어 올렸다. 자신의 어깨 위에다 다리를 걸쳐놓고선 인정사정없이 들이박는 그였다. 그때는 벌써 사정이 임박했음인지 속도 또한 빨라졌다. 거셈과 빠른 속도는 지예를 더욱 혼미하게 만들었다.

"아~……."

지예는 마지막 신음을 토해냈다. 나른한 육체의 마지막 정열이라도 되는 듯이 그녀는 그 소리밖엔 낼 수 없었다. 거세게 탁탁 부딪는 그의 아랫도리를 두 손으로 붙잡았지만 아무런 소용도 없는 일이었다. 그의 엉덩이가 빠르게 움직이면서 그녀의 손을 털어낼 뿐이었다.

"으, 헉!……."

그는 마지막 뜨거운 숨을 토해내면서 몸속의 모든 기운을 다 뱉어냈다. 뜨거운 것이 그녀의 몸속으로 들어왔다. 그녀는 꽐

약근에다 힘을 주면서 마지막 그의 한 방울이라도 더 받아내려는 듯이 움찔거렸다.

"……아!"

그는 여러 번에 나눠서 사정을 끝냈다. 처음엔 굵게, 나중엔 점점 가늘게 정액을 토해낸 그는 마지막에 이르러선 아랫도리만 꿈틀거리다가 풀썩 쓰러졌다. 이로써 모든 게 끝이 난 것 같았다.

하지만 그녀는 아직까지도 그의 몸에서 정액이 빠져나오는 것 같은 느낌을 받았다. 뜨겁고 굵은 것이 완연히 질벽에서 느껴지고 있었기 때문에 그 뜨거움이 곧 그의 정액일지도 모른다는 착각에 빠지는 것이었다.

그들은 서로 거세게 부둥켜안았다. 그의 팔심이 얼마나 억센지 지예는 어깨가 부서지는 것 같은 아픔을 느꼈다. 하지만 그것이 싫은 건 아니었다. 그럴수록 더욱 쾌감이 순식간에 광범위하게 퍼져 나가는 것이었다.

지예는 꽃잎에다 힘을 주었다. 자신도 모르게 움찔거린 괄약근 때문에 그가 내뱉은 정액들이 꽃잎을 타고 밑으로 흘러내렸다. 서서히 그의 것이 작아지면서 물기가 밖으로 흘러나오는 중이었다. 그러나 그것도 기분 좋은 것이었다. 그녀는 그것을 닦으려고도 하지 않았다.

순간의 짧은 시간이었지만 그것은 꽤나 긴 시간인 것처럼 느껴졌다. 대개 남자들의 사정하는 시간이란 불과 5분에서 10분 사이였지만, 만족했을 때의 여자가 느끼는 시간이란 실로 엄청났다. 비록 5분에서 10분 정도의 시간이었지만 느끼기에 따라선 한 시간이거나, 최소한 30분 정도로 느껴지는 것이었다. 그만큼 만족해하는 느낌에 비례하는 것이었다.

지예는 만족감을 느꼈다. 첫 번째도 그랬고, 두 번째도 그랬었다. 그리고 역시 세 번째도 꽤나 만족할만한 것이었다. 그녀는 몸이 눅신거릴 정도로 거세게 밀어붙인 그의 공격에 나가떨어진 듯한 패자의 기쁨을 맛보았다. 그것은 황홀 그 자체였고, 더 이상의 그 어떤 것도 바랄 수 없을 정도로 완벽한 섹스였다고 생각할 만했다.

지예는 그의 알몸을 더듬으면서 낮게 속삭였다.

"난 뭐가 뭔지 모르겠어. 그냥 이대로가 좋아. 다 좋아. 당신이 좋아."

지예는 코맹맹이 소리를 냈다. 마치 금방이라도 울음이 터져나와버릴 것만 같은 그런 목소리였다. 황홀해서인가? 그녀는 스르르 눈을 감으면서 더욱 세게 그를 끌어안았다.

"……."

종태는 엉거주춤 그녀의 몸 위에 올려져 있었다. 이미 사그라든 남성이 자꾸만 빠져나오려고 그랬다. 뿌리께가 미끌거리는 걸 느끼면서 그대로 껴안고 있는 것이었다.

"아, 사랑해……."

그녀는 잠에 빠진 듯이 말을 했다.

"내 곁에서 떠나지 마요. 알았죠?"

지예는 마치 꿈을 꾸듯, 그렇게 말했다.

"……."

종태는 잠자코 듣고만 있었다. 그녀의 팔을 풀어버리고 그만 잠에 빠져 들고 싶었지만 어쩔 수 없었다. 지예가 그러는 것이 싫지 않아서였다. 그는 그녀의 젖가슴에 입술을 갖다댔다. 그리고는 천천히, 아주 천천히 그 주위를 빨았다.

한참 후에 지예는 그를 놓아주었다.

그가 몸을 뗌과 동시에 밑에서는 하얀 액체가 주르르 흘러나왔다. 종태는 얼른 티슈를 뽑아 그녀의 그곳을 닦아주었다. 그 때까지도 그녀는 눈을 뜨지 않았다. 그가 하는 대로 내버려둘 뿐, 잠이 든 것처럼 누워 있을 뿐이었다.

꽃잎에서 흘러나온 양은 꽤나 많았다. 벌어진 꽃잎에선 아주 천천히 액체가 흘러나오고 있었다. 그는 여러 차례에 걸쳐 그녀의 그곳을 닦아주었다. 꽃잎이 앙증맞았다. 알맞게 벌어진 그곳은 좀 전의 격렬한 섹스가 이뤄졌다고는 볼 수 없을 만큼 말끔했고, 또한 완전했다고 볼 수 있었다.

여자의 꽃잎을 닦아주는 자신이 우습지 않은 것도 아니었다. 그러나 종태는 그런 생각을 갖는 자체가 곧 죄악일 것처럼 여겨졌다. 그냥 순수하게 받아들이기로 생각했다. 그래서 그는 그녀의 그곳을 다 닦아준 다음, 조그마한 팬티를 벌려 다리사 이로 끼워 넣었다. 그녀가 다리를 들어 도와주었다.

"자?"

"……."

그녀는 대답이 없었다. 가는 숨을 내쉬고 있는 걸 느낄 수 있었다.

"……."

그는 그녀의 몸에 얇은 시트를 끌어 덮어 주고는 나른한 잠 속으로 빠져들었다. 얼핏 잠시 잠깐 그녀의 알몸이 만져지는 듯했다. 지예는 잠결에 옆으로 돌아누우면서 종태를 끌어안았다. 그들은 꿈속에서 깊은 포옹을 하는지도 몰랐다.

10

잔인한 복수

종태는 이틀 동안 지예와 함께 강릉에 있었다. 지예가 커피숍으로 전화를 해서 하루만 더 휴가를 달라고 해서 줄곧 같이 있었던 것이다. 그 이틀 동안, 종태는 이제까지 한 번도 가져보지 못 했던 육체의 향연을 한꺼번에 다 해치운 듯이 섹스에만 탐닉했다.

지예도 그런 점에선 종태에게 뒤지지 않았다. 언제라도 종태가 원하면 그녀는 곧바로 그를 받아들였고, 종태가 피곤해서 누워 있을 때엔 그녀가 먼저 집적거리며 덤벼들었다.

이틀을 밤낮으로 그짓만 했다고 해도 지나친 말이 아니었다. 식사는 주로 룸으로 시켜서 먹거나, 아니면 그릴로 가서 먹고 들어오곤 했다. 그 중 한 끼 정도는 바닷가로 나가서 횟집에서 사먹기도 했다. 그리고 거의 방 안에서만 나뒹군 시간들이었다.

낮엔 바닷가로 나가 산책을 하다가 돌아왔고, 저녁 어스름이 내릴 때엔 절대로 바깥으로 나가지 않았다. 그런 시간에 바닷가로 나간다는 건 종태가 싫어하는 시간이었기 때문이었다. 그런 어스름이 내리는 바닷가에서는 자꾸만 희자 생각이 날 것만 같았다. 지예와 같이 그런 시간에 바닷가에 나가 있는 건 피했다. 종태의 마음이 그걸 허락할 수 없었기 때문이었다.

아직은 그의 마음속에 희자의 잔영이 남아 있었다. 그녀를 잊을 수 없는 그로선 당연한 일이었다. 지예와 섹스를 하면서도 가끔 그랬다. 죄책감이 드는 것이었다. 그러나 이미 활활 붙어버린 육체의 불은 끄지 못했다. 지예는 그만큼 종태에게 육체의 위안을 주는 여자였다.

종태는 강릉에서 돌아온 그날로부터 편하게 잠을 잤다. 좀 서먹하긴 했지만 집엔 아직도 희자의 손길이 그대로 남아 있는 듯했다. 그녀가 널어놓은 빨래가 아직 그대로 걸려 있었고, 옷장에는 그녀의 옷들이 그대로 있었다. 그리고 화장대 위의 화장품들도 고스란히 정돈돼 있었다.

"……."

그는 누운 채로 그것들을 바라보았다. 다시 슬픔이 치밀어 오르는 것을 느끼며 옷장 속의 맨 아래칸 서랍에 깊숙이 들어 있던 한영일이라는 명찰이 기억났다. 붉은 싸인펜으로 계급이 표시돼 있었고, 그 옆에 고딕체의 이름이 선명하게 씌어져 있었던 게 기억났다.

그는 잠시 생각에 골몰해졌다. 그 명찰의 주인이 누구일까. 어떤 일로 해서 희자의 옷이 들어있는 그 속에 숨겨져 있었던 것일까. 종태는 희자와의 관계를 생각해 보았다. 아무리 생각을 하고, 짚어봐도 납득이 가지 않는 일이었다. 그렇다고 희자가 죽기 전에 어떠한 이상한 점도 발견할 수가 없었다.

그렇다면?…… 혹시?…….

그는 다시 희자의 죽음에 직접적으로 영향을 준 놈이 아닐까 하는 생각으로 치달았다. 그녀가 죽기 전에 양양의 산부인과에서 진찰을 받고 나와서 그리 밝지 못했던 얼굴 표정이 순간적으로 스치고 지나갔다. 아이를 가졌다는 의사의 말에 그녀는 별로 기분 좋아하는 것 같지 않은 것이 자꾸만 마음에 걸렸다.

그는 누웠던 자리를 박차고 벌떡 일어났다.

"……."

그는 앉아서 생각하기 시작했다. 분명히 그놈이 희자한테 어떠한 짓을 했을 게 분명하다는 생각이 들었다. 그렇지 않고서는 희자한테 그런 일이 일어날 수가 없을 거라는 생각이 미치자, 그는 곧 일어나서 밖으로 나왔다.

짚차에 올라타고는 시동을 걸었다.

초소가 있는 데로 가면서도 그의 머릿속에는 온통 뜨거움으로 가득 차 있었다. 생각이 갈피를 잡지 못한 채, 마구 뒹굴러 다니고 있는 것처럼 머릿속이 뜨거워졌다. 송림 사이를 지나 초소가 있는 데에서 차를 멈췄다.

경계 근무를 서고 있는 초병이 종태를 알아보고는 거수경례를 붙이며 말을 걸어왔다.

"어떻게 왔습니까?"

"아, 네. 소대장님 계십니까?"

종태는 위를 쳐다보며 말했다. 초병이 알았다는 듯이 전화기를 들어 어디론가 연락을 하는 듯했다. 아마 낮이라서 그런지 사병들은 전부 낮잠을 자고 있는 모양이었다.

초병만 제외하고는 그림자도 얼씬거리지 않고 있었다. 곧 이어서 소대장이 문 밖으로 나왔다. 소대장도 낮잠을 잤는지 걸어 나오면서 모자를 눌러쓰고 있었다.

"어떻게? 언제 왔습니까?"

소대장은 아직도 눈가의 잠을 다 떨어버리지 못한 듯했다. 눈을 비비며 종태를 쳐다보는 것이었다.

"시간이 있습니까? 같이 식사라도 했으면 하는데……."

종태의 말에 소대장은 손목을 들어 시계를 쳐다봤다. 아직 저녁때가 되려면 먼 시간이었는지 소대장이 웃으면서 대꾸해 왔다.

"벌써요? 너무 이른 시간인데…… 그땐 저도 초소에 있어야

합니다. 근무 나가는 걸 봐야 하니까요."

"아, 네에……."

종태는 머리를 긁적였다.

"그럼, 나가서 차라도 한 잔 하시죠 뭐."

종태의 말에 소대장은 그렇게 대답했다. 그리고는 얼른 차에 오르지 않고 다시 초소로 들어갔다간 좀 있다가 다시 나왔다. 그가 차에 오르면서 말했다.

"중대에 보고를 하고 나가야 하거든요. 언제 순찰을 올지 모르기 때문에…… 전 여기서 꼼짝도 못해요. 어떤 사고가 날지 모르기 때문에 그렇습니다."

"네에……."

종태는 알았다는 듯이 고개를 끄덕였다. 차는 곧 송림 숲을 지나 좁은 길로 나왔다. 종태는 속도를 내면서 소대장을 쳐다보며 말했다.

"그럼 잠깐만 커피나 한잔 하고 들어오지요. 술은 가능합니까? 낮술……."

"그건 좀 곤란해요. 밤이라면 모르겠지만…… 술을 좋아하시면, 전 한잔 정도만 거들죠 뭐."

소대장은 그러면서 웃어보였다. 꾸밈이 없는 그런 순진한 얼굴이었다. 아직 사회생활은 전혀 해보지 않은 듯했다. 그럴 것 같았다. 학군 장교로 임관되어 군 복무를 하고 있는 그가 사회

213

를 알 리 없었다. 그랬으므로 그런지 소대장은 종태가 왜 그러는 지에 대해서도 생각해보지 않는 듯했다. 다만 초소와 별장 집이 가까우니까 이웃으로써 친숙해지려는 것쯤으로 생각하는 듯했다.

"근무하기는 좀 어때요?"

종태가 물었다.

"그야 뭐…… 군대니까…… 자유가 없는 거죠. 나도 좀 있으면 제대를 하니까 취직문제가 젤 걱정이 되네요. 요즘 워낙 불경기라서…… 그렇다고 군에 말뚝을 박을 수도 없고요. 전 군대는 싫거든요."

소대장은 자신의 앞일에 대해서까지 다 말하고 있었다.

"언제 제댑니까?"

"다 됐어요. 이제 한 달 남았습니다. 그러니까 이렇게 중대장 한테 보고를 해서 밖으로 나오는 거죠. 제대가 곧 얼마 남지 않았으니까 대충 봐주는 것도 있어요. 제대 준비를 한다고나 할까요. 이것저것 할 일들이 있으니까 좀 자유스러워졌죠."

그러면서 소대장은 웃었다.

"아, 그럼. 이제 정말 얼마 안 남았네요? 집은 어딥니까?"

"서울요. 면목동입니다. 학교는 고대를 다녔고요. 여러 군데 취업 신청서를 넣어놨는데 그게 쉽지 않습니다. 요즘 불경기는 불경긴가 봅니다."

소대장의 목소리는 그리 높지도, 그렇다고 그리 낮지도 않았다. 취직에 대해선 담담한 표정이었다.

"아, 서울이군요. 난 여기 내려오기 전엔 영등포에 살았었는데……."

"그래요? 그런데 왜 이곳으로 내려왔습니까?"

소대장은 반가우면서도 의아한 눈길로 종태를 쳐다봤다.

"그야, 서울이 싫어서 그랬습니다. 그리고 죽은 그 여자가 하도 바다를 좋아하길래 내려왔고요. 막상 이렇게 될 줄은 꿈에도 몰랐습니다."

"……."

소대장은 괜히 종태의 아픈 가슴을 휘저었다는 생각이 들었는지 입을 다물어 버렸다.

"……."

소대장은 바다를 바라보고 있었다. 아직 차는 바다를 끼고 달리고 있었다. 곧 양양 읍내가 나타날 것이다. 그러면서 바다는 보이지 않게 되고, 대신 초라한 건물들이 서 있는 읍내가 나타날 것이었다.

"전 여기서 군생활하면서 질리도록 바다를 봤습니다. 좋은 구경을 한 셈이지요. 동기들 중에는 이곳으로 배치된 인원은 얼마 안 되고, 다들 전방이나 후방으로 빠졌어요. 그 중에서 난 그래도 일 년 내내 바다를 볼 수 있어서 무척 다행이라고 생각했습니다."

"네에."

종태는 고개를 끄덕였다. 소대장은 바다와 같이 보낸 군생활이 보람 있었던 추억으로 생각하고 있는 듯했다. 젊은 시절의 한때를 바다와 같이 보냈다는 것에 어떤 자부심 같은 게 묻어 있었다.

"사업을 하셨습니까?"

소대장이 물어왔다.

"네?"

종태는 갑자기 받은 그의 질문에 어리둥절했다.

"왜 이런 곳에 내려왔는지 궁금해서 그럽니다. 부인과 같이 단 둘이서만 내려온 게 그래서……."

"아, 네에. 서울에선 조그만 사업을 했습니다. 그거 다 정리하고, 바다를 보면서 살려고 마음먹고 내려온 겁니다. 제 아내가 너무 바다를 좋아했거든요. 그래서 나도 복잡한 서울을 탈출해서 이곳에서 정착하려고 그랬던 거고…… 그렇습니다."

종태는 말끝을 흐렸다.

"네에……."

소대장도 더 이상 물어볼 말이 없는 듯했다. 자꾸 그런 질문을 했던 자신을 후회하고 있는 듯했다. 그러면서 그는 다른 쪽으로 이야기를 돌렸다. 자신이 학교 다닐 때의 서울 분위기와

요즘 서울의 분위기가 틀린다는 둥, 한 번씩 휴가를 받아 서울로 가보면 하루가 다르게 달라지는 서울의 모습과 사람들의 행동에 우려하는 감도 없지 않았다.

그만큼 사회가 빨리 변해간다는 것에 나름대로 취업의 불안감을 느끼고 있는 것처럼 보여졌다. 군 생활 동안의 사회적인 공백에 대한 불안감 같은 것이었다. 그는 종태를 통해서 조금이나마 사회에 대한 지식을 얻으려는 마음도 없지 않았다. 그래서 선선히 따라나온 것인지도 모른다.

그들은 양양 읍내로 나와서 레스토랑으로 들어갔다. 허름한 레스토랑이었지만 그런대로 조용해서 좋았다. 종태는 처음엔 양주를 시키려고 그랬다가 소대장이 만류하는 바람에 맥주로 바꿔서 시켰다. 그리고 안주도 그가 좋아하는 걸로 주문하고는 소대장에게 담배를 꺼내 내밀었다.

"이렇게 만나니까 반갑습니다. 피우시죠."

종태가 담배를 내밀자, 그는 선선히 담배 한 개비를 뽑아들었다. 종태는 자신도 담배를 뽑고서는 라이터를 켜서 불을 붙여주었다. 그들은 담배를 피우며 이야기를 하기 시작했다.

"하는 일은 없죠?"

그가 물어왔다.

"어떤 일 말입니까? 아, 네. 제가 여기서 하는 일 말입니까?"

"네."

그가 대답했다.

"그렇습니다. 그냥 휴양하려고 왔으니까…… 일을 하는 게 없는 거죠 뭐. 그러나 그런대로 살 만큼 벌어놨으니까 염려할 건 없습니다. 하하. 왜요? 그게 걱정이 돼서요?"

종태는 다소 말문이 열려지는 걸 느끼면서 활짝 웃었다.

"아, 네에. 그러시군요. 전 또…… 무엇을 하면서 살아가나 하고 생각했습니다. 서울에서 조그만 사업을 하셨다니…… 그럴만도 하겠습니다. 하하."

소대장도 같이 따라 웃는 것이었다. 두 사람은 곧 날라져온 맥주와 안주를 집어먹으면서 금방 친숙해졌다. 외로운 군인과 희자를 잃은 종태는 어느 정도 말문이 트이면서 금방 친해질 수 있었다.

역시 술은 그런 면에선 최고의 힘을 발휘하고 있었다. 그들은 주거니 받거니 하면서 술잔을 돌렸다. 소대장보다는 종태가 더 많이 마시는 셈이었다. 종태는 그가 아직 군인이라는 신분과, 소대장이라는 신분을 고려해서 저녁에 있을 사병들의 보초 근무 투입을 위한 군장검사를 하는데 지장이 없게 하기 위해서라도 많은 술은 권하지 않았다.

그도 그랬다. 맥주잔을 받아놓고는 나름대로 천천히 마시는 듯했다. 그래서일까. 서로를 배려해주는 그런 분위기 때문인지 좀 더 빨리 마음 문이 열려지는 것이었다. 나중엔 두 사람의 호칭이 서로 형, 동생 하는 것으로 바뀌어졌다.

"형, 나 제대하면 서울에서 한 번 만나요. 그땐 나도 직장에 들어가서 걸쭉하게 한 잔 살 테니까요."

"그래. 하하. 그러지 뭐. 나도 돈은 있으니까 겁 날 건 없는데? 네가 못 사면 내가 사면 되지 뭐. 안 그래?"

종태는 어느덧 기분이 한껏 풀어져 있었다. 벌써 약간 취기가 오른 상태여서 소대장과는 친구처럼 말을 건네고 있었다. 소대장 역시 그랬다. 존댓말을 쓰고 있긴 했지만 학교 선배 정도로만 여기고 있을 뿐이었다. 서로 터놓고 말을 하는 사이로 발전해 있었다.

"그러죠 뭐. 내가 아직 사회 초년생이니까 선배님 신세를 좀 져야죠. 안 그래요? 하하."

소대장은 종태의 굵은 어깨를 툭 치면서 말했다. 아직까지 종태는 한 번도 그의 이름을 부르진 않았다. 소대장이라는 호칭을 썼다. 그리고 될 수 있으면 소대장이라는 호칭보다는 그냥 호칭을 부르지 않고서 말을 했다.

"그래. 그래라. 나, 돈 있어. 너 하나 못 붙잡아주겠냐? 알았지?"

종태는 호기에 가까운 소리를 했다. 그러나 그럴만한 능력이 없는 것도 아니었다. 일단 그와 친해진 이상, 적당한 거리감 같은 건 두고 싶지 않았다. 외로운 마음에 친한 친구 한 명 생긴 것 같았다.

"넷, 알겠습니다."

소대장은 거수경례를 하며 부동자세를 취하는 모습을 취했다.

"아니, 아니. 그런 거 아니라구. 내가 뭐 니 상관이나 되냐? 난 군대도 못 갔다온 놈이야. 이등병도 못 돼. 내가 거수경례를 붙여야지. 안 그러냐? 하하하."

"어이구우, 형님도. 그럼 나한테 경례 한 번 붙여봐요. 하하."

"그럴까? 옙! 충성!"

종태는 거수경례를 했다. 그 바람에 둘은 웃음을 터뜨렸다.

"형님."

"왜?"

종태가 술을 따라주며 물었다. 소대장이 술잔을 받아들며 쳐다보는 것이었다.

"형님, 진짜 군대도 안 갔다가 왔는가 봅니다. 하하. 경례를 어떻게 그렇게 해요? 카추샤 갔다가 왔어요?"

카추샤라는 말에 종태는 헐헐 웃어댔다. 정말이지 군대 문턱에도 못 가본 놈이 경례를 하려니까 영 이상한 것이었다. 술김에 한 번 해본 것이었는데 영 볼품 없었던 모양이었다.

"그래. 난 방위도 못 했어. 면제지. 면제야. 그러니까 군대엔 몰라. 그저 먹고 사느라 피땀만 무지 흘렸지. 이제 알겠어? 근데 말이야."

"……?"

소대장은 종태를 쳐다봤다. 종태가 나직하게 말을 낮추며 말했기 때문이었다.

"한영일이라는 군인은 어떤 애지?"

"왜요? 아세요?"

소대장이 물어왔다.

"아니, 그냥…… 저번에…… 동네에서 한 번 이야기를 들은 거 같아서 물어보는 거야."

"동네에서요?"

"으응……."

종태는 일부러 지어낸 말이 들통날까봐 얼굴이 화끈거려졌다. 그러나 애써 침착하게 그를 쳐다보고 있었다.

"그 새끼가 또 이상한 짓을 했다고 안 그래요?"

"무슨?"

종태는 그를 쳐다보며 물었다.

"그 앤 그래요. 짬밥을 먹을 만큼 먹은 놈이 맨날 그래요. 사고만 치고 다니니, 내가 속이 다 썩어요. 무슨 이야기를 하든가요? 동네 사람들이 그런 얘길 했어요?"

소대장은 종태의 말을 듣고 술맛이 싹 가시는지 입맛을 다시

곤 술잔을 내려놓는 것이었다.

"아니, 잘은 모르겠어. 근데 그 친구 어떤데 그래?"

종태는 은근히 궁금해졌다. 소대장의 입에서 골칫덩어리라는 말을 튀어 나왔으므로 어떤 인물인가 궁금하지 않을 수 없었다.

"아유, 말도 마십쇼. 저번에도 저쪽 능머리 동네의 여자 어린애를 강간해서 영창까지 갔다온 놈이지요. 그리고 합의를 하느라고 나하고 중대장이 나서서 골을 때렸지요. 그리고 중대본부 옆에 사는 집 아가씨 방을 덮치려고 그랬다가…….괜히 나만 중대장한테 혼났지 뭡니까? 그놈 골 때리는 놈이에요. 근무를 세워놓으면 총을 들고 지 맘대로 나가버리질 않나. 낮에 잠자다가 언제 바깥으로 나갔는지 동네에서 술을 퍼마시고 사고를 쳐서 붙들려 들어오지를 않나. 이거 원…… 그놈 때문에 까딱 잘못하면 내가 온전히 제대를 못 할 거 같드라니까요. 근데 무슨 애기 들었어요?"

소대장은 바싹 앞으로 몸을 들이밀며 물어왔다.

"그건 아니고…… 그냥 동네 아주머니들이 쑥덕거리는 걸 들어봤지 뭐. 별 건 아니고 말야…….."

"그럼 뭡니까?"

소대장이 다그쳤다. 종태는 난감했다. 그냥 한영일이라는 남자에 대해 알아보려고 꺼냈던 말인데 그가 그렇게 캐물으니 할

말이 없었다. 종태는 마른 침을 삼키면서 얼른 생각해낸 것이
있었다.

"그 한영일이라는 군인이 하는 일이 뭐지? 그렇도록 놔두는
이유가 뭐지?"

종태의 질문에 소대장은 약간 낯을 찌푸리면서 말을 꺼냈다.

"그럼 어쩝니까? 영창엘 갔다 와도 계속 그러는데. 죽일 수
도 없고, 그렇다고 어떻게 할 수도 없어서 초소에서 그냥 두는
겁니다. 그저 통신 케이블이나 만지라고 하고선 말입니다. 그
러니까 그놈이 더 시간이 많아져서 농땡이를 치면서 이 동네,
저 동네를 기웃거리는 겁니다. 그러다가 삼삼한 여자만 보이면
아예 그 동네에서 죽치면서 뻔질나게 드나들다가 결국은 사고
를 치곤 하죠. 근데, 형님은 왜 한영일한테 관심이 많습니까?"

소대장이 술이 좀 올랐음에도 불구하고 종태의 정곡을 찔러
왔다. 종태는 얼른 술잔을 집어들면서 입으로 잔을 가져갔다.
단숨에 술을 삼키고는 다시 잔을 내밀었다.

"받아. 딱 한 잔만."

"이거…… 오늘 너무 마시는 거 아닌지 모르겠네요."

그러면서 소대장은 술잔을 받아들었다. 종태는 잔에 반쯤만
따라주었다.

"그것만 마셔. 괜히 나 때문에 사고라도 일어나면 안 되지."

종태는 그 말을 하고선 활짝 웃었다. 종태의 말에 소대장도

자신을 생각해주는 그가 마음에 들었는지 웃었다. 종태가 먼저 잔을 내밀었다. 두 사람은 허공에서 잔을 부딪치고는 단숨에 다 비워냈다.

종태는 안주를 집으면서 물었다.

"총의 멜빵에 붙어 있는 명찰은 어떻게 생겼지? 그거, 저번에 한 번 봤는데, 비닐로 씌어져 있는 거 같더라?"

종태는 은근히 그런 쪽으로 이야기를 몰아갔다. 종태의 질문에 소대장이 즉각적으로 대답을 해왔다.

"아, 네. 그거요. 그건 총 명찰인데, 종이에다 계급과 이름을 써서 비닐로 덧씌운 겁니다. 그거, 봤어요?"

소대장은 종태가 궁금해하는 것이, 어쩌다가 길에서 군인들이 들고 다니는 것을 보고 묻는 말인 것처럼 알고 있는 듯했다. 종태는 고개를 끄덕이면서 다시 말을 꺼냈다.

"응. 그거 잘 떨어지지 않아?"

"뭐가요? 총 명찰이요?"

"응."

종태는 마른 침을 몰래 삼키면서 천천히 대답했다.

"그거야 뭐…… 단단히 붙여놨으니깐 잘 떨어지진 않죠. 어쩌다가 어딘가에 걸리거나, 오래 돼서 떨어지는 경우는 있지만…… 왜요?"

소대장이 벌건 얼굴을 치켜들며 물었다.

"아냐. 그냥 물어보는 거야. 비닐로 돼 있는 거 같아서. 난 그게 궁금해서 한 번 물어봤어."

종태는 그러면서 순간적으로 머리에 스치는 것이 있었다. 분명히 자신이 집을 비운 사이, 그놈이 집 안으로 들어왔다가 희자가 자고 있었거나, 다른 일을 하고 있는 동안에 어떤 짓을 했는 게 분명하다고 생각되었다. 그런 생각이 들자, 종태는 갑자기 머리끝이 쭈뼛이 일어서는 걸 느꼈다. 그리고 탁자 밑으로 내린 두 주먹이 불끈 거머쥐어졌다.

"……."

소대장은 다시 담배에 불을 붙이느라 고개를 숙이고 있었다. 종태는 소대장의 뒤편 벽으로 눈이 고정되었다. 조금씩 숨이 거칠어졌다. 분명히…… 분명히 그놈의 짓일 거다…… 종태는 퍼뜩 그런 생각이 들었다.

희자는 절대 혼자 죽을 그런 여자가 아니다. 어떻게 해서 이곳 수산포까지 왔는데. 그런 희자가 혼자 스스로 목숨을 끊었다는 것은 도저히 믿기지 않는 일이었다. 그건 누구보다도 종태 자신이 더 잘 안다. 그는 그렇게 생각하고 있었다. 분명히 그놈의 짓일 거라고 단정지어졌다.

'으음……'

종태는 어금니를 꽉 물면서 무거운 신음소리를 냈다. 이미 한영일이라는 놈이 소대와 중대에선 내어놓은 놈이라는 것을 안 이상, 그대로 있을 수만은 없는 일이었다. 그는 순간적으로 치밀한 계획이 머릿속을 꽉 채우고 있음을 알아차렸다.

"걔, 그렇게 여자를 밝히나? 그러다가 사고라도 내면 동생이 제대하는데 문제가 될 수도 있잖아?"

종태는 그 말을 하는 데에도 힘이 들었다. 감정을 최대한 억누르느라 목소리마저 떨려나왔다. 그러나 소대장은 그런 것까지 눈치를 채진 못하는 것 같았다.

"그럼요. 그러니까 나도 불안한 겁니다. 혹시 그놈 때문에 내가 제대를 못 하게 될까봐 조마조마한 거죠. 사실, 그놈이 일 저지른 게 한두 번이 아닙니다. 아까 말씀은 다 못 드렸지만 주로 여자들 문제만 일으켜요. 밤길에 교회를 갔다 오는 처녀를 강간해서 문제가 생겼을 때도 있고요. 밤중에 혼자 자는 여자 방에 들어가서 그짓을 해서 나중엔 그 여자와 친해졌다가, 다시 헤어지는 중에 여자가 와서 울고불고 한 일도 있었지요. 하여튼 그놈은 상상할 수도 없이 씹을 좋아하는 놈입니다. 아무리 타일러도 소용이 없어요. 이 근처의 예쁜 여자란 다 건드렸다고 해도 과언이 아니지요. 그만큼 그놈이 골치를 썩히는 존잽니다. 나도 어쩔 수 없고……."

"왜? 그걸 그냥 두면 되나? 군법이라는 것도 있잖아? 그런데 보내버리면 안 되나?"

종태는 은근히 화가 났다. 그렇게 골치 아픈 놈을 그냥 그대로 초소에 둔다는 것이 화가 나는 것이었다. 그러니까 그놈은 더욱 기가 살아서 아무 여자나 첫눈에 들기만 하면 닥치는 대로 해치우는 지도 모르는 일이 아닌가.

"말도 마십시오. 왜 안 그러고 싶습니까? 강간을 당한 피해자와 합의가 안 돼서 할 수 없이 눈도 있고 해서 영창엘 보냈지만…… 걔네 아버지가 서울에서 제법 재벌이라는 축에 들어서…… 그룹 회장입니다. 그래서…… 중대장도 힘을 못 쓰지요. 아마 연대장과 아는 사이라는 거 같습니다. 그러니까 밑에서는 함부로 할 수가 없는 겁니다. 한마디로 띄워놓고, 놓아먹이는 겁니다. 제대할 때까지요."

그 말을 하면서 소대장이 얕은 한숨을 내쉬었다. 자신의 고충이 거기에 있었다는 것을 토로한 다음, 홀가분한 표정을 짓고 있고 있었다. 소대장이라는 직책이 부하들을 함부로 할 수 없다는 것이 다소 불명예스럽기는 했지만, 종태에게 자신의 고충을 털어놓으려면 할 수 없는 일이었다.

"……?"

종태는 그를 물끄러미 쳐다보았다. 약간 술이 오른 그는 부하 때문에 다소 괴로운 듯, 탁자 위의 팔을 고인 채, 이마를 짚고 있었다. 그가 담배를 꺼내 피우는 것을 지켜보며 종태는 술잔을 비웠다.

"한 잔 할래?"

227

종태가 잔을 그에게 내밀었다. 그가 얼굴을 들면서 손을 내밀었다. 그의 잔에 술을 따라주면서 말했다.

"이야, 그런 놈도 있냐? 동생이 힘들겠어. 함부로 할 수도 없고 말야."

종태는 진정으로 소대장을 생각해주는 듯이 그런 말을 했다.

"⋯⋯."

소대장은 말이 없었다. 술잔을 받아 단숨에 다 넘겨버리는 것이었다. 그리고는 종태한테 잔을 넘겼다.

"저, 이제 됐습니다. 약간 취하는 것 같습니다."

"그래. 그런 오늘은 이만하지. 다음에 또 하고. 언제든지 술이 마시고 싶으면 집으로 전화해. 형이라고 생각하고 부담 없이 전화해. 알았지?"

"네."

종태는 진정으로 위하는 듯이 그를 아끼는 말을 했다. 소대장은 그런 종태를 더욱 신뢰하는 듯했다. 종태를 바라보는 눈빛이 그걸 말해주고 있었다. 이런 한적한 바닷가에서 근무하면서 말이 통할 수 있는 남자를 만났다는 것에 만족하는 그런 눈빛이었다.

"근데, 그 한영일이라는 놈은 매일 노는 거야? 할 일도 없이?"

종태는 마지막으로 궁금한 점을 질문했다.

"아닙니다. 고참들 눈도 있고 해서…… 통신 케이블을 맡아서 점검하도록 했고요. 저녁에 근무 투입을 할 때, 잠깐 나가서 박격포를 설치하는 일만 맡겼습니다. 너무 놀릴 수는 없는 일이라서요. 같은 초소원들도 좀 이해는 하지요. 걔네 아버지가 중대장한테로 보내주는 돈 액수가 제법 크거든요. 그걸로 전 초소원이 회식을 하고도 남을 돈이니까, 고참들도 대충은 한영이를 봐주는 편이지요. 한 마디로 아버지의 빽으로 군대생활을 하고 있는 거죠."

"군대도 썩었군……."

종태가 중얼거렸다. 그 말에 소대장은 고개를 들었다가 다시 푹 숙였다. 술이 조금 오르는 듯했다. 종태는 소대장의 어깨를 잡으면서 말했다.

"동생, 이제 취해?"

"네, 조금……."

"그럼, 우리 일어날까?"

종태가 염려스러운 듯이 말했다. 그 말에 소대장이 자리에서 일어나면서 종태의 손을 붙잡는 것이었다. 약간 취한 듯했다. 종태는 순간적으로 그의 손을 잡아주면서 부축했다.

"괜찮겠어?"

"괜찮아요. 대한민국 육군이 이 정도 가지고 비틀거리겠습니까? 가시죠."

그가 먼저 앞장서서 나갔다. 종태는 카운터로 가서 계산을 끝내고는 밖으로 나왔다. 그가 이미 짚차에 올라타고 있었다. 의자 등받이에 뒤로 머리를 기댄 채, 고개만 돌린 채로 종태를 바라보고 있었다.

"약 하나 사줄까?"

종태는 시동을 걸기 전에 물어봤다. 그가 도리질을 하면서 말했다.

"그냥 가요. 난 괜찮아요."

"……."

종태는 잠시 그의 얼굴을 바라바다가 키를 돌려 차를 출발시켰다. 상쾌한 바람이 그대로 차 안으로 들어왔다. 시내를 벗어나면서부터 길 양편으로 밭과 산들이 나타났다.

종태는 시계를 봤다. 5시였다. 그리 늦지 않은 시간이라는 생각이 들었다. 소대장인 영준이가 사병들을 근무 투입시키는 시간까지는 충분히 초소에까지 가닿을 수 있는 그런 시간이었다.

영준이는 머리를 뒤로 기댄 채로 팝송을 불러대고 있었다. 기분이 꽤나 좋은 모양이었다. 아마 대학 다닐 때의 추억을 더듬고 있는 듯했다. 그는 노래를 부르다가 막히는 부분에 가서는 휘파람으로 대신 불렀다. 시원한 공기 속으로 그가 부르는 뾰족한 휘파람 소리가 흘러나갔다.

종태는 그 노래가 팝송이라는 것만 알았지, 제목이 무엇인지, 어떤 노래인지는 알지 못했다. 그저 그가 부르는 팝송이 듣기 좋았을 뿐이었다. 종태는 핸들에다 손가락으로 장단을 맞추듯이 토닥거렸다. 영준이도 그러는 종태를 보고는 더욱 신난 듯이 메들리로 팝송을 불러댔다.

"형님."

영준이가 불렀다.

"왜?"

종태는 그를 쳐다봤다. 눈가가 붉으스름한 영준이가 진지한 눈빛으로 종태를 쳐다보고 있었다.

"나, 이제 한 달 후면 제대해요. 이 바다는 평생토록 못 잊을 겁니다."

"……."

종태는 묵묵히 듣고만 있었다.

"얼마나 외로웠는데요. 삼년 동안 바다만 보며 살았는 걸요 뭐. 대학 다닐 때의 기억들이나 되새기면서요. 정말 아픈 시간들이었어요. 한창 젊은 나이에 군엘 와 있다는 것이 그렇게 서운할 수가 없었습니다."

"……."

종태는 그의 말을 들으면서 영준이의 왼손을 잡아주었다. 영준이도 종태의 손을 붙잡고는 놓아주지 않았다. 남자들만의 어

231

떤 힘 같은 것이 뭉쳐지는 듯했다. 그리고 그가 다시 말을 꺼냈다.

"마지막에 형님을 만나게 돼서 더 좋구요. 아깐 정말 마음이 슬퍼서…… 괜히 슬퍼지는 거 있죠? 그래서 참느라고 혼났어요."

"왜에?"

종태는 왜 그러냐고 물었다. 그를 돌아보면서 다시 눈빛이 서로 마주쳤다.

"나, 군에 오면서 좋아했던 여자랑 헤어졌거든요."

영준이가 침울하게 말했다.

"그래?"

종태는 그 말밖엔 할 수 없었다.

"네. 여자란 그렇데요. 기다림이란 게…… 너무 긴 세월이었는가 봐요. 대학을 졸업하면서 그녀는 곧바로 취직이 됐고…… 난 멀리 군에 와 있는 상태에서 처음엔 그래도 연락이 되곤 했지만 차츰 끊어지더라고요. 아마 누군가 나보다 더 좋은 남자가 생겼으리라고 생각했어요."

"……"

"그래서 바다만 쳐다보며 살았습니다. 얼마나 지루한 시간들이었는지 모를 겁니다. 그 삼 년이라는 세월이 너무 길었습니다. 내 청춘을 고스란히 바다 속에 파묻어버린 것 같은 헛된 시간이라는 생각밖엔 들지 않습니다."

"······."

종태는 말을 하지 않았다. 지금 영준이가 하는 말이 맞는 말이라는 생각이 들었다. 그러나 조금은 과장된 듯한 어감이 들지 않은 건 아니었다. 종태 자신으로 친다면 사회와 격리되어 수없이 많은 시간들을 삥끼통 안에서 썩은 것에 비하면 3년이라는 세월은 그야말로 아무것도 아닌 셈이었다.

그렇지만 어느 정도 이해를 할 만했다. 사랑하는 여자를 밖에 두고 군대에 와 있다는 것이 어찌 마음이 아프지 않겠는가. 그래서 종태는 영준이가 말을 할 때마다 고개를 끄덕거렸다.

영준은 멀리 바다가 펼쳐져 있는 것을 바라보면서 회상에 잠긴 듯했다. 곧 얼마 있지 않으면 지겨운 군대 생활도 종지부를 찍어야 한다는 것에 남다른 감회가 있는 듯했다. 말하자면 제대 말년의 아름다운 회상일지도 몰랐다.

종태는 영준의 초소 앞에까지 태워다 주었다.

"고마워요, 형."

영준은 어느덧 술이 깬 얼굴로 돌아와 있었다. 거수경례를 하면서 손을 내밀었다. 종태는 그의 손을 잡으면서 초소에서 마악 나와 저쪽으로 걸어가는 군인이 눈에 띄었다.

"······?"

종태는 그를 바라보고 있었다. 그 군인은 상의를 벗은 채, 런

233

닝 바람으로 바다 쪽으로 후적후적 걸어가면서 자꾸만 이쪽을 흘끔거리는 것이었다. 그 눈빛이 아무래도 이상했다. 종태는 순간적으로 그가 바로 한영일일지도 모른다는 생각이 스쳤다.

마치 예감처럼 번득이며 지나가는 생각이었다. 그래서 영준이를 쳐다보자, 소대장은 종태의 얼굴 표정을 알아차리고는 말했다.

"아, 저 놈 말입니까? 하하. 아까 신나게 씨부렸던 그놈입니다. 한영일이라는 놈요. 저렇게 제멋대로 나다녀요."

영준이는 별로 개의치 않는 듯이 바라보기만 할 뿐이었다.

"……?"

종태는 아무런 말도 하지 않았다. 한영일이라는 군인을 기억 속에 집어넣기 위해 그의 뒷모습을 유심히 살필 뿐이었다. 한영일은 바닷가로 걸어가고 있었다. 희자가 자주 걸어다녔던 그곳을 향해 걸어가고 있는 것이었다.

"형님, 저 그럼…… 오늘 고마웠습니다. 제대하기 전에 제가 한 잔 사죠. 다음에."

"그래. 알았어."

두 사람은 서로 악수를 하고는 헤어졌다. 영준이가 초소 안으로 들어가는 것을 보고는 종태는 차에 올랐다. 차에 앉아 있으면서 한영일을 지켜보고 있었다. 바닷가에까지 간 그는 종태가 있는 쪽을 힐끔 바라보다가 히죽 웃는 것 같았다.

'개새끼! 너 죽어!'

종태는 속으로 외쳤다. 그는 잇몸을 사려 물면서 핸들을 잡은 손바닥에다 힘을 주었다. 마치 핸들을 부서뜨릴 것처럼 말아쥐고는 한영일이 서 있는 쪽을 노려보았다. 한영일은 모래톱을 따라 걸으면서 자꾸만 종태 쪽을 바라보고 있었다.

"……."

종태는 차를 슬슬 움직여 송림 속으로 들어가서는 차를 멈췄다. 그리고는 한영일이 하는 행동을 지켜보고 있었다. 한영일은 별다른 행동을 보이진 않았다. 바다 쪽을 오르내리면서 혼자 무언가를 생각하는 듯하기도 했고, 그냥 무료한 시간을 그러고 있는 것처럼 보여지기도 했다.

종태는 한영일의 얼굴을 익혀두려고 될 수 있으면 자세히 보려고 애섰다. 약간 둥근 형에 각이 진 듯한 그런 얼굴이었다. 살결이 흰 편이면서, 눈썹이 짙은 것 같았다.

그러면서 종태는 한영일이 어떻게 해서 집으로 들어오게 됐는가를 추측하기 시작했다. 그건 어쩌면 간단한 일인지도 몰랐다. 종태가 양양에 나간 사이, 그가 집 안으로 들어올 수도 있었다. 희자가 일을 하거나, 잠깐 누웠던 사이에 한영일이 거실로 들어왔고, 그때까지 그를 발견하지 못한 그녀가 순식간에 공격을 당했을 수도 있는 일이라고 생각했다.

'음'

종태는 낮은 신음소리를 냈다. 분명히 자신의 생각이 맞을 거라는 추측이 가능했다. 그리고 몸을 강제로 더럽혀진 희자는 고민했을 터이고, 산부인과에서 임신이라는 반가운 진단이 내려졌는데도 그녀는 웃지 않을 수밖에 없었다.

종태는 거기까지 생각이 미치자, 피가 거꾸로 솟아오르는 듯한 전율과 함께 다시 주먹이 힘껏 쥐어졌다. 저놈을 갈기갈기 찢어 죽여도 시원치 않을 것만 같았다. 종태는 앞유리창에다 주먹을 힘껏 날렸다. 다행히 유리는 깨어지진 않았지만 뼈마디가 얼얼해졌다.

그때였다.

"호르륵. 호르륵."

초소에서 호루라기 부는 소리가 들렸고, 바닷가에서 서성이던 한영일이 초소를 향해 냅다 뛰기 시작했다. 초소 안에서는 마악 군장검사를 받기 위한 사병들이 총과 실탄이 든 박스를 들고 밖으로 나오는 게 보였다.

아마 근무 투입을 하기 위한 시간인 모양이었다.

"......"

종태는 그들을 지켜보며 앉아 있었다. 한영일이 대열 속으로 들어가 섰고, 곧 이어서 소대장인 영준이가 철모와 총을 멘 채, 그들 앞에 서서 무어라 말을 하는 것 같았다. 그리고 그들은 몇 가지 구호와 노래를 부르고는 각자 군무지로 걸어가는 게 보였다.

둘씩, 둘씩 짝을 지어서 총과, 수류탄과, 무전기, 랜턴 등을 들고 좌우로 갈라지는 동안에, 한영일은 초소 안에서 박격포를 메고 나와 초소 바로 옆의 방공호에다 설치를 하는 게 보였다.

"⋯⋯."

종태는 그가 하는 동작들을 하나하나 다 지켜보고 있었다. 박격포를 설치한 한영일은 다시 안으로 들어갔다가 나무 박스에 든 박격포탄을 메고 나와 박격포 옆에다 두고는 할 일이 다 끝났는지, 그 자리에 서서 담배를 피우고 있는 것이었다.

다행히 종태가 송림 사이에 차를 세워두고 있어서인지 한영일이 알아보진 못한 것 같았다. 그는 바다 쪽을 바라보고 있다가 가끔 송림 쪽으로 눈을 희번덕거렸다. 그의 행동으로 봐선 영락없는 한 마리의 늑대 같다는 생각이 들었다. 먹이를 찾아 두리번거리는 것 같았다.

종태는 오랫동안 그를 지켜보다가 초소 안으로 들어가는 것을 보고선 차를 몰아 숲을 빠져나왔다. 어느덧 어둠이 짙어지고 있었다. 헤드라이트 불빛에 엷은 어둠이 밀려나고 있었다. 바람결에 길가의 잔솔들이 흔들거렸다. 아니다. 어쩌면 불빛을 받은 소나무 잎들이 반사되면서 반짝거렸다.

집으로 돌아온 그는 속초의 커피숍으로 전화를 걸었다. 지예와 같이 있는 미스 민이 전화를 받는 모양이었다. 전화를 받은 미스 민은 전화를 건 사람이 종태라는 걸 알고는 반갑게 인사말을 건네왔다.

"안녕하세요. 지예는 지금 없는데…… 어쩌죠?"

"언제 들어옵니까?"

"글쎄요. 좀 전에 나갔는데…… 배달요. 들어오면 전화를 하라고 할까요?"

"아, 아닙니다. 내가 다시 하지요 뭐."

종태는 그러면서 전화를 끊었다. 그리고선 창가로 가서 바깥을 내다보았다. 캄캄한 어둠이 바다를 뒤덮고 있어서인지 칠흑같은 도화지 위에 서치라이트 불빛이 이리저리 움직이며 그림을 그리고 있는 것 같았다. 벌써 초소에서는 서치라이트를 움직이고 있었다.

종태는 창가에 기대서서 담배를 피우며 입술을 지그시 깨물었다. 그의 눈빛이 점점 더 광채를 띠며 어떤 한 곳에 고정된 듯했다. 그는 지금 오로지 한 가지만을 생각하고 있었다. 기필코 희자의 복수를 하고 말리라고. 그는 다시 주먹을 억세게 거머쥐었다.

검은 바다를 바라보면서 종태는 마치 결전을 앞둔 전날 밤처럼 마음이 무거웠다. 아직 구체적인 계획 같은 건 없었지만 기필코 희자의 복수를 하고 싶은 욕망뿐이었다. 이때까지 자신을 농락한 놈을 절대 용서하지 못했던 그 자신이 아니던가. 그가

한 번 마음을 먹으면 지옥 끝에까지 따라가서 칼침을 놓는다는
게 그의 신조라면 신조였다. 한 번 마음을 다잡아먹으면 죽음
을 걸고서 피투성이가 되도록 싸움에서 이기는 것만이 그의 조
그만 위안이 될 수가 있었다.

종태는 입술을 깨물었다. 그러면서 수화기를 쳐다보았다. 순
간적으로 지예가 떠올랐기 때문이었다. 그는 곧 수화기를 들고
는 지예가 있는 커피숍으로 전화를 걸었다. 마침 지예가 헐떡
거리며 달려와 받는 것이었다. 아마 종태가 전활했었다는 이야
기를 듣고서 기다린 것 같은 음성이 튀어나왔다.

"응, 오빠야?"

지예는 종태의 목소리를 듣자마자, 대뜸 그렇게 대답해왔다.

"그래. 너, 오늘 바쁘냐?"

"아니, 왜? 무슨 일 있어? 아까 배달 갔다 왔더니 오빠한테
서 전화가 왔다고 그러더라. 그래서 안 나가고 기다렸어."

지예는 마치 오래 기다린 사람처럼 굴었다.

"으응, 시간은?"

지예는 종태가 말한 이야기의 핵심을 빠뜨리고 그냥 횡설수
설한 것이었다. 그래서 다시 종태가 물어봤다. 그제서야 지예
는 황급히 대답을 해왔다.

"그야, 시간을 내면 되지 뭐. 왜? 급해?"

지예는 은근히 종태가 불러내주기를 바라는 투로 말했다. 안

그래도 연락처조차 안 가르쳐준 종태에게서 연락이 올까 하고 기다리던 참이었다.

"그럼 좀 이따 그리로 갈테니까 기다려. 저녁 사줄까? 먹었나?"

"아니, 아직 안 먹었어. 저녁 사줄려고? 아이, 좋아라. 그럼 안 먹어야지. 언제 올 건데?"

지예는 기분이 좋았다. 연락처조차 안 가르쳐준 그에게서 저녁 식사를 사주겠다는 말을 듣자, 날아갈 듯한 기분이었다. 안 그래도 몸이 약간 찌뿌둥한 그런 상태였다. 강릉을 갔다온 그날 이후로 그녀는 막혔던 혈관이 뚫린 것처럼 몸이 홀가분했다. 모처럼만에 찐한 섹스를 하고 나서인지 몸살기가 있는 곳도 같고, 몸이 무거우면서도 가벼워지는 듯한 나날을 보내고 있었다.

"좀 이따 가지. 지금 출발할 테니까."

"그래, 알았어. 빨리 와."

지예는 콧노래라도 부를 듯이 명쾌한 대답을 하고는 전화를 끊었다. 그녀는 전화를 끊고 나서도 마음이 약간 설레었다. 그가 전화를 해줬다는 것이 마음 설레는 일이었다. 정체를 알 수 없는 남자였지만 믿음직한 무엇이 들어 있는 것 같은 사람이었다.

그날, 여러 번의 섹스를 통해 느낀 그녀의 감정은 이루 말할 수 없었다. 숱하게 겪은 남자들에게서 이미 모든 걸 다 알고 있는 그녀였지만 종태에서 만큼은 남다른 무엇을 느꼈던 것이다.

섹스란 일률적인 게 아닌 것이다. 각각의 파트너마다 다른 색깔들이 있었다. 그 맛을 표현하자면 말로도, 글로도 표현할 수 없을 것이다. 단지 느낌만으로 알아차릴 뿐이었다. 그것이 바로 인간만이 느낄 수 있는 섹스의 미학인 것이다.

지예는 모처럼만에 만난 섹스의 즐거움에 희열을 느꼈다. 그 전의 섹스란 그저 단지 남자와 여자의 결합에 의한 배출의 욕구일 뿐이었다면, 종태란 존재는 매커니즘과 테크닉의 완벽한 조화 외에도 정신적인 만족감이 풍부하게 개입돼 있어서 마치 찰떡을 먹는 것과도 같이 입안에 척척 달라붙는 듯한 쾌감을 느낄 수 있었다.

자신이 찰떡이라면, 종태는 찰떡을 더 찰지게 찧어대는 절구방아였다. 그가 한 번씩 내려칠 때마다 살갗이 옆으로 늘어나면서 잘 다져지는 찰떡처럼 그녀는 오므라들며 깊은 쾌감 속으로 빠져들곤 했다. 이것이 궁합이 아닐까. 그녀는 막연하나마 궁합이라는 말을 그런 식으로 되새기고 있었다.

지예는 한가한 시간을 틈 내서 구석진 방 안으로 들어가서 화장을 고쳤다. 눈 주위의 화장과 립스틱을 새로 고치고, 파우더를 좀 더 희게 발랐다. 그렇게 화장을 고치고 나니, 어느 정도 마음에 흡족했다. 그녀는 다시 화장실로 가서 팬티를 내리고는 티슈로 닦아내고는 물티슈로 다시 한 번 더 닦아냈다. 만일의 경우를 위해서 준비를 해두는 심정으로 그녀는 철저하게 준비를 했다.

그리고 나서 가까운 곳만 골라 커피 배달을 나갔고, 먼 거리는 전부 언니인 민 양에게 모두 미뤘다. 민 언니도 지예가 아까 종태와 대화를 하는 걸 들어서인지 그리 기분 나쁘게 생각하지는 않는 것 같았다.

한편, 종태는 어둠 속의 바다를 응시하다가 여러 개비의 담배를 피우고는 일어섰다. 희자의 영혼이 든 나무상자를 물끄러미 바라보다가 옷장 속으로 집어넣으며 굳게 말했다.

"여보, 꼭 원수를 갚아줄게. 당신의 행복과 나의 행복을 빼앗아 간 놈은 용서할 수 없어. 내가 어떠한 짓을 하더라도 당신은 용서하겠지. 설사 이것이 잘못된 행동이라고 하더라도 난 어쩔 수가 없어. 하늘에 있는 당신도 날 이해할 거야. 나, 당신에게 볼 면목이 없는 거 알지? 나 죄인이야. 그러니 어쩌겠어? 난 이때까지 이에는 이, 칼에는 칼로 싸워왔어. 당신을 위해서 멋진 복수를 하고 싶은 거야. 다시는 그런 놈이 이 세상에 남아 있지 못하게 말야. 내 맘 알지?"

종태는 나무상자를 붙잡고서 통곡을 하듯이 속울음을 울었다. 뜨거운 눈물이 흘러내렸다. 그는 겨우 울음을 그치고는 옷장 속에다 나무상자를 집어넣고는 밖으로 나왔다.

밤하늘의 별들이 아름답게 빛나고 있었다. 마치 바다 위에만 잔별들이 떠 있는 것 같았다. 그는 차의 시동을 걸고는 헤드라이트를 켰다. 기어를 넣으면서 그는 곧 출발했다.

그는 달리면서 길가에 서 있는 시커먼 나무들이 마치 자신의 부하들이나 되는 것처럼 마음이 든든해졌다. 이미 결심이 선 상태라서 그런 것일까. 그는 이제 오로지 한 가지 목적만을 위해서 살아가고 있는 존재인 것 같은 생각이 들었다. 그 목표라는 것이 분명한 것은 아니었다. 그도 명확히 알 순 없었지만, 어떤 불의에 대한 분노 같은 것이었고, 이 세상에 대한 원망 같은 것이었다.

정의란 별 거 아닌 것이다, 라고 생각했다. 종태에게 있어서 정의란 곧 주먹이었고, 돈이었다. 그리고 나쁜 놈들에 대한 징벌쯤으로 생각했다. 그는 더 이상 복잡하게 생각하지 않았다. 인간쓰레기 같은 놈들을 이 세상에서 말끔히 쓸어버리는 것이 바로 정의하고 생각할 따름이었다.

종태는 산길을 돌아 양양 읍내로 나왔고, 다시 속초를 향해 액셀러레이터를 밟기 시작했다. 밤공기가 친 이마에 와 부딪쳤다. 바다에서 불어오는 바람이었다. 그는 차를 운전하면서도 내내 어떤 생각에 젖어 있었다. 그는 속초에 들어서자마자, 공구 상가로 가서 전기 드릴을 하나 샀다. 그리고 체인을 30센티 정도로 잘라 네 개를 구입했고, 튼튼한 자물쇠 네 개를 구입해서 차 안에 실었다.

그리고 전자상가로 가서 소형 8MM 비디오카메라를 하나 샀다. 그는 그걸로 모든 준비가 끝났다고 생각되었다. 그는 길가에다 차를 세워놓고는 한참동안 담배를 피우며 생각했다. 더이상 필요한 것은 없는가. 그는 스스로에게 질문을 던지며 더필요한 것이 무엇인가를 생각했지만 그 외에는 달리 필요한 것이 없을 것 같았다.

나중에 시멘트와 모래는 따로 구입할 생각이었다. 너무 한꺼번에 모든 걸 구입하는 것도 이상할 것 같았다. 더구나 자신은 지금 지예를 만나러 가는 길이 아니던가. 그는 그 길로 곧장 커피숍으로 갔다.

커피숍에는 민이라는 언니는 배달을 나가고 없었고, 주방 겸 카운터를 보는 주인 여자만 손님들을 시중들고 있었다. 손님이 래봐야 이런 시간에 지예를 밖으로 데리고 나가기 위해서 죽치고 있는 놈팽이들 뿐이었다.

"이제 와요? 난 많이 기다렸는데."

종태가 자리로 가서 앉자, 지예는 얼른 다른 손님들의 시중을 끝내고는 종태가 있는 자리로 와서 앉았다.

"으응, 나가도 돼?"

종태는 그녀가 가지고 온 생수를 마시면서 물었다.

"나가도 돼요. 언니한테 말했어. 나, 오늘 외박할 거라고."

그러면서 지예는 의미 있게 웃어보였다. 마치 장난을 치듯이 말을 하는 지예였다.

"……."

종태는 담배를 꺼내 피우면서 그녀가 갖다준 커피를 마셨다. 그리 시간을 죽일 필요가 없을 것 같아서 뜨거운 커피를 불어가며 마신 그는 지예한테 눈짓을 했다. 나가자는 표시였다. 그 표시에 지예는 잠깐만, 이라고 말하고는 얼른 방으로 가서 핸드백을 들고 따라나섰다.

"언니, 나 나갔다가 올게."

지예는 주방에 있는 언니를 향해 소리치고는 종태의 뒤를 따라나왔다. 바깥으로 나오자, 실내보다 더 바깥이 시원했다. 시내와 맞닿아 있는 바다에서는 항상 시원한 바람을 시내 쪽으로 불어보내고 있었다.

"뭘 사줄 건데? 저녁 안 먹었어?"

지예는 종태의 겨드랑이 밑으로 기어들듯이 바싹 다가들며 팔짱을 껴왔다. 그녀의 동그란 젖가슴이 옆구리로 전해져왔다.

"네가 좋아하는 것 아무 거나 먹어."

종태는 지예를 끼고서 그녀가 가리키는 근처 식당으로 들어갔다. 장어구이만 전문적으로 하는 한식집이었다. 일반 가정주택을 개조해서 음식점으로 만든 그런 집이었다.

안방으로 들어가자, 지예는 종태의 겉옷을 벗겨서는 옷걸이에 걸어주고는 바로 옆자리로 와서 앉았다.

"오빠."

"……."

"나, 오빠 연락처 안 적어줘서 기다렸어. 전화가 오기를 기다렸단 말야. 나, 오빠한테 정이 들었는가 봐. 근데 이렇게 전화가 오니까 너무너무 좋은 거 있지?"

지예는 안방이라는 한적한 분위기 때문이었는지 종태의 허벅지를 어루만지며 몸을 기대왔다.

"그래? 그래서 전활 했잖아."

종태는 무덤덤하게 대꾸를 했다. 그녀가 빤히 쳐다보는 것이 그래서 담배를 꺼내 물었다. 지예가 얼른 성냥불을 켜서 그의 입술에 물린 담배 끝에다 대어 주었다.

"그래서 난 오빠가 더 좋아."

지예는 마침 아주머니가 방으로 들어오자, 몸을 뗐다. 아주머니는 숯불 위에 석쇠를 올려놓고는 갖가지 장어구이에 필요한 양념들을 꺼내놓았다. 아주머니가 정어를 올려놓고 굽고 있는 동안, 종태와 지예는 물끄러미 그것을 바라보고 있었다.

"우리 집 장어는 전부 진짜 장언기라요. 양식이 아닙니더. 한번 먹어본 사람은 꼭 다시 찾아오지예."

아주머니는 지글지글 굽히는 장어의 몸통에다 갖은 양념을 칠하면서 이리저리 뒤적이면서 그런 말을 했다.

246

"네에, 그래요?"

지예는 종태의 어깨에다 머리를 기대고 신기한 듯이 바라보고 있었다. 장어구이는 양념이 맛을 좌우하는 거였다. 아주머니는 물어보지도 않은 양념을 일일이 설명하면서 붓솔로 양념을 찍어 한 마리, 한 마리에다 양념을 먹이고 있었다.

"……."

종태는 아주머니의 말을 듣고 있으면서 딴 생각을 하고 있었다. 오늘은 지예를 데리고 가리라. 그래서 내일 아침에는 같이 바닷가로 산책을 나가리라고 마음먹고 있었다.

그런 생각을 하면서 종태는 지예를 쳐다봤다. 지예는 장어를 굽는 걸 보고선 종태가 자신을 쳐다보는 줄 알고서 빙그레 웃는 것이었다.

"너, 내일 시간 내면 안 돼?"

종태가 묻는 말이었다. 지예는 처음엔 그게 무슨 말인 줄을 몰라 눈이 허둥거렸다. 그러다가 묻는 것이었다.

"왜? 내일 쉬라고?"

"응. 이거 먹고 나랑 같이 집으로 갈까 해서. 안 돼?"

종태의 말에 지예는 놀라는 눈치였다. 연락처도 안 가르쳐 주던 종태가 느닷없이 집으로 같이 가자는 말이 실감나지 않는 모양이었다.

"왜?"

"그냥……."

종태는 지예의 질문에 그저 웃고만 말았다.

"피이, 거짓말. 연락처도 안 가르쳐주면서 쉬이 하던 사람이 어떻게 집으로 가자는 말을 하지? 오늘 이상해."

지예는 그 말을 하면서 종태를 빤히 쳐다봤다. 마치 진의를 확인이라도 하겠다는 듯이.

"뭐가? 그냥 심심해서 그러는 거지."

"정말이야?"

지예가 눈을 동그랗게 떴다. 그 모습이 귀여웠다. 마치 종태의 지금 마음이 진정인가, 아닌가를 시험해보고 싶다는 표정이었다.

"응."

종태는 진지하게 대답했다. 그러나 얼굴엔 웃음이 흐르고 있었다.

"……."

지예는 다시 종태를 쳐다보는 것이었다. 그녀의 손이 다가왔다. 일하는 아주머니가 보든, 안 보든 상관없이 지예는 종태의 손을 꼬옥 쥐었다. 종태는 그러는 그녀가 마음에 들었다. 순진하다고나 할까. 아니면 사랑에 대해서 목마름이랄까. 지예는 지금 종태의 사랑을 확인하고는 내심 떨리는 듯한 기분이었다.

그들은 아주머니가 구워놓고 나간 뒤에 장어를 먹기 시작했

248

다. 참기름을 바르고, 양념을 골고루 발라 여러 번 뒤적이며 구운 장어는 입안으로 들어가자, 살살 녹는 듯했다. 몇 번인가 지예는 장어를 집어 종태의 입으로 갖다 주기도 했다. 같이 곁들인 청하 두 병을 다 비워갈 때쯤, 그녀는 핸드백에서 핸드폰을 꺼냈다.

"가만, 언니한테 말하고요. 자꾸 쉰다고 뭐라고 안 그럴지 몰라."

지예는 젓가락을 내려놓으면서 말했다. 그리곤 커피숍으로 전화를 거는 거였다. 지예는 다이얼을 눌러놓고선 종태를 빤히 쳐다봤다. 아마 신호가 가고 있는 중인 모양이었다.

"아, 언니야? 응, 나야. 응…… 종태 씨랑 같이 있어. 근데, 언니야. 나 내일 어디 좀 갔다와야 되는데. 낼 쉬면 안 돼?"

지예는 핸드폰을 하면서 언니한테 그런 말 한다는 게 미안스러웠는지 자꾸만 종태를 보면서 눈을 찡긋이곤 했다.

"응, 응. 저녁 같이 먹었어. 미안해, 언니. 응, 알았어. 이만 끊어. 고마워, 언니."

그러면서 지예는 핸드폰의 뚜껑을 덮었다. 다시 젓가락을 집으며 지예가 말했다.

"오빠. 됐어. 낼 쉬는 거야. 히힛."

지예는 장어 한 점을 집어 입안으로 쏘옥 집어넣고서는 웃었다. 그리곤 다시 한 점을 집어서는 종태의 입으로 가져다줬다.

두 사람은 그 집을 나와 차에 올랐다. 벌써 9시가 가까운 그런 시간이었다. 젊은이들이 길거리의 포장마차에서 술을 마시느라 북적대고 있었고, 쇼윈도우를 쳐다보며 지나가는 여자들의 발걸음이 다소 느슨해져 있었다. 속초의 밤은 9시쯤이 가장 번화해지는 듯했다. 관광 특구인지라 밤새도록 영업을 하는 이곳에서는 9시와 10시쯤이 가장 북적대며 사람들이 많았다가, 점점 술집으로 찾아 들어가거나, 바닷가의 커피숍으로 들어가서 앉아 죽치고 있는 것이었다.

종태는 시내를 빠져나와 왼편으로 바다를 끼고 달렸다. 웰컴콘도라는 붉은 네온불이 켜진 콘도를 지나 조금 더 가면 대포항이었다. 오르막길을 올라 내려가는 곳의 왼쪽에 대포항의 환한 불빛들이 보였다.

"우리, 여기서 술 한 잔 더 하고 갈까?"

종태가 서서히 속력을 줄이며 말했다.

"또?"

"어때? 청하 두 병 마셨는데…… 더 할 수 있겠어?"

종태의 말에 지예는 웃으면서 고개를 끄덕였다. 종태는 곧바로 주차장으로 들어섰다. 주차장에도 많은 차들이 줄을 지어서 있었다. 빈자리를 골라 차를 세우고는 그들은 밖으로 나왔다.

바닷바람이 확 불어오는 듯했다. 시원하게 느껴졌다. 그들은 다시 안쪽으로 걸어 들어가 횟집으로 들어갔다. 마치 연인처럼 다정하게 팔짱을 끼고서 그들은 걸었고, 횟집에 앉아서도 지예는 마치 연인처럼 굴었다. 그들은 거기에서 다시 청하 두 병을 비우고는 자리에서 일어났다.

종태는 약간 술이 오르는 듯했으나 정신은 점점 맑아지기만 했다. 술이 들어감으로써 더욱 긴장이 되는 것이었다. 종태는 지예에 대해서 조금도 서운한 감정이 안 생기도록 노력했다. 오랜 친구처럼, 오랜 연인처럼 대했다. 그렇지만 진정한 사랑이라기보다는 아직까진 가식적인 사랑 같다는 생각이 들어 조금은 마음이 허탈해지는 것이었다.

그들은 다시 차를 타고 바다를 끼고 달렸다. 낙산사를 거쳐 곧 양양으로 접어들었다. 거기서부턴 비포장도로였다. 캄캄한 밤길을 달리면서 지예는 바깥의 밤경치를 쳐다보면서 혼자 나직이 노래를 부르는 것이었다. 심수봉의 노래였다. 음색이 처연한 듯한 심수봉의 노래를 따라 부르는 지예의 노래를 들으면서 종태는 자꾸만 희자의 얼굴이 떠올라졌다.

비가 오면 생각나는 그 사람.
언제나 말이 없던 그 사람.
사랑의 괴로움을 몰래 감추고……

지예는 다소 애잔하게 노래를 잘 불렀다. 조용하게 부르는 노래는 짚차의 엔진음과 더불어 나직하게 퍼져나갔다. 종태는 그 노랫소리를 들으면서 점점 마음이 침울해졌다. 그러면서 그는 다시금 지난날의 영등포 구치소에서의 추억들이 한꺼번에 떠올랐다간 파도처럼 사그라들곤 했다.

밤바다가 가까워질수록 숲그늘 내음과 바닷내음이 서로 엉키어서 풋풋한 공기를 만들어냈다. 이제 작은 산모롱이 하나만 돌면 곧바로 바다가 나타났다. 바다 위 수평선상에 떠 있는 불 밝힌 오징어 배들이 가물거리는 게 보였다.

"여기 어디예요?"

지예는 낯선 곳이라 그런지 유리창 앞쪽을 바라보며 물었다.

"수산포야. 여기 안 와봤어?"

"으응, 난 여기는 첨이네. 너무 시골 같은 느낌이 든다. 조용한 게…… 파도소리만 들리고……."

"그래. 난 여기 살아. 바다가 좋아서…… 그 여자랑 여기서 살았어. 매일 바닷가에 나가 걸어다니기도 하고…… 재미있었지."

종태의 말은 힘이 없는 듯했다. 마치 추억을 더듬듯, 말이 끊어질 듯 하다가 이어졌다.

"그럼 언니하고 여기서?"

"응."

"그럼 재밌었겠다!"

지예는 아무것도 모르는 철부지처럼 말을 했다. 사람과 사람과의 만남과, 사람과 사람과의 헤어짐에 대해서 아직까지 한 번도 진지한 아픔을 겪어보지 못한 어린애였다.

"……."

종태는 말을 하지 않았다. 지예가 주위를 두리번거리며 낯을 익히는 걸 보면서 묵묵히 운전만 할 뿐이었다. 가벼운 한숨이 새어나왔지만 어쩔 수 없었다. 지예를 데리고 들어오는 것이 잘한 일인지, 아니면 못한 일인지 그 자신도 미처 알지 못했다.

곧이어 동네가 나타났고, 그는 동네를 관통하는 길을 지나 별장이 있는 곳으로 갔다. 저만치 불빛이 보였다. 종태는 손가락으로 자신의 집을 가리켰다.

"바로 저기야. 외딴 집이지."

종태의 말에 지예는 더욱 자세히 보려는 듯이 몸을 앞으로 숙였다.

"어머! 별장 같네! 너무 이쁘겠다아."

"……."

"저 집에 살아요?"

"응."

종태가 고개를 끄덕이자, 지예는 단번에 종태의 오른팔을 붙잡고는 매달릴 듯이 소리쳤다.

"와, 멋있다아! 이런 데서 살고 있구나아!"

그녀는 탄성을 내지르며 좋아라했다. 차는 곧 좁은 길을 벗어나 집 마당으로 들어섰다. 마당에도 환한 불이 켜져 있었다. 마당 한복판에다 차를 세웠다. 종태는 얼른 내리지 않고 그대로 앉아 있었다.

"······?"

지예는 내리려다 말고 의아한 듯이 그를 쳐다보았다. 종태는 담배를 꺼내 한 개비 입에 물었다. 그리고는 천천히 불을 붙여 깊게 한 모금 빨아들였다. 그리곤 천천히 연기를 내뱉었다.

"왜요? 안에 누가 있어요?"

지예는 좀 답답한 듯이 물었다.

"아니······ 다 왔어."

"······?"

그제서야 지예는 종태가 왜 그러는지를 조금은 알 만했다. 섣불리 집으로 들어가고 싶지 않은 한 남자의 아픔 같은걸 엿보았기 때문이었다. 조금 전까지만 해도 지예는 그걸 몰랐었다.

그러나 종태는 내심 망설이고 있었다. 사랑하던 희자가 누워 있는 집으로 다른 여자를 데리고 들어간다는 것이 미안스러웠던 것이다. 그러나 그는 담배를 채 다 피우기 전에 차에서 내렸다. 그리고는 지예가 있는 쪽으로 와서 문을 열어 주었다.

"자, 내려."

종태는 손을 벌려 희자가 살아 있을 때처럼 부축해주는 것이었다. 지예는 차에서 내리면서 그의 따뜻한 가슴에 가 닿았다가 떨어졌다. 정말 푸근한 가슴이었다. 그녀는 그러는 그가 더없이 좋게 느껴졌다.

한 여자를 사랑했을 그의 믿음직스런 모습과 행동이 모두 지예에겐 따뜻한 물살로써 다가오고 있었다. 지예는 마당에 내려 걸으면서 집 안팎을 휘둘러보았다. 지은 지 얼마 되지 않은 새 집이었다. 이런 어촌에서는 좀처럼 보기 드문 양식으로 지은 집이어서 마치 별장 같다는 생각이 들었다.

"어머, 집이 참 좋으네요. 직접 지었어요?"

지예가 손뼉이라도 칠 것처럼 반색을 하며 말했지만, 종태는 한 번 쳐다만 볼 뿐 거실문을 밀고 안으로 들어갔다. 지예는 연신 집 주위를 살피면서 종태의 뒤를 따라 안으로 들어왔다.

"거기 앉아. 커피 끓여줄까?"

종태는 거실의 소파를 가리키며 말했다.

"네, 좋아요. 내가 끓일까?"

지예가 소파에 앉으려다 말고 일어나려고 그랬다.

"아냐. 됐어. 지예는 손님이니깐 내가 끓이지. 앉아 있어."

종태는 그 말을 하고선 가스레인지에 물을 올려놓았다. 그리고 커피 셋트를 꺼냈다. 종태가 뒤돌아서서 달그락거리는 동안, 지예는 집 안 분위기를 살피느라 여념이 없었다.

"너무 잘 꾸며놨다! 깨끗하게 잘 해놨네 뭐."

지예의 칭찬을 들으면서 종태는 다시 마음이 아파왔다. 전부 희자의 손때가 고스란히 묻어 있는 거실이었고, 주방이었다. 그리고 안방에까지도 그녀의 손길이 안 미친 데가 없었다.

종태는 커피 두 잔을 만들어 탁자로 가져왔다. 두 사람은 커피를 마시면서 많은 이야기를 나누었다. 지예는 주로 희자에 대한 질문을 했고, 어떤 여자였는가가 주관심사였다. 종태는 그녀와 이야기를 하면서 점점 마음이 풀려지는 걸 느꼈다. 이미 죽은 사람은 죽은 사람인 거고, 자신은 지금 커다란 일을 위해 노력하고 있을 뿐이라고 생각했다.

그것은 곧 희자의 복수일 수도 있다고 생각했다. 그는 점점 마음의 확신을 얻으면서 실행으로 옮겨가고 있었다. 이미 마음속에는 활화산처럼 활활 타오르는 불길이 가슴 밖으로 자꾸만 튀어나오려고 하고 있었다.

"지예……."

"왜?"

지예는 수다를 떨다 말고 정색을 하면서 눈을 동그랗게 떴다.

"술 한잔할래?"

종태는 막상 그녀를 불러놓고도 할 말을 잃은 사람처럼 딴

말로 대신하고 있는 자신을 발견했다.

"왜요? 술 하고 싶어요?"

이번엔 지예가 물어왔다.

"응, 그냥…… 술 안 하고 싶어?"

종태는 오늘 같은 날은 술이라도 한 잔 걸쳤으면 싶었다. 술이 아니고서는 자신의 복잡한 감정을 다 추스를 수 없을 것만 같았다.

"해요, 그럼. 조금만."

그녀의 말에 종태는 일어나서 양주를 꺼내왔다. 그리고는 둘 다 양주를 마시기 시작했다. 술을 마시면 마실수록 종태의 머릿속은 점점 더 비워지는 듯했다. 자신이 지금 하고 있는 일이 잘한 것인지, 아니면 아직도 망설임이 있는 것인지 분간이 가지 않았다.

그는 가끔 술을 마시다가도 바다 쪽을 내다보았다. 바다 위를 훑으면서 지나가는 서치라이트 불빛을 바라보면서 그는 속으로 큰 한숨을 내쉬었다. 아직도 그는 마음의 망설임이 조금 남아 있었다.

그는 다시 자리로 돌아와 술을 마시기 시작했다. 지예는 어느새 술이 취했는지 깜박깜박 졸기도 하면서 종태의 잔을 받아 내고 있는 중이었다. 지금은 오히려 지예보다 종태가 훨씬 더 많이 마신 셈이었다. 음주 운전에 걸릴 위험도 없었고, 더구나 집이라는 사실이 그를 더욱 취하게 만들었다.

"오빠. 이만 자. 나 너무 마셨어. 응?"

급기야 지예가 먼저 혀 짧은 소리를 내면서 무너져 내리는 것이었다.

"그래. 자자. 그런데 너, 나랑 오빠 동생할 거니?"

종태가 물었다.

"으응, 왜? 종태 씬 오빠 맞잖아? 근데 왜?"

지예는 창백한 얼굴로 종태를 쳐다봤다. 눈의 초점이 흐려져 있었다. 여자의 초점이 흐려져 있는 걸 보면 종태는 야릇한 충동을 느꼈다. 지금 지예가 그랬다. 그는 그녀의 술 취한 모습이 조금은 야하게 보여지고 있었다. 흐트러진 듯한 모습, 그리고 맥이 빠진 듯한 얼굴에서 풍겨나오는 무방비의 허술함이 친근함을 느끼게 했다. 어쩌면 그것은 종태로 하여금 연약한 여자를 보호하고 싶은 욕망을 불러일으켰다.

"그래, 맞아. 넌 동생이야. 너, 내일도 모레도 나랑 같이 있어. 그러면 안 되겠냐?"

"모레도?"

지예는 어리둥절한 모습으로 종태를 바라보고 있었다. 다소 정신이 드는 듯했다가 다시 가물거려지는 모양이었다.

"그래. 내가 쓸쓸해서 그래. 그 동안의 대가는 내가 다 갚아 줄게. 됐지?"

종태가 말한 대가라는 것은 지예가 하루 동안 일을 못하는 만큼 티켓을 끊겠다는 말이었다.

"아냐. 됐어. 나, 그까짓 돈 안 바래. 언니한테 말하고 여기 있지 뭐. 어때? 그 집에서 나를 쫓아내기야 하겠어? 후후. 나도 많이 벌어줬는 걸 뭐."

"그래. 고맙다. 나중에 내가 언니들한테 한 턱 쓸게."

그리고선 종태는 내일 아침 일찍 일어나기 위해선 일찌감치 잠자리에 들 생각이었다. 지예를 욕실로 보내놓고 담배를 피우며 앉아 있었다. 이때까지 마신 술들이 확 깨어버린 것처럼 다시 정신이 맑아졌다.

욕실에선 지예가 씻느라 내는 물소리가 요란하게 들려나왔다. 종태는 바깥으로 나가 짚차에 실어놓았던 전기 드릴과 자물쇠 등을 가지고 들어왔다. 주방의 싱크대 밑 서랍에 넣어두고는 잘 닫아두었다. 그리곤 다시 소파로 가서 앉았다.

지예는 샤워를 하면서 점점 정신이 맑아졌다. 찬 물을 몸에 맞으면서 그녀는 샅샅이 몸을 씻어 내렸다. 자신의 동그란 젖가슴과 겨드랑이, 그리고 사타구니의 털들을 씻어내고, 계곡 속 깊숙이 비눗물로 씻어냈다. 물이 닿을 때의 상쾌함이 술기운을 말끔히 씻어내는 것 같았다.

지예는 약간 차가운 물로 샤워를 했다. 꽃잎이 물에 닿을 때의 시원한 느낌이 좋았다. 그녀는 조금 후에 있을지도 모르는 향연에 초대를 받아 나가는 여자처럼 세밀히 씻어냈다. 혹시라도 그의 입이 그곳을 핥을지도 모른다는 충만감으로 두 번씩이나 물로 헹궈냈다.

밖으로 나왔을 때, 종태는 지예의 알몸을 보고 놀라는 눈치였다. 아직 물기가 채 마르지 않은 그녀의 비릿한 몸에서는 싱싱함이 푸릇푸릇 되살아나는 것처럼 풋풋했다.

"안 입었어?"

종태는 그 말을 하면서 지예의 곁으로 와서 번쩍 들어 안았다. 그리고는 그녀의 입술에 키스를 해주고는 다시 젖가슴에다 입술을 갖다댔다. 팽팽한 젖가슴이 그의 입술이 닿자, 더욱 오므라드는 것처럼 작아졌다. 그는 혀를 내밀어 둥근 부분을 핥아주었고, 다시 돌기 부분을 정성스레 애무해 주었다.

"안 입는 게 좋을 거 같아서…… 히힛."

지예는 종태의 팔에 안겨 있으면서 어린애처럼 웃었다.

"그래. 이러고 있는 게 좋아."

종태는 그녀를 번쩍 들어 올려 안은 채로 그녀의 아래쪽으로 혀를 갖다댔다. 모송모송한 털이 물기를 마악 머금고 있어서 더욱 시커멓게 보였다. 윤기가 나는 듯한 그곳에다 입을 대면서 그는 향긋한 비누 내음을 맡고 있었다.

그곳은 향기로운 진원지였다.

그가 혀끝으로 살금살금 핥아주었을 때, 지예는 몸을 비틀면

260

서 빠져나오려고 했다. 차마 더 이상 그대로 있을 수가 없어서 그런 것이었는데, 종태의 팔에서 벗어나진 못했다.

"가만 있어봐. 내가 재밌게 해줄께."

그러고선 다시 종태는 그녀의 그곳을 핥았다. 허벅지의 흰 살결과, 그 안의 조그만 계곡 주위를 핥자, 그녀의 꽃잎에서는 맑은 물이 샘솟는 듯했다. 혀끝에 묻어나는 물기가 그걸 증명해 보여주고 있었다. 그럴수록 그는 더욱 힘 있게 그녀를 핥아 댔다.

"아아, 됐어. 빨리 목욕하고 나와."

지예의 말이 아니었더라면, 그는 아마 그대로 그녀를 눕히고선 섹스를 했을지도 모르는 일이었다.

"그래. 조그만 기다려. 시원한 맥주 내놨어. 마셔."

그는 곧장 욕실로 들어갔고, 지예는 소파로 와서 시원한 맥주 한 모금을 마셨다. 목 안으로 넘어가는 맥주의 맛이 시원함을 더했다. 지예는 맥주를 마시면서 창밖을 내다보았다. 캄캄한 바다가 펼쳐져 있고, 그 위로 수면을 핥듯이 지나가는 강렬한 불빛이 보였다.

그리고 멀리 오징어잡이 배들이 밝힌 환한 불빛들이 드문드문 바다 위에 떠 있는 게 보였다. 마치 이국에 온 것 같은 착각이 들 정도였다. 고요한 파도가 창문 안으로 스며들어 밤을 밤답게 만들고 있는 것 같았다.

욕실에선 종태가 샤워를 하는 소리가 들려나왔다. 약간 열린 문틈으로 밝은 빛이 새어나오고 있었다. 지예는 그가 내는 물소리를 들으면서 다시 한 번 아득한 지옥으로 떨어지는 듯한 쾌감에 젖어 있었다.

"……."

지예는 다시 한 번 거실을 살펴보았다. 누군지 모르는 여자의 꼼꼼한 손길이 어디에도 묻어 있는 듯했다. 그런 것이 처음엔 다소 마음에 걸렸으나 차츰 엷어지고 없었다. 그건 지예가 종태를 사랑하기 때문인지도 몰랐다.

지예는 이미 이 세상에 없는 여자의 존재 때문에 기분을 망치고 싶진 않았다. 될 수 있으면 이 집에서 살았던 여자에 대해선 생각하지 않기로 했다. 떠돌이 생활과도 같은 커피숍 생활이 어쩌면 종태에게서 종지부를 찍을 수도 있을지 모른다는 가느다란 희망 같은 것이 마음속으로 작용하고 있었다.

사실 그녀는 종태의 힘센 그것에 대해 속으로 찬사를 보내고 있었다. 이때까지 한 번도 만나보지 못했던 강렬한 느낌을 종태로부터 느끼고 나서 지예는 매일매일이 기다려지는 나날이었다.

그와의 정사에서 그녀는 매번 그걸 느꼈다. 지치도록 했지만 역시 마찬가지였다. 이것은 분명 속궁합이 맞는 것이라고 하지 않을 수 없었다. 비록 자신의 신분이 커피숍에서 티켓을 파는 여자이지만 남자에 대해선 구별할 줄 아는 지예였다.

한참 만에 종태가 밖으로 나왔다. 그도 역시 벌거벗은 알몸 그대로였다. 환한 불빛에 완연히 드러난 그의 물건이 빳빳이 고개를 쳐들고 있는 게 보였다. 지예는 와락 달려가서 그의 무릎 앞에 꿇어앉아서는 그것을 입안으로 집어넣었다. 그것은 처음엔 차가운 느낌이었으나, 점점 입안에서 녹아 뜨거운 것으로 변해갔다.

굵고 튼튼한 것이 입안에 가득 찼다.

그녀는 그가 했던 그대로 흉내를 내면서 허벅지 안쪽과 울퉁불퉁하게 생긴 그것을 번갈아 핥아나갔다. 검은 숲이 주위를 온통 감싸고 있어서 불끈 솟아오른 그것의 위용은 더욱 용감해 보였다. 그녀는 혀와 오므린 입술을 이용해서 최대한 그가 빨리 흥분되기를 기다렸다.

그의 알몸에서는 강한 비누 내음이 흘러나왔다. 그리고 풋풋한 정액 내음이 함께 묻어나왔다. 지예는 그가 손을 뻗어 몸을 들어 올릴 때까지 그 동작을 멈추지 않았다.

종태는 참을 수 없었던지, 지예의 몸을 번쩍 안아서 소파로 갖다 뉘었다. 그리고는 그녀의 두 다리를 벌려 자신의 튼튼한 뿌리를 거세게 밀어 넣었다. 크고 튼튼한 것이 질벽을 깔아뭉갤 듯이 치밀고 들어올 때, 지예는 한없는 기쁨이 산산이 부서지는 것 같은 기분을 느꼈다. 온몸에서 받아들이는 기쁨의 환호소리가 밑에서부터 울려 퍼지는 것 같았다.

다시 뜨거운 몸싸움이 시작되었다. 그가 거세게 밀어붙이면, 지예는 한없이 위로 치받아 올라가면서 헐떡였고, 걷잡을 수 없는 황홀로 인해 그를 세게 붙잡지 않으면 놓칠 것만 같았다. 그가 세게 치받을수록 지예는 더욱 세게 그의 목을 붙잡았다.

그러나 그는 멈추지 않았다. 아니다. 폭발이 멈추지 않는 활화산이었다. 그의 용암은 뜨거웠고, 한 번씩 치고 들어올 때마다 지예는 자지러들듯이 그를 껴안았다. 위쪽은 완전히 붙잡힌 상태였지만, 아래쪽만은 완전히 붙잡을 수 없었다. 종태는 그럴수록 더욱 기승을 부리는 한 여름날의 더위처럼 뜨겁게 덤벼들었다.

지예가 두 다리를 위로 들어 올렸을 때, 그의 뿌리는 더 깊이 들어왔다. 질을 다 후벼팔 것처럼 저 안쪽 깊숙이까지 들어와서는 자궁 입구께를 찌르고는 달아났다. 아픔이라기보다는 묵직한 오르가즘이었다. 질벽을 건드리는 것이 잔잔한 파도라면, 자궁 입구께를 꽉 박아오는 힘이란 거친 파도와도 같은 느낌을 던져주었다.

그녀는 최대한 몸을 옹그리면서 그를 깊숙이 받아들였다. 어디에도 와 박히지 않는 곳이 없을 정도로 그는 완벽했다. 마치 울퉁불퉁한 것이 질벽 안을 마구 휘젓고 다니는 듯한 아득한 쾌감이었다. 미치고 싶도록 지예는 절규를 내뱉고 싶었다. 그녀의 입에서는 곧 달콤한 침이 고이기 시작했고, 그는 그것을 받아마셨다. 혀와 혀끼리의 전쟁이라고 표현하면 좋을까.

그의 혀는 굵고 두꺼웠고, 지예의 혀는 얇고 작았다. 항상 그의 혀는 지예의 혀를 물듯이 덤벼들어 힘을 못 쓰게 했다. 그러면서 그는 그녀의 입안으로 혀의 뿌리께까지 다 밀어넣을 듯이 입안을 가득 채웠다.

"으으……."

지예는 꽉 찬 그의 혀 사이로 신음소리를 밀어내었다. 그의 움직임에 한없이 출렁이면서 가까스로 밖으로 내뱉은 소리였다. 그녀의 몸은 허공에 붕 떠 있는 듯한 느낌이었다.

그가 한 번씩 받아칠 때마다 땅 밑으로 꺼졌다간 다시 쑥 솟아오르는 동작의 반복이었다. 그러한 감정의 기복에 아래쪽의 철썩거림이 풍랑처럼 일어나곤 했다. 그는 다시 그녀를 엎드리게 하고선 이번엔 뒤에서 공격해왔다.

그의 손이 젖가슴을 어루만지다가 엉덩이께를 쓰다듬었을 땐, 지예는 앞으로 고꾸라질 것 같은 황홀함을 맛보았다. 그녀는 소파의 천을 거머쥐면서 버텼지만 그의 몸이 세게 밀어붙이는 힘에 의해 자꾸만 위로 밀려났다.

"아아!…….아아!"

그녀는 탄성을 내질렀다. 지를 것이라곤 그것밖엔 없는 것처럼 그녀의 입에서는 쉴 새 없이 단내가 흘러나왔다, 마른 침을 끌어모아 삼켰지만 그것도 역부족이었다. 그녀는 목이 말랐다.

"아아…… 물…… 물 좀 줘."

그녀는 한 손을 내저었다. 물을 달라는 표시였다. 극심한 갈증 때문에 그녀는 그대로 주저앉을 것만 같았다.

"물? 물 줘?"

그가 이마에 흘린 땀을 닦으면서 물어왔다. 그리고선 몸을 빼서는 얼른 물을 떠갖고 왔다. 그녀는 단숨에 물 컵을 다 비우고는 다시 엎드렸다. 다시 그의 몸이 결합되었고, 처음부터 그는 죽일 듯이 덤벼들었다. 마치 땅을 다지듯이 쾅쾅 내려찧는 그의 몸무게를 이기지 못해 지예는 자꾸만 무너졌다가 다시 일어나곤 했다.

"아아, 죽겠어…… 이제 그만해."

지예는 엎드린 채로 두 손을 모아쥐었다. 그리고는 엉덩이를 자꾸만 그의 몸 쪽으로 밀어붙였다. 더 이상 그의 몸이 후퇴했다가 전진하는 걸 막아보기 위해서였다.

"왜? 힘들어?"

그가 하던 동작을 멈추고선 물어왔다.

"으응, 죽겠어……."

그녀는 머리를 흔들면서 안타까움을 토로했다. 그건 분명 안타까움이었다. 환희에 찬 비명일지도 몰랐다. 그러나 그녀는 더 이상 견디지 못하고 도중에 손을 들어야 했던 것이었다.

266

"그래. 조금만 더해. 곧 사정할 거 같아."

"안 돼. 아파."

지예는 두 손을 뒤로 가져가 그의 뿌리를 거머쥐었다. 그때서야 종태는 그녀가 정말 아프다는 걸 깨달았다. 그는 천천히 왕복운동을 하면서 곧 사정을 했다. 그는 사정을 함과 동시에 온몸에서 울리는 듯한 커다란 괴성을 질러댔다.

"아! 흐! 으!⋯⋯."

그의 몸에서 뜨거운 것이 빠져나와 지예의 몸속으로 들어갔다. 지예는 엎드린 채로 그것들을 고스란히 받아들였다. 그것은 이때까지 참아왔던 사랑의 용광로에서 흘러나오는 뜨거운 액체였다.

"아!⋯⋯."

지예는 조금이라도 더 황홀함을 맛보기 위해서 그의 뿌리에서 흘러나오는 액체를 손바닥으로 받아쥐었다. 미끌거리는 액체가 주르륵 흘러내렸다.

"⋯⋯."

그들은 마지막 순간까지 결합을 풀지 않았다. 그의 몸에서 빠져나온 액체가 완전히 그녀의 몸속으로 스며들 때까지 그들은 서로를 꽉 껴안고서 놓지 않았다. 다시 입과 입의 부딪침이 있었다.

종태는 지예를 결박한 채로 입술을 거세게 빨아들였다. 윗입

술과 아랫입술을 번갈아가며 빨아들이다가 혀를 안으로 쑥 집
어넣었다. 지예는 기다렸다는 듯이 그의 혀를 받아들였다. 종
태는 그녀의 알몸을 어루만져 주었다. 아랫배와 허벅지를 쓰다
듬으며 밑으로 내려갔다. 자신의 뿌리가 박혀 있는 그곳 주위
는 벌써 흥건한 물기로 가득 채워져 있는 듯했다.

  손에 묻어나는 액체의 미끌거림이 느껴졌다. 뿌리를 감싸듯
이 죄고 있는 그녀의 꽃잎 주위를 어루만지며 회음부로 내려갔
다. 꽃잎과 항문이 맞닿는 그곳을 어루만졌을 때, 그녀는 다시
부르르 떨며 종태를 끌어안았다.

  "아아!……."

  지예는 심한 갈증을 느끼는 사람처럼 굴었다. 입술이 하얗게
벗겨져 내리고, 벌린 입속으로 말라있는 혓바닥이 보였다.

  "어때? 좋아?"

  종태는 이미 일이 끝난 뒤였지만 후희를 멈추지 않았다. 그
녀가 좋아하는 것을 찾아내서 그대로 해주고 싶은 생각이었다.
종태의 손은 그녀의 아랫도리에 가 있었다.

  "아아, 좋아요. 너무 좋아."

  지예는 숨을 헐떡이며 간신히 그 말을 내뱉었다. 종태는 다시
그녀를 애무하기 시작했다. 입으로는 그녀의 입을 공격했고,
손으로는 그녀의 아래쪽을 공격해 들어갔다. 입과 손이 동시에
그녀를 공략하자, 지예는 온몸을 비틀면서 몸부림을 쳐댔다.

사랑이란 그랬다. 남녀의 몸과 몸이 서로 맞물려 빈틈없이 밀착되는 것뿐만 아니라, 행위를 하는 동안에 살갗으로 서로 맞닿는 즐거움 때문에 더욱 정신적인 고갈이 심해지는 것이었다. 정신적인 고갈이란, 서로를 갈구하는 몸짓으로 나타났다. 외로움은 더욱 깊은 외로움을 만들고, 육체의 고독은 채워지지 않는 한 잔의 술과 같이 아쉬움을 더할 뿐이었다.

종태는 그동안 외로웠다.

한 여자를 사랑하면서 그때까지의 모든 걸 포기했고, 자신의 앞날까지도 포기해야만 했던 그였다. 희자가 죽고 난 뒤에는 그에게 걷잡을 수 없는 방황의 소용돌이가 몰아쳐왔다. 외로움이 깊었던 탓이었을까. 그는 지예의 몸을 작살내버릴 듯이 몰아쳐댔다.

종태는 숨이 가빴다. 서서히 숨을 가다듬으면서 지예의 온몸을 다시 한 번 확인하고 있는 중이었다. 고기비늘 같이 싱싱한 지예의 육체는 만지면 만질수록 더욱 감흥이 커지는 것이었다. 그는 지예의 몸을 핥으면서 다시 뿌리가 일어서는 걸 느꼈다.

이미 지예는 널부린 듯, 축 늘어져 있었다. 종태가 혀끝으로 꽃잎을 건드렸는데도 그녀는 이제 감흥이 없는 듯했다. 그냥 그대로 누워 있는 채로 자꾸만 종태를 안으려고만 할 뿐이었다.

"이제 됐어. 나, 피곤해."

지예는 숨이 가쁜 소리로 말했다.

"그래. 알았어. 네 몸 좀 보고……."

종태는 자신의 뿌리를 빼내고는 지예의 꽃잎에다 입을 맞추었다. 물기로 흥건한 꽃잎 주위는 자신이 얼마나 세게 들이박았는지 사타구니 전체에까지 번져 있었다. 그걸 바라보는 종태의 마음은 흡족했다.

그녀가 일어나 욕실로 들어가고 나서 종태는 티슈로 자신의 물기를 닦아냈다. 온몸으로 번져오는 뻐근함이 그를 기분 좋게 했다. 그는 지예가 밖으로 나오는 걸 보면서 눈을 감았다. 이대로 잠들고 싶은 마음뿐이었다.

"……."

지예는 종태의 옆으로 와서 무릎을 꿇고 앉아서는 그의 가슴에다 얼굴을 갖다댔다. 시원한 느낌이 가슴으로부터 전해져왔다.

"사랑해. 너무너무 좋은 거 있지."

"……."

종태는 아무 말도 하지 않았다. 행위가 끝난 뒤의 황홀함을 쉽사리 깨고 싶지 않아서였다.

"우리, 들어가요. 방으로요."

"……."

지예의 말에 종태는 일어나 방으로 들어갔다. 침대에 같이 누운 그는 나직이 속삭였다.

"이 방에서 같이 잤어."

"……."

지예는 종태의 가슴에 얼굴을 파묻은 채, 잠자코 듣고 있기만 했다.

"행복했지. 우린 너무 어려운 시련을 이겨내면서 만났거든."

"……."

지예는 작게 고개만 끄덕였다.

"그 여자가 죽은 건……."

"……?"

지예는 얼굴을 들어 종태의 얼굴을 쳐다보았다. 그러나 종태는 오래도록 말을 잇지 않았다. 지예는 재촉하지 않았다. 그녀 역시 오래도록 종태의 얼굴을 쳐다만 볼 뿐이었다.

"내가 다 잘못한 거야."

"……."

그 말을 들으면서 지예는 스르르 눈을 감았다. 이 남자가 지금 후회하고 있구나 하는 생각이 들었다. 지예는 그의 가슴을 쓸면서 어루만졌다.

"난 한 가지 분명한 목표를 찾았어."

종태는 마치 넋두리라도 하듯이 뇌까렸다. 지예는 다시 눈을 뜨고는 종태의 얼굴을 쳐다보았다. 달빛이 내리비치는 그의 얼굴은 마치 석고상처럼 차갑게 보여졌다.

"악을 증오하는 일이야. 그리고 가난한 사람에겐 동정하는 마음이고……."

그리곤 그는 입을 다물어 버렸다.

"……."

지예는 그가 다시 말을 꺼낼 것이라고 생각하면서 오래 기다렸지만 끝내 그는 입을 열지 않았다. 그의 가슴이 서서히 잠잠해지는 듯 하더니 어느새 가는 코 고는 소리가 들렸다.

"……."

지예는 밤바다에서 들려오는 파도소리를 엿들었다. 창문을 타고 흘러 들어오는 달빛 때문에 쉽게 잠이 들지 않았다. 한 남자가 사랑했던 여자 대신에 자신이 누워 있다는 것이 스스로 생각해도 믿기지 않았다.

지예는 오래도록 잠을 못 이루었다. 종태의 모든 것이 솔직했고, 담백했고, 또한 용감했으므로 다 마음이 들었다. 사실 그녀는 오래 전부터 그에게 마음이 기울어져 있었던 것이다. 오늘 이렇게 나란히 누워서 잠을 잔다는 것이 아무리 생각을 해봐도 황홀한 밤이 아닐 수 없었다.

언제 잠이 들었는지 모른다. 그녀는 잠결에 어렴풋이 그의 손이 젖가슴을 훑는 걸 느꼈고, 자신의 몸 위로 올라와서는 잠깐 사정을 하고 내려가는 걸 느꼈지만 피곤해서 눈을 뜰 수가 없었다. 부지불식간에 두 손으로 그를 껴안은 느낌은 있었지만 그리 명확하지는 못했다.

그녀는 다시 깊은 잠에 곯아떨어지면서 늦은 아침까지 잠을 잤다.

종태는 아침 일찍 일어나 차를 몰고 양양으로 나갔다. 양양 읍내에 가서 시멘트 한 포와 모래, 그리고 세멘을 바르는 데 필요한 흙손을 하나 샀다. 그리고 지예가 일어나면 반찬을 만들 거리를 사가지고는 다시 집으로 돌아왔다.

그때까지도 지예는 늦잠을 자고 있었다. 이불 바깥으로 나온 그녀의 긴 다리와 풀숲이 있는 곳이 그대로 다 드러나 보였다. 검은 숲이 앙증맞게 보여졌다. 위쪽만 겨우 가릴 만큼 작은 숲이었다. 그리고 그 밑으론 길게 찢어진 계곡이 보였다. 연분홍빛 살결이 양 쪽으로 나뉘어져 서로 맞붙어 있는 그곳은 마치 숨을 쉬고 있는 것처럼 느껴졌다.

지예가 몸부림을 치느라 한쪽 다리를 제멋대로 뉘었을 때, 계곡은 좀 더 넓게 벌어졌다. 속 깊은 곳까지 드러나 보일 만큼 적나라하게 드러나고 있었다. 더욱 붉은 살결이 거기 그 안에 있었다.

종태가 무심코 바라본 그녀의 계곡이었다. 그녀가 아직 자는 가를 들여다보기 위해 방 안으로 들어왔다가 그녀의 잠든 모습을 본 것이었다. 종태는 다가가 침대 맡에 앉으면서 그녀의 벌어진 다리사이에다 입술을 갖다 대고는 키스를 해주었다. 그냥 그대로 떨어질 수가 없어 잠깐 혀끝을 내밀었다. 역시 향기로운 내음이 흘러나왔다.

그는 다시 거실로 나와 커피물을 올려놓았다. 그리고는 TV를 켰다. 아침 방송이 나오고 있었다. 요즘 주부들의 취미 생활과 관심을 주로 한 프로였다. 희자가 살았을 때는 자주 보던 프로였지만 오늘은 왠지 보고 싶지 않았다. 종태는 TV를 끄고는 마당으로 나갔다. 짚차에 실린 시멘트와 모래, 도구들을 챙겨 담장 밑으로 갖다놓고는 다시 거실로 들어왔다.

그때, 마악 지예가 안방에서 걸어나오고 있었다.

"언제 일어났어요?"

지예는 조금 쑥스러운지 부스스한 얼굴을 손으로 가리면서 물었다.

"아까. 바람 좀 쐬고 왔어. 지금 커피물 끓이고 있어."

종태의 말에 뒤돌아본 지예는 얼른 가스레인지로 걸어가면서 말했다.

"날 깨우지 않고."

"자길래 그냥 뒀지 뭐. 벌거벗고 자는 모습이 너무 보기 좋더라. 하하."

종태의 말에 그녀는 후다닥 뛰어와서는 마구 주먹질을 해대면서 소리쳤다.

"봤어?"

"응, 보기 좋았어. 거기다가 키스까지 해줬는데도 세상모르게 자더라. 하하."

종태의 말에 그녀는 얼굴이 확 달아올랐다.

"아잉, 그런 게 어딨어? 정말이야?"

지예는 믿기지 않는다는 듯이 정색을 하며 물었다.

"그럼! 봤으니까 봤다고 그러지. 안 본 걸 봤다고 그럴까 봐?"

다시 지예가 주먹질을 하려고 달려오는 걸 보고선 종태는 옆으로 피했다. 다시 지예가 덤벼들었다. 또 다시 종태가 피하면서 그녀를 안아 빙 돌렸다. 지예는 어지러운지 종태의 가슴에 얼굴을 묻으면서 작은 새처럼 몸부림을 쳐댔다.

"아잉, 몰라. 몰라."

지예는 마치 작은 새였다. 종태의 가슴에서 파닥거리다가 풀려나서는 가스레인지로 다가갔다. 그녀가 커피와 프림을 타는 걸 보면서 종태는 소파에 앉아 있었다.

"커피 마시고 밖으로 나가. 바다가 참 좋은걸."

"응, 알았어. 조금만 기다려."

지예는 곧 커피를 타서 가져왔다. 두 사람은 거실 소파에 앉아 커피를 마시고 있었다. 지예가 후후, 불면서 커피를 마시는 걸 보면서 종태는 생각했다. 분명히 그놈이 걸려들 것이라고. 그놈은 언제라도 잘 빠진 여자만 보면 환장을 하면서 덤벼든다는 걸 알고 있었다.

종태는 커피를 마시면서 덫을 놓을 궁리에 골몰하고 있었다. 덫은 바로 지예였다. 지예를 활용해서 그놈을 유인할 생각이었다. 그런 생각을 하자, 종태는 마음이 점점 빨라졌다. 어서 빨리 그가 걸려들기를 바랄 뿐이었다. 그는 좀 뜨거웠지만 재빨리 커피를 마셔버리고는 잔을 내려놓았다. 이런 시간이면 초소에 근무하는 군인들이 백사장을 구보하고 할 시간이었다. 종태는 그 시간을 놓치고 싶지 않았다. 그래서 꾸물거리는 지예를 재촉하지 않을 수 없었다.

"야, 뭐해? 무슨 커피를 그렇게 늦게 마셔?"

종태의 재촉에 지예는 마시던 커피잔을 내려놓았다.

"뜨거워서 그래. 그럼 나중에 마시지 뭐. 나가요."

지예는 종태의 팔을 끼면서 나가자고 그랬다. 두 사람은 거실에서 나와 백사장으로 걸어갔다. 발밑에 밟히는 모래의 감촉이 부드러웠다. 지예는 뾰족한 구두를 신어서인지 발걸음을 잘 옮겨놓지 못했다. 자연 그녀는 종태의 팔을 붙잡고서 걷는 수밖에 없었다.

두 사람은 마치 다정한 연인이라도 되는 것처럼 아침 바닷가를 걷고 있었다. 바다는 마치 마악 해가 떠오른 것처럼 맑은 햇

살을 퍼부어대고 있었다. 모래알들이 햇빛을 받아 여기저기서
반짝거렸고, 간밤의 바람으로 인해서인지 백사장 전체가 유리
알처럼 편편해 보였다.

"……."

종태는 걸으면서 힐끗 초소 쪽을 바라보았다. 초소에는 아직
인기척조차 느껴지지 않고 있었다. 아마 전야에 보초근무를 서
고 나서 잠을 자고 있는 인원과, 후야에 근무를 나가 보초를 서
고 들어온 인원이 마악 기상하려는 시간일 것 같았다. 기상은
다같이 해서 일단은 백사장 구보를 하고 난 후에 아침 식사를
하는 걸로 알고 있었다.

초소의 군인들은 오전 시간에는 대개 낮잠을 잤다. 그리고
오후부터는 각자의 자유시간으로 개개인이 자유로운 활동을
하는 시간이었다. 그랬으므로 근무를 마친 그들은 백사장 구
보를 마치고는 곧바로 취침에 들어간다는 걸 종태는 미리 알고
있었다.

"우리, 저쪽으로 가봐요."

지예가 종태의 팔을 잡아끌었다. 그 바람에 종태는 정신이
들었다.

"그래. 어때? 좋지?"

"네에. 좋아. 이런 데서 살았구나. 난 어제 여기서 잤고. 후
후. 난 어젯밤 너무너무 맛있게 잔 거 같아. 히히."

지예는 어젯밤의 뜨거운 정사를 떠올리고 있는 것 같았다. 종태는 그저 이만 했을 뿐, 별다른 말은 하지 않았다. 그녀는 다시 키들거리며 물어왔다.

"아까 정말 나, 자는 거 봤어? 그럼, 다 봤겠네?"

"응. 봤지."

종태는 대답을 하면서 웃었다.

"정말? 거짓말이지? 아냐?"

지예는 다시 확인을 해왔다.

"정말 봤다니까! 너 그거 다 드러내놓고 자더라 뭐. 내가 그랬잖아? 너 거기에다 키스를 해줬다고. 정말이라니까!"

종태의 말에 지예는 잡았던 손을 풀고는 다시 주먹질을 해대기 시작했다. 종태는 달아나기 시작했다. 그러면서 초소 쪽을 얼핏 봤을 때, 초소에서는 마악 군인들이 대열을 지어서 이쪽으로 구보를 나오고 있었다.

'음......'

종태는 알 수 없는 신음소리를 냈다. 그러면서 바싹 긴장이 되는 듯했다. 두 줄로 선 군인들이 웃통을 벗은 채로 이쪽을 향해 구보를 하는 것을 보며 종태는 뒤로 돌아섰다. 그리고는 잽싸게 지예를 끌어안았다.

"어머! 갑자기 왜 이래!"

지예는 속으로는 좋으면서 놀란 흉내를 냈다. 종태는 군인들이 달려오면서 보라는 듯이 지예를 껴안고 있었다. 그러면서 멀리 바다 쪽을 바라보는 것처럼 서 있었다.

그들이 서 있는 곳에서 군인들과의 거리는 꽤나 멀었다. 그렇지만 그들이 멀리서 뛰어오면서 못 볼 리 없을 그런 거리였다. 종태와 희자는 바다 쪽을 향해 포옹을 하면서 입을 맞추었다. 종태의 그런 행동에 대해 지예는 다소 놀라는 듯한 기색이었지만 별로 의심하는 것 같지는 않았다.

"엇, 둘! 엇, 둘!"

군인들이 점점 다가오고 있었다. 인솔을 하는 사람은 대열의 옆에서 구령을 맞추고 있었다. 소대장이 아니었다. 분대장 견장을 한 하사였다. 군인들이 점점 다가오는 것을 보고는 종태는 껴안았던 팔을 풀었다. 그리고는 지예의 손을 잡고는 태연하게 군인들 쪽을 바라보고 서 있었다.

"엇, 둘! 엇, 둘!"

분대장의 구령에 맞추어서 군인들은 발을 옮겨놓았다. 워커를 신고 구보를 하는 그들은 그리 빠르지도, 그렇다고 느리지도 않았다. 적당한 페이스를 지키며 뛰는 운동일 뿐이었다.

"……."

종태는 바닷가에 서서 그들을 지켜보았다. 선두에서 중간쯤에 한영일이라는 놈이 휘적거리며 뛰고 있는 게 보였다. 군인들이 모두 그랬지만 한영일이라는 놈은 유독 종태와 지예에게 눈길이 맞추어지고 있는 듯했다.

군인들은 그랬다.

민간인이라면 다들 눈여겨보는 것이었고. 더군다나 이런 한
적한 백사장에서 지예처럼 예쁜 여자를 본다는 것은 상쾌한 일
이었다. 그래서 그런지 그들은 뛰어오면서 벌써 키득거리고 있
었다. 아마 지예를 보고 저희들끼리 키득대는 것이 틀림없었
다.

"아, 안녕하십니까? 충성!"

대열의 옆에서 같이 뛰고 있는 분대장이 종태를 알아보고는
거수경례를 붙여왔다. 종태도 가만있지 않고 손을 올려 거수경
례를 해보였다. 그들은 벌써 종태와 지예의 바로 앞에까지 와
있었다.

"……."

종태는 순간적으로 한영일의 눈빛과 마주쳤다. 지예를 훑어
보느라 번득이던 한영일의 눈빛이 종태와 마주치자, 순간 굳어
버리는 걸 분명히 그는 느껴졌다. 종태는 속으로 앗! 하는 소리
를 내지를 뻔했다. 마치 범인을 목격했을 때처럼 목 안에까지
올라왔던 소리를 잠재우며 그는 가까스로 자신을 진정시켰다.

종태는 그 순간, 분명히 보았던 것이다. 마치 범인이 현장에
나타나 경찰 조사가 어떻게 진행되는가를 살펴보기 위해 스멀
스멀 나타난 것처럼 한영일의 눈빛이 순간적으로 긴장되었다

가 풀어지는 것을. 종태는 마음속으로 단정지었다. 분명히 한영일이 범인이라는 사실을.

군인들은 곧 멀어져갔다.

그러나 종태는 한영일이 다시 되돌아볼 것이라는 생각에서 줄곧 그들 대오를 지켜보고 있었다. 범인 꼭 어느 순간에 다시 되돌아보면서 확인해보고 싶은 욕구 때문에 고개를 되돌리게 되어 있다는 사실을 그는 이미 알고 있었다. 군인들이 저만치 갔을 때쯤, 한영일은 대오 속에서 얼핏 고개를 돌리는 것이 보였다. 마치 뱀눈처럼 짧은 시간에 쓰윽 쳐다보고는 다시 고개를 돌려버리는 것이었다.

'그래, 너구나'

종태는 마음속으로 그렇게 생각했다. 그는 자기도 모르게 잇몸을 사려 물었다. 그리고는 보이지 않게 두 주먹을 말아쥐었다.

군인들은 다시 갔던 길을 되돌아오는데 그리 많은 시간이 걸리지 않았다. 지예가 있어서일까. 예쁜 여자가 이런 이른 아침에 바닷가에 나와 있는 것이 눈요깃감이었는지 군인들은 갔던 길을 다시 되돌아오고 있었다.

종태는 그들을 지나칠 때, 다시 한 번 한영일의 눈빛과 마주쳤다. 이번엔 한영일의 눈빛이 조금 당황하는 듯했다. 그러면서 씨익 웃는 것이었다. 지예의 짧은 미니스커트를 흘끔 쳐다보고는 다른 군인들보다 더 오래 고개를 뒤로 돌린 채, 뛰고 있었다.

"우리도 가요. 바닷가에 나오니까 참 좋다."

지예는 종태의 마음을 아는지 모르는지 앞장서서 걸었다. 그들은 천천히 백사장을 걸어서 집으로 돌아왔다.

지예가 아침을 차리는 동안, 종태는 안방에 들어가 있었다. 나무상자를 꺼내놓고 희자에게 말하듯 속으로 말했다.

'희자. 이제 곧 원수를 갚을 거야. 당신, 나 알지? 내가 어떤 사람이라는 걸 보여줄 거다. 이제 당신도 나를 이해할 거야'

그는 그 말을 하면서 속울음을 안으로 삼켰다. 희자가 자신을 보고 있을 것만 같아 마음이 저려오고 있었다. 그는 이빨을 갈면서 또 맹세하곤 했다.

'희자야. 넌 저 하늘에서 행복해야 해. 난 당신이 없는 세상은 나에겐 아무 값어치도 없어. 이대로 살다가 당신 곁으로 갈 거니깐. 그때까지 나를 욕하지 마라. 난 이미 세상을 포기했어. 당신은 나를 미워할지 모르겠지만, 어쩔 수가 없어. 미안해'

그는 나무상자를 다시 옷장 속으로 집어넣고는 거실로 나왔다. 지예가 차려놓은 음식이 식탁 위에 차려져 있었다.

"어서 와. 잘 차렸는지 모르겠어."

지예는 자신이 차린 음식을 앞에 놓고서 겸연쩍어 했다. 비록 커피숍을 전전하는 여자지만 그런 면은 있는 것 같았다.

"잘 차린 것 같구만 그래. 먹지."

종태는 숟갈을 들어 그녀가 끓여 내놓은 찌개를 맛보았다.

"괜찮은데. 하하. 솜씨 있는데 뭘 그래?"

종태는 진정으로 찬사를 보냈다. 서툴 것 같았던 그녀 같았지만 음식맛은 그게 아니었다. 그제서야 마음이 놓였는지 지예도 밥숟갈을 드는 것이었다.

그들은 맛있게 식사를 하고는 지예가 설거지를 하는 동안, 종태는 안방으로 들어가 수면제를 꺼내왔다. 지예가 모르게 거실의 탁자에 앉아 아까 마시다가 남은 지예의 커피잔에다 수면제를 타고는 그대로 놓아두었다.

"나, 커피 한 잔 주지."

종태가 말했다. 그러자, 지예는 얼른 손을 씻고는 종태가 있는 대로 왔다. 탁자 위의 커피잔을 새로 씻으려는 것 같았다. 종태는 자신의 빈 잔을 건네주면서 말했다.

"이건 안 마셨잖아? 여긴 새로 물만 붓지."

그건 지예가 아까 마시다가 남겨둔 잔이었다. 지예는 별생각 없이 종태가 마신 빈 잔만 가져가고는 자신의 잔을 남겨놓았다. 곧 이어 지예는 물을 끓여왔다. 종태의 잔은 새로 씻겨져 있었고, 뜨거운 물이 부어지고, 커피와 프림을 넣고는 휘저었다. 그리고는 자신의 잔에는 물만 더 부은 채로 그녀는 옆자리에 앉았다.

"오늘은 뭐하죠?"

그녀가 잔을 입으로 가져가며 물었다.

"오늘은 그냥 쉬지 그래. 잠이나 잘까?"

그러면서 종태는 길게 하품을 해보였다. 그 말에 지예는 눈빛을 반짝이면서 말을 했다.

"아이, 좋아라. 난 잠이나 실컷 잤으면 좋겠어. 이거 마시고 들어가서 자요. 내가 팔베개를 해줄게."

"그럴까? 오늘 잠이나 실컷 자?"

"그럼, 그것도 좋지 뭐. 오늘은 그거 안 하고 잠만 자기. 알았지? 나 어젠 너무 아팠어."

지예는 엄살을 떠는 것처럼 눈살을 찌푸려 보였다. 그렇지만 그건 순전히 엄살에 지나지 않았다. 지예는 푸들푸들 웃으면서 말했기 때문에 엄살기가 내비쳤다.

"그래. 그러지 뭐. 그거 밤낮으로 하는 거 아냐. 그러다가 남자는 제 수명에 못 죽어. 하하하."

종태는 호탕하게 웃어젖혔다. 두 사람은 커피를 마시고는 곧바로 안방으로 들어갔다. 지예가 창문을 커튼을 닫았고, 어둑컴컴해진 방 안에서 그녀는 옷을 벗었다.

종태는 옷을 입은 그대로 벌렁 드러누웠다. 지예가 옷을 벗는 걸 바라보면서 은근한 성욕이 발동하는 걸 느꼈다. 옷을 다 벗은 그녀는 고양이처럼 살그머니 시트 안으로 들어왔다. 그녀는 종태의 가슴에 얼굴을 얹으며 옆으로 누웠다.

"아, 좋아. 당신 품속이 이렇게 좋은지 몰랐어."

지예는 마치 넋두리라도 하듯, 그렇게 말을 하며 하품을 하기 시작했다. 슬슬 수면제의 약기운이 퍼지는 모양이었다. 종태는 옆으로 돌아누워서 그녀의 알몸을 만졌다. 미끄러운 한 마리의 물고기처럼 파닥거리는 그녀의 젖가슴을 애무하면서 그는 바지를 벗어 내렸다.

"또 할려고?"

지예가 눈을 동그랗게 뜨면서 물었다.

"그럼. 한 번 하고 잠자는 게 좋아."

그는 옷을 다 벗고는 본격적으로 그녀를 애무하기 시작했다. 종태는 애무를 하면서 그녀의 반응을 살폈다. 졸리운 듯, 감겨지는 그녀의 눈꺼풀을 보면서 그녀의 발끝에서부터 천천히 애무를 하기 시작했다.

"아이, 간지러워."

지예는 가끔 몸을 비틀면서 몸부림을 쳐댔다. 그러는 그녀가 귀엽게 느껴졌다. 그녀의 허벅지께를 핥으면서 지예가 헐떡거리는 숨소리를 들을 수 있었다. 지예는 허리를 활처럼 휘면서 자꾸만 머리채를 흔들었다. 그리고 자신의 몸 위로 종태를 끌어올리려고 애를 썼다.

종태는 정성을 다해 혀끝으로 계곡과 숲을 어루만졌다. 어제도 그랬지만, 여시 오늘도 마찬가지였다. 그녀는 지칠 줄 모르는 암코양이였다. 그가 하는 대로 내버려두면서 지예는 가끔 자신이 위로 올라와서는 종태의 뿌리를 핥기도 했다. 두 사람은 혼곤한 잠 속으로 빠져들기 전의 뜨거운 섹스를 하기 위해 몸부림을 쳐댔다.

종태는 진정으로 혼신의 힘을 다해 그녀는 함락시켰다. 뜨거운 뿌리를 이리저리 휘저으면서 그녀의 질벽을 건드렸고, 들쑥날쑥하면서 거세게 밀어붙였다. 그녀와 맞부딪치는 아래쪽에서 거센 물소리가 들려나올 정도였다. 마치 전력으로 백 미터 달리기를 할 때와도 그는 거센 숨을 몰아쉬면서 그녀를 몰아붙였다.

꽉 문 듯한 그녀의 꽃잎을 헤집으면서 그는 정신없이 침범해 갔다. 그리고 혀로는 그녀의 젖가슴과 겨드랑이, 그리고 아랫배 쪽으로 내려가면서 함락시켜 나갔다. 드디어 그녀는 사지를 쭈욱 뻗으면서 희열에 찬 몸부림을 치면서 그를 끌어안았다.

"아, 사랑해……요."

여자도 사정을 하는지, 그녀는 오랜 참음에 비로소 격정을 토해내는지 몸을 떨면서 발버둥을 쳤다. 종태는 마지막 힘을 끌어모아 최선의 상태에서 사정을 끝냈다. 그도 역시 발끝까지 떨면서 마지막 한 방울까지 다 토해냈다.

"아!……."

두 사람은 서로를 끌어당겨 엉겨붙은 채로 잠이 들었다. 아직 빼내지 않은 종태의 뿌리는 서서히 죽어가고 있었고, 지예는 이미 혼곤한 잠 속으로 빠져든 듯했다.

"……."

종태는 그의 팔베개를 베고 잠든 지예의 얼굴을 들여다보았다. 가느다란 눈썹이 평화롭게 잠든 것을 보고는 서서히 팔을 풀었다.

"……."

그때까지도 지예는 꼼짝도 하지 않았다. 가는 숨을 몰아쉬며 깊은 잠에 빠져든 것을 보고는 살그머니 빠져나온 종태는 옷을 입기 시작했다. 마음이 긴장되기 시작했다. 그는 창가로 가서 밖을 내다보았다. 커튼 사이로 바다가 보였다. 싯푸른 바다가 출렁이며 자신을 부르고 있는 것만 같았다.

"……."

종태는 물끄러미 희자의 영혼이 들어있는 옷장 쪽을 바라보다가 거실로 나왔다. 그리고는 거실에 앉아 생각에 잠겼다. 이게 잘한 일인가, 아니면 자신이 잘못하는 일인가를 스스로에게 반문하고 있었다. 마지막 결론은 역시 자신이 잘하는 일이라고 스스로 판단하고는 자리에서 일어섰다.

그는 곧 서둘렀다.

바짓가랑이 속에 쇠파이프를 감추고는 싱크대 밑의 전기 드릴과 체인을 꺼내서 안방의 옆방으로 가져다놓았다. 그리고 밖으로 나가 담벼락 밑에 놔둔 시멘트와 도구들을 다시 옆방으로 옮겨놓았다. 이제 모든 준비는 끝난 셈이었다. 그는 옷을 다시 한 번 점검하고는 밖으로 나갔다.

거실에서 잠시 마음을 가라앉히면서 담배 한 개비를 꺼내 피웠다. 어느 정도 마음의 여유가 생긴 것 같았다. 그는 곧 실행에 들어가기 위해 서둘렀다. 지예가 잠을 깨기 전에 모든 일을 해치우는 것이 만일의 경우, 알리바이를 성립시키는 데에 가장 중요한 문제가 될 수 있기에 마음이 조급해지지 않을 수 없었다.

그는 바깥의 기척에 귀를 기울였다.

"……."

아무런 소리도 들리지 않는 것 같았다. 들리는 건 바람소리 뿐이었고, 파도소리 뿐이었다. 그는 다시 한 번 숨을 크게 들이마시고는 주먹을 거머쥐었다. 마치 옛날의 은영일 죽이러 영등포 구치소를 빠져나갈 때보다도 더 긴장감이 솟구쳤다. 그의 손바닥은 벌써 진땀으로 가득 배어 있었다.

'그래, 해치우는 거야. 잘못되면 나도 죽을 수밖에 없어'

그 말을 하면서 그는 다시 한 번 다짐을 해두었다. 그건 스스로에게 하는 다짐이었고, 굳은 결의였다. 그는 그 자리에서 일어나 밖으로 나왔다. 짚차가 있는 마당으로 나와서는 차에 올랐다. 그리고는 시동을 걸어 황급히 집을 빠져나왔다.

지금쯤 어디선가 망을 보고 있을 한영일을 생각하면서 그는 백미러를 쳐다봤다. 뒤에는 아무것도 보이지 않았다. 분명히 어디선가 숨어서 보고 있을 거라는 생각이 들자, 그는 등골이 오싹해졌다. 지예 혼자 자고 있는 집이라고 생각하니 약간은 마음이 아파오는 것이었다. 그는 좀 더 냉정해지려고 마음먹었다. 그리고선 액셀러레이터를 급하게 밟았다.

동네로 들어가는 것처럼 했다가 다시 우회해서 돌아나올 생각이었다. 동네를 통한 길 외에도 길은 얼마든지 나 있었다. 그는 약간 둔덕진 밭 밑으로 난 길을 택해 차를 몰았다. 운전을 하면서도 그는 손바닥에서 진땀이 고이기 시작하는 걸 느꼈다.

그는 빠른 시간 안에 집 근처에까지 와 있지 않으면 한영일한테 지예가 당할지도 모른다는 생각 때문에 최대한 속력을 높여서 달렸다. 그리고 실제로 집 근처에까지 돌아오는 데엔 그리 많은 시간이 걸리지 않았다.

그는 근처 풀숲에다 차를 세워놓고는 숲 사이를 헤치며 걸어나왔다. 저만치 집이 보였다. 그는 마치 전쟁놀이를 하는 것처럼 낮은 자세로 풀숲을 헤치며 나아갔다. 집 근처에 이르러서 그는 납작하게 엎드렸다. 그때까지도 한영일은 나타나지 않았다.

“……”

그는 숨을 죽였다. 갑자기 담배가 피우고 싶어졌지만 참을 수밖에 없었다. 풀잎 하나를 뽑아 입에 물고는 잘근잘근 씹었다. 그러면서 그는 기다렸다. 그가 나타나기를.

그는 땅에서 올라오는 지열을 느끼면서 오래도록 숨을 죽였다. 드문드문 서 있는 풀들이 그의 옹색한 은신처가 돼 주었다. 얼굴과 몸만 겨우 가릴 정도의 풀이었다. 그는 최대한 집 가까이 다가기 위해서 그 풀을 은신처로 삼을 수밖에 없었다.

얼마나 오래 기다렸을까. 그는 끝내 나타나지 않았다. 마치 어디선가 숨어서 종태를 지켜보고 있을 것만 같은 답답함이 가슴을 짓눌러왔다. 조용한 바다를 쳐다보면서 그는 한낮의 지루함을 참을 수가 있었다. 그렇지 않았다면 인내심이 없는 그로선 일찌감치 일어서 버렸을지도 몰랐다.

"......."

그는 시계를 봤다. 벌써 그렇게 엎드려 기다린 지가 두 시간이 가까이 된 것 같았다. 그의 마음속에서 약간의 회의가 일어나고 있었다. 틀렸다는 생각이 번뜩 들었다. 아마도 한영일은 꼼짝도 하지 않고 있는 듯했다. 그런데도 자신만 이러고 있는 것 같아 속으로 화가 치밀 지경이었다.

그는 결국 주위를 살피면서 뒷걸음질 치면서 후퇴하기 시작했다. 풀숲으로 나와서야 겨우 일어설 수 있었다. 그는 풀숲에 앉아 집 쪽의 동정을 살폈다. 집이 있는 쪽은 조용하기만 했다.

그는 속으로 안도의 한숨을 내쉬었다. 그것은 어쩌면 자신의 목적을 의해서 자칫 잘못하다간 지예가 한영일의 희생이 되어 버릴 지도 모른다는 생각에서였다.

"……."

그는 오래도록 서 있었다. 그때까지도 한영일이란 놈이 나타나지 않았으므로 그는 차가 있는 데로 갔다. 마음이 조금은 허탈했다. 그는 할 수 없었다. 다시 내일을 기다려보는 수밖에 없다고 생각했다.

그가 집으로 돌아왔을 때까지도 지예는 아직 일어나지 않고 있었다. 수면제를 많이 탔던 탓일까. 그는 거실로 나와 앉아 있으면서 생각에 골몰해지기 시작했다. 어떻게 해서든지 그놈을 잡아 희자의 복수를 해주고 싶었다. 그렇지 않고서는 직성이 풀릴 것 같지 않았다.

그는 서서히 밤이 내리는 걸 바라보면서 담배연기를 내뿜고 있었다. 바다는 점점 어두운 빛깔로 깊어지고, 하늘에서부터 내리기 시작한 어스름은 바다 끝에서부터 어둠살을 잠재우며 걸어오고 있는 듯했다. 하나 둘 바다에 떠 있는 오징어 배들의 불빛이 환해지면서 밤은 깊어지고 있었다.

종태는 기분이 처연했다. 희자를 볼 면목이 없는 것 같았다. 마치 어디선가 희자가 자신을 내려다보고 있을 것만 같은 기분이었다. 그는 급하게 담배연기를 내뿜으며 벌떡 일어섰다. 그냥 이대로 가만히 앉아 있기는 어려웠다. 그는 바깥으로 나가 밤바다를 거닐기 시작했다. 모래톱이 있는 근처로 가서는 안 되었다. 그곳은 보초를 서는 군인들이 간첩으로 오인을 해서는 사격을 가해올 수도 있었기 때문이었다. 그는 백사장의 끄트머리 부분을 거닐면서 어떻게 하면 그를 잡을 수 있는가만 생각했다.

그리고 그를 잡기만 한다면…… 그는 벌써 다음 계획까지 치밀하게 생각하고 있었다. 그는 이미 며칠 전부터 그러한 계획을 갖고 있었다. 그런데 한영일이라는 놈이 나타나지 않는 것이 문제였다. 종태는 분명히 그놈이 나타나리라는 확신이 있으면서도 한편으론 초조했다. 이왕 마음먹은 계획이 순조로이 이루어져서 빨리 해치웠으면 싶었다.

그는 초소 쪽으로 슬슬 걸어갔다. 한영일이라는 놈이 있는지, 없는지 궁금해서 못 견딜 정도였다. 그는 초소 근처에까지 가서 그를 직접 눈으로 확인하고 돌아오고 싶었다. 그리고 다음날 다시 시도해볼 생각이었다.

초소는 조용했다. 초소 이층의 탐조등실은 바다 쪽을 향해 삼면이 유리창으로 되어 있었고, 바다 반대쪽은 시멘트벽으로 돼 있었기 때문에 뒤쪽에서 종태가 관찰하기에는 딱 좋은 그런 구조였다.

"……."

탐조실 바로 밑에는 상황실이었다. 초병이 서 있는 게 보였다. 상황실을 지키는 군인은 별로 할 일이 없는 듯이 서 있다가 종종 내무반으로 들어갔다가 나왔다가 하면서 웃는 것으로 봐서 아직 잠이 들지 않은 후번 근무자들과 이야기는 하고 있는 모양이었다.

상황실에서 흘러나온 불빛에 의해 바깥에 설치해 놓은 박격포가 어렴풋이 보였다. 그것은 마치 절구공이를 세워놓은 것처럼 포신이 바다 쪽을 향해 고정되어 있었다.

"……?"

종태는 갑자기 가슴이 두근거리기 시작했다. 그건 자신도 알 수 없는 일이었다. 왜 그랬는지 모른다. 종태는 숨을 죽이면서 근처를 살폈다. 혹시 한영일이란 놈이 그 근처에 있을지도 모른다는 생각이 번뜩 들어서 주위를 살펴보았다.

그놈은 거기 없었다. 박격포만 고스란히 설치돼 있을 뿐, 그 옆에는 나무 박스가 있는 걸로 봐서 아마도 포탄인 것 같았다. 그저 설치만 해놓고선 상황실의 상황병이 바깥의 박격포까지 감시하고 있는 듯했다.

"……."

종태는 상황실을 살폈다. 계급이 병장인 상황병은 그 자리에 서 있지를 못하고선 자주 내무반을 들락거렸다. 그러다가 전화가 오면 받을 뿐이었다. 그리고는 다시 내무반으로 들어가 나오지 않는 것이었다.

종태는 순간적으로 이때다 싶었다. 언제 그런 생각이 들었는지 모르게 그는 표범처럼 몸을 구부린 채로 뛰어갔다. 그리고는 재빨리 박격포 진지에 납작 엎드렸다. 위장망으로 덧씌워놓은 그곳은 그가 숨기에 안성맞춤이었다. 그는 몸을 최대한 웅크린 채로 상황실을 바라봤다. 아직까지도 상황병은 밖으로 나오지 않고 있었다. 위에서는 탐조병이 서치라이트를 밤바다를 훑느라 좌에서 우로, 우에서 좌로 천천히 움직이고 있었다.

종태는 숨을 죽였다가 탐조병이 좌에서 우로 서치라이트를 움직이는 걸 보고는 잽싸게 박격포를 움켜쥐고는 뒤쪽으로 뛰었다. 쇠뭉치를 들고 뛰는 것처럼 무거웠다. 그러나 그의 단련된 몸집에 비하면 아무것도 아니었다. 그는 곧 풀숲으로 숨었고, 얼른 상황실 쪽을 바라보았다.

다행히 상황병은 아직까지도 바깥으로 나오지 않고 있었다. 종태는 가쁜 숨을 한꺼번에 토해내고는 숨을 골랐다. 그리고는 다시 서치라이트 불빛이 바다의 좌측에서부터 우측으로 돌아가는 시간을 이용해서 박격포 진지를 향해 뛰었다. 이번에도 그는 잠시 진지 안에 몸을 숨겼다가 포탄 상자를 안고는 풀숲을 향해 내달았다.

이번에도 역시 성공이었다.

그는 곧 움직이기 시작했다. 박격포를 어깨 위에 메고는 포

294

탄 상자를 들었다. 꽤나 무거웠다. 하지만 그는 있는 힘을 다해 발걸음을 떼어놓기 시작했다. 일단 풀숲만 벗어나면 들킬 염려는 없었다. 바다 쪽으로 가지 않는 이상, 근무를 서고 있는 초병과 만날 염려는 없었다.

그는 한적한 백사장 끄트머리 쪽으로 돌아 집으로 걸어갔다. 불과 1km 정도의 거리였다. 그는 집으로 와서 곧장 들어서지 않고 잠시 망설였다. 혹시 지예가 깨어나지 않았을까 하는 우려에서였다. 그러나 지예는 아직까지도 잠이 깨지 않은 것 같았다. 거실 쪽이 조용했다.

그는 다시 한 번 숨을 가다듬고는 마당을 가로질러 집 뒤쪽으로 갔다. 그리고는 커다란 비닐을 찾아내서는 박격포와 포탄 상자를 함께 묻었다. 묻은 자리가 표나지 않게 그는 마른 모래로 덮었다. 그렇게 하고 나니까 감쪽같았다. 그는 삽을 다시 털어내서는 새것처럼 만들어 놓은 다음에 주위를 살폈다. 아무도 본 사람이 없는 것 같았다.

'휴우……'

그제서야 그는 안도의 한숨을 내쉬었다. 그의 등에서는 진땀이 흘러 런닝셔츠가 흠뻑 젖을 정도였다. 그리고 사타구니가 축축히 젖어 있었다. 그는 곧 돌아나와 태연하게 거실로 들어갔다.

거실은 조용했다. 지예는 아직 자고 있는 모양이었다. 그는 안방 문을 열어 보았다. 지예가 자고 있는 게 보였다. 더운지 지예는 시트도 덮지 않고 있었다. 어둠 속에서 그녀가 입고 있는 하얀 팬티만이 어렴풋이 보였다.

"⋯⋯."

그는 다시 거실로 나왔다. 목이 칼칼했으므로 가스레인지 위에다 물주전자를 올려놓았다. 커피물을 끓여서는 소리가 나지 않게 커피잔과 커피, 프림을 꺼냈다. 탁자로 돌아온 그는 조심스럽게 물을 붓고서는 커피와 프림을 탔다.

그때까지도 종태는 자신이 한 일이 어떤 것이었는지 모를 정도였다. 다만 무서운 일을 저질렀다는 생각뿐이었다. 그는 커피를 마시면서 스스로를 점검하기 시작했다. 왜 박격포를 훔쳤는지. 더구나 포탄까지 훔쳐왔다는 것이 믿기지 않을 정도였다.

아마 내일쯤은 초소에서 야단이 일어날 것이라는 생각뿐이었다. 한영일이 책임자인 박격포와 포탄이 고스란히 없어졌다는 사실을 알게 되면 아무리 빽이 좋은 한영일이라도 군대 영창에 가지 않고서는 못 배길 것이라는 생각이 들었다. 그것만으로도 고소했다. 그는 천천히 커피를 마시면서 내일 일어날 일에 대해서 생각하고 있었다.

그러나 한편으로는 다시 불안해지기 시작했다. 혹시 만일의 경우, 자신이 한 일이라는 게 들켜지는 날에는 그 자신이 어떠한 일을 당할지도 모른다는 생각이 번뜩 들었다. 아마 그때는 간첩죄에다가, 불법 무기 탈취죄까지 합쳐져서 최소한 무기 정도로까지 떨어질지도 모른다는 생각이 들었다.

그런 생각을 하자, 종태는 괜히 그런 무모한 짓을 한 게 아닌가 하는 후회감이 들었다. 그렇게까지 하지 않고도 복수할 수도 있는 일을. 굳이 그런 식으로 성급하게 처리한 자신이 믿겨지지 않았다.

그러나 지금은 할 수 없었다. 이미 엎어진 물이었다. 그는 후회스런 마음을 벗어나기 위해 양주를 꺼내 마셨다. 한 잔, 두 잔 양주를 마셨지만 취하지가 않았다. 아직까지도 그는 마음속으로부터 떨림이 일어나고 있었다. 무기를 갈취한 것은 무조건 군법에 회부된다는 사실이 그를 불안하게 만들었다.

그는 마음속의 불안을 떨궈 버리기 위해 더 많은 양주를 마셨다. 마실수록 더 취할 줄 알았던 그는 오히려 정신이 말똥거려지기만 했다. 그는 컵에다가 맥주를 들이붓고는 그 속에다 양주를 부었다. 폭탄주였다. 그는 그것을 물을 들이키듯 들이마셨다. 목 안이 타는 것처럼 쓰리고 아렸다. 그는 생수를 마셔가면서 거푸 세 잔을 비워냈다.

조금 얼얼해졌다. 커다란 머그잔으로 세 잔 정도면 결코 적은 양이 아니었다. 그는 되도록이면 빨리 취하고 싶었다. 그래서 마음의 불안을 잊어버리고 싶었다. 차라리 빨리 취해서 지예 곁으로 가서 그녀와 질탕하게 섹스를 하고 나선 곧바로 잠들어 버렸으면 싶었다.

그는 다시 맥주잔에다 양주를 붓고서는 단숨에 마셔 버렸다. 그리고 나선 어느 정도 취하는 듯했다. 그는 거실에서 일어나 안방으로 들어갔다. 걸음걸이가 어느 정도 흔들린다고 느껴질 정도로 그는 비틀거렸다. 그는 침대 곁으로 걸어가서 지예가 잠든 옆으로 풀썩 쓰러졌다.

그렇게 출렁거림이 컸는데도 지예는 아직 혼곤한 잠에 빠져 있었다. 잠시 몸부림만 쳤을 뿐, 지예는 곧 옆으로 돌아누우면서 잠결에 종태의 머리를 끌어안았다. 종태는 그녀의 알몸을 끌어안으면서 다시금 정신이 돌아오는 듯했다.

그는 얼른 옷을 벗어던지고는 그녀의 밑으로 내려갔다. 하얀 팬티를 걷어내고는 입술을 갖다댔다. 보드라운 살결이 혀끝에 만져지고, 그는 숨가쁘게 계곡 속을 어루만졌다. 질벽이 촉촉하게 젖어 있어 그의 혀는 마음대로 돌아다닐 수 있었다.

지예는 잠에 취한 듯했다. 의식이 없는 가운데서도 누군가가 자신의 몸을 원한다는 걸 알았는지 다리를 더욱 넓게 벌리면서 그를 끌어안으려고 그랬다. 종태는 그녀를 마음껏 농락했다. 아직도 그는 위로 올라가고 싶지 않았다. 그녀의 습습한 그곳을 한참동안 애무하다가 나중에서야 위로 올라갔다.

이미 젖어 있는 그곳은 그의 뿌리가 닿자마자, 곧 미끄러지

듯이 안으로 깊숙이 들어갔다. 그는 처음부터 거세게 밀어붙이면서 격렬하게 움직였다. 입으로는 그녀의 젖가슴을 핥았다. 그리고 가슴과 배, 그리고 다리를 위로 들어 올려 무릎을 핥았다. 그제서야 지예는 어렴풋이 잠이 깨어나면서 동조를 맞춰왔다. 비록 잠결이었지만 그녀는 허리를 위로 들어 올리면서 아래쪽을 들어 보조를 맞춰왔다.

밑에서는 금방 물소리가 났고, 찰싹거리는 소릴 냈다. 그녀의 잠결인 듯한 얼굴을 바라보면서 종태는 흐뭇한 마음이었다. 정신이 가버릴 정도로 술을 마신 그는 동작을 하면서도 명확한 기억 같은 건 없었다. 다만 자신이 지금 그짓을 하고 있다는 기분이 느껴질 뿐이었다.

그럴수록 그는 더욱 거세게 움직였다. 허리의 힘을 끌어모아 단번에 격침시킬 것처럼 높이 들었다가 아래쪽으로 내리쳤다. 밑에서는 철썩거리는 소리와 함께, 침대가 내려앉느라 쿠션의 반동이 위로 튕겨져 올라왔다. 지예의 아래쪽이 올라옴과 동시에 그는 다시 엉덩이를 내려쳤다.

"아!……."

그녀는 의식이 돌아오는지 혀 짧은 소릴 냈다. 무의식이었을까. 그녀의 손은 거머리처럼 종태의 등짝을 옭아쥐었다.

그는 미친 듯이 내려쳤다. 술힘을 빌어 허리의 힘을 최대한 살린 그는 마치 그녀의 아랫도리를 갈가리 찢어놓을 것처럼 격렬하게 움직였다. 뿌리가 수직으로 들어가면서 위로 솟구치듯이 들어 올리자, 그녀의 꽃잎이 위로 벌어지면서 지극한 쾌감이 오는 것인지 그녀는 자신도 모르게 입을 벌렸다.

"아!……."

그녀는 늘 그랬다. 쾌감이 급상승할 때마다 짧은 한숨 같은 소릴 냈다. 종태는 마지막 힘을 모아 세게 한 번 내려치면서 온몸의 물기를 다 뽑아냈다. 뜨거운 것이 지예의 몸속으로 들어가는 걸 느끼며 몸 위로 풀썩 쓰러졌다. 그러고도 여러 번 움찔거리며 정액들이 쏟아져 나왔다.

그들은 서로를 끌어안은 채, 숨이 가빴다. 꼼짝도 할 수 없었다. 종태가 꼼짝도 하지 않자, 그녀 역시 쥐죽은 듯이 잠자코 있기만 했다. 두 사람은 격렬한 뒤끝의 몽롱한 기분으로 잠이 쏟아지고 있었다. 지예는 미처 닦을 엄두도 내지 못했다. 밀려드는 잠 때문에 그러고 싶은 마음이 전혀 없었다.

그들이 눈을 뜬 것은 새벽이었다. 종태는 극심한 갈증으로 인해 눈을 떴다. 지예는 먼저 잠을 깨서 누운 채로 무연히 창밖을 바라보고 있을 때였다. 지예는 종태가 잠에서 깨자, 가슴에 얼굴을 비비면서 기대왔다.

"언제 일어났어?"

종태가 물었다.

"좀 전에. 내가 너무 잤지? 언제 잤어?"

지예는 종태가 언제 자러 들어왔는지를 묻고 있었다. 계속 잠을 자면서 그와 섹스를 나눈 것처럼 아직도 정신이 몽롱했다.

"내가 들어온 것 몰라? 술 한 잔 하고 들어왔어."

"몇 시쯤?"

지예는 창밖의 밝음을 보면서 물었다. 벌써 새벽 바다가 요동치고 있는지 잔잔한 파도소리가 들려왔다.

"그건 모르겠어. 나 혼자 거실에서 술을 마시다가 들어왔으니깐."

종태는 머리가 아팠다. 억지로 술을 마신 탓이었을까. 혼자 술을 마셔서인지 골이 흔들리는 것처럼 묵직하게 아파왔다. 그는 머리를 세차게 옆으로 흔들고는 침대 옆의 스탠드에 올려져 있는 물 컵을 들어 단숨에 마셔버렸다.

"많이 마셨어?"

"응."

"혼자?"

"그럼. 누구랑 같이 마셔? 심심해서."

"날 깨우지 그래. 나도 한잔 했으면 좋았을 텐데……."

지예는 잠만 잔 것이 안타까웠는지 미간을 찌푸려 보였다. 그리고는 종태의 가슴을 쓸었다.

"혼자 하는 것도 좋잖아. 난 가끔 그럴 때가 있어. 푹 잤어?"

"응, 어젠 이상했어. 너무 푹 잤어. 피곤했는가봐. 우리가 너무 심하게 했나? 히힛."

지예는 그 말이 부끄러웠던지 혼자 웃었다. 지예의 볼에 작은 우물이 패였다. 그녀는 종태의 겨드랑이 속으로 파고들어 혀끝을 내밀어 핥는 것이었다. 종태는 가만히 있었다. 그녀가 혀끝으로 간지르는 것이 기분 좋았다.

종태가 가만히 있자, 지예는 고개를 쳐들고는 말했다.

"또 할까?"

"……."

종태는 그냥 듣고만 있었다. 그러나 지예는 못 참는 성미 같았다. 일어나서 종태의 사타구니 밑으로 기어 들어가서는 아침의 빳빳이 서 있는 종태의 뿌리를 거머쥐고는 마구 갖고 놀았다.

지예는 마치 장난을 치듯, 뿌리를 잡고서 잡아당겼다가 밀었다가 하면서 자위하는 흉내를 냈다. 그리고는 다시 입술을 갖다대 귀두에서부터 핥기 시작했다. 그녀는 이미 그런 쪽으로는 자연스러운 것 같았다. 입과 혀를 이용해 요리조리 핥아대는 것과, 손을 이용해서 같이 핥고, 흔들어대며 종태를 자극하고 있었다.

그녀는 종태가 했던 그대로 여자의 꽃잎이랄 수 있는 뿌리

밑의 부랄과 회음부가 있는 부분을 핥으면서 허벅지까지 핥아 댔다. 종태는 그러는 그녀의 애무를 받으면서 참을 수 없었다. 자꾸만 튀어나와버릴 것만 같은 사정의 욕구를 참으면서 그녀의 머리채를 부드럽게 만져주었다. 지예의 작은 귓볼이 만져졌다. 그리고 그녀의 움직이는 턱과 목께를 어루만졌다.

"어때? 기분 좋지?"

지예는 부지런히 애무를 하면서 물었다.

"응, 좋아. 나올 거 같아."

"그래. 나올 거 같으면 사정해. 그냥 사정해도 좋아."

지예는 보기보다 용감했다. 온갖 기술을 다 동원해서 종태에게서 정액을 받아내려는 듯이 열심을 다해 애무를 하고 있었다. 손바닥으로는 뿌리께를 문지르면서, 불알과 회음부를 동시에 어루만지기도 하고, 허벅지를 쓸듯이 어루만지다간 다시 뿌리께를 꽉 잡고선 쥐어짜듯이 흔들어댔다. 그리고 그럴 때마다 그녀의 입은 가만있지 않았다. 귀두 부분을 핥다가, 완전히 입속으로 집어넣어서는 세차게 머리를 흔들었다.

"으……."

종태는 곧 사정할 것만 같은 충동을 느꼈다. 종태는 그걸 느낄 수 있었다. 자꾸만 울컥거리며 튀어나오려는 걸 참고 있는 중이었다.

"됐어. 누워."

종태의 말에 지예는 하던 동작을 멈추고는 얼른 누웠다. 종
태는 곧바로 뿌리를 찔러 넣어서는 거세게 움직였다. 이미 후
끈 달아오른 상태의 그는 망설일 것도 없었다. 들어가자마자,
곧바로 인정사정없이 있는 힘을 다해 방아를 찧어댔다.

"아아!……."

지예는 탄성을 내질렀다. 그녀도 이미 애무를 하는 동안, 스
스로 달아올라 있었던 모양이었다. 불과 몇 초만에 그녀는 탄
성을 내지르며 온몸을 틀어댔다. 그 소리를 들으면서 종태는
더욱 격렬하게 움직여댔다. 지예 또한 가만히 누워 있지 않았
다. 밑에서 치고 올라오는 바람에, 종태의 내려가는 아랫도리
와 맞부딪치면서 짝짝, 하는 마찰음을 세게 냈다.

두 사람은 완전히 한 몸이었다. 종태가 떨어지면, 그녀도 같
이 따라 떨어졌다가 둘 다 힘껏 들이미는 바람에 밑에서는 커
다란 소리가 났다. 그 소리를 듣는 것만으로도 종태는 흥분됐
다. 그건 지예도 역시 마찬가지였다. 두 사람 다 서로의 몸을
끌어안으면서 밑부분을 부딪쳤으므로 요란한 소리가 나지 않
을 수 없었다.

"아! 윽!……."

"……."

종태는 한꺼번에 정액을 토해냈다. 불과 2,30초 만에 사정이
일어난 것이다. 그는 있는 힘을 다해 그녀를 끌어안았다. 그리

고는 몸에 있는 모든 물기를 다 뽑아내서 그녀의 몸속으로 밀어넣었다.

"아……."

두 사람은 거의 동시에 탄성을 내질렀다. 뜨거운 입김이 서로의 얼굴에 퍼부어졌고, 종태는 그녀의 입술을 찾아 마구 빨아댔다. 그리 길지 않은 시간이었음에도 불구하고 그들은 최상의 만족을 얻은 듯했다. 그건 서로가 간절히 원했을 때만 가능한 그런 쾌감이었다.

그녀는 그가 만족해하는 것만으로도 충분히 만족할 수 있었다. 그의 그런 표정 하나가 다 마음에 들었다. 그녀는 손을 뻗어 종태의 가슴과 배를 만져주었다. 단단하고 힘이 센 듯한 근육질이 박혀 있는 그런 몸이었다. 그리고 볼록하게 솟아 오른 그의 엉덩이를 어루만지며 그녀는 말할 수 없는 쾌감의 평정을 되찾고 있었다.

그는 오늘따라 빨리 사정을 끝냈다. 그러나 그녀에게는 꽤 오랜 시간이 걸려 사정을 한 것처럼 느껴졌다. 그만큼 만족할 만한 섹스였다. 그녀는 눈을 감은 채로 중얼거렸다.

"아아, 당신, 좋아. 너무너무 좋아. 난 이런 데서 살고 싶어……."

그녀의 목소리는 마치 꿈을 꾸고 있는 것처럼 나직하게 들려나왔다.

"……."

종태는 그녀의 말에 얼른 대답할 수 없었다. 아직은 그의 마음에 무엇인가 걸려 있는 듯한 일들이 너무 많다고 생각되었기 때문이었다. 사랑했던 한 여자를 바다로 보내고 나서, 다시 새로운 여자를 맞아들인다는 것이 섣불리 마음이 내키지가 않았다.

"으응, 자긴 왜 말이 없어? 나, 싫어?"

지예는 다시 투정을 부리듯, 밑에서 몸을 흔들어대며 묻고 있었다. 그 바람에 줄어든 그의 뿌리가 빠지려다가 겨우 다시 들어갔다. 뿌리께가 미끌거리는 것을 느꼈다. 마치 흥건한 물속에 담겨져 있는 것처럼 조금만 몸을 움직여도 뿌리는 쉽게 빠질 것 같았다.

"……."

그는 대답하지 않았다. 어색했지만 할 수 없었다. 그는 눈을 감은 채로 그녀의 젖가슴에다 얼굴을 갖다댔다. 그녀의 가슴에서는 향긋한 땀내가 물씬 풍겨 나왔다. 마치 간밤에 포근한 잠을 자고 난 뒤의 부드러운 살결 내음이었다. 그는 코끝으로 살결의 감촉을 더듬었다.

"나, 싫어하는 거 아니지?"

지예는 다시 말을 바꿔서 물어왔다.

"싫어하는 건 아냐. 난 너무 할 일이 많아서 그래. 그건 네가 좀 이해를 해줘라."

"······."

그녀는 대답은 않고서 종태를 빤히 쳐다봤다. 그가 자신의
젖가슴에다 얼굴을 묻고 있는 게 보였다. 자신을 사랑하면서도
한 여자 때문에 쉽사리 그러지 못한다는 걸 느낄 수 있었다. 지
예는 서글펐지만 할 수 없었다. 그를 재촉하고 싶지는 않았다.

"우리, 나가서 바닷바람 쐴까?"

지예가 먼저 그 말을 했다. 그제서야 그는 얼굴을 들었다. 종
태가 웃어보이자, 지예는 그를 떠밀어냈다.

"일어나. 자꾸 빨면 또 하고 싶잖아. 어서 일어나요."

그 바람에 그는 일어났다. 두 사람은 옷을 입고는 밖으로 나
왔다. 상쾌한 바람이 바다 쪽에서부터 불어왔다. 제법 세찬 바
람이었다. 이곳은 하루의 일기가 수시로 변하는 듯했다. 바람
이 불다가 비가 갑자기 내리기도 했고, 맑다가도 언제 그랬느
냐는 듯이 흐려지곤 했다.

하늘엔 구름이 잔뜩 끼어 있었고, 바람은 세차게 불고 있었
다. 이런 바다야말로 정말 조용하기만 했다. 인적이 전혀 없는
바다였다. 바람만 불어오고, 파도만 높게 칠뿐이었다.

그들은 모래톱을 따라 거닐었다. 물에 젖은 모래사장은 걷기
에 불편하지 않을 정도였다. 물로 인해 모래가 다져져서일까.
두 사람은 팔짱을 낀 채, 꽤 오랜 시간 동안 걸어왔다. 저만치

307

초소가 있는 게 보였다.

종태는 초소 쪽을 바라보았다. 누군가 바깥에 나와 쌍안경으로 이쪽을 바라보고 있는 것 같았다. 그들은 좀 더 그쪽으로 걸어갔다. 처음엔 쌍안경으로 얼굴을 가려서인지 잘 보이지 않았지만 좀 더 가까이 다가갈수록 얼굴의 윤곽이 드러났다. 바로 한영일이라는 생각이 들었다.

약간 턱이 뾰족한 것이 보였고, 키가 큰 것이 바로 한영일임을 알 수 있었다. 종태는 바로 한영일이라는 사실을 알고 나자, 갑자기 가슴이 서늘해지면서 맥박이 뛰기 시작했다. 지예의 손을 잡고 있는 손이 약간 떨렸다. 그러나 지예는 아직 그런 걸 눈치 채지 못하고 있었다.

그는 한영일이 쌍안경으로 자신들을 보고 있다는 것이 좋았다. 직접 눈으로 그걸 확인까지 했으니 한영일이라는 놈이 덤벼들지 않을 수 없을 거라는 생각이 들었다. 종태는 속으로 쾌재를 부르면서 다시 오던 길로 방향을 바꾸었다. 그러면서 그는 더욱 지예한테 다정스러운 듯이 껴안았다.

"아이, 좋아라. 너무 좋죠?"

"응, 그렇군. 이렇게 구름이 낀 날도 좋아. 곧 비가 올지도 모르겠는데."

종태는 하늘을 올려다보며 그렇게 말했다.

"응, 나도 좋아. 단 둘이 이렇게 걷고 있으니까 마치 내가 공주가 된 기분이야. 배 안 고파?"

"아직. 들어가서 천천히 먹지 뭐."

그들은 바닷가를 거닐다가 천천히 집으로 돌아왔다. 오면서 슬쩍 봤지만 한영일은 아직도 쌍안경을 들고 있었다. 종태는 마음속으로 됐구나 싶었다. 저렇도록 쌍안경을 들고 쳐다보는 놈이 군침을 흘리지 않을 수가 없을 것이었다.

종태는 더욱 다정스럽게 지예를 포옹하면서 걸었고, 한영일을 의식해서 더 진하게 그녀를 끌어안았다. 집 가까이 와서는 그녀를 세우고는 키스를 퍼부어 주었다.

종태는 거실로 들어와서 계획을 세우기 시작했다. 다시 지예를 잠들게 하기 위해선 술에다 약을 타는 수밖에 없었다. 그러자면 다시 술을 마셔야 할 것이고, 그녀와 다시 진한 섹스를 해야 할 것이었다. 좀 전에 섹스를 했는데, 또 다시 섹스를 해야한다는 것이 그리 싫진 않았다.

그는 거기까지만 계획을 세웠다.

그리고 나중의 일은 그때 가서 다시 생각할 일이었다. 지예가 아침을 차리는 동안, 그는 치밀하게 생각을 다시 점검하곤했다. 지예를 잠들게 해놓고선 한영일이 나타나기만을 기다리면 되는 것이다.

그런데 이상한 것은 그가 어젯밤 박격포를 잃어버리고서도 저렇게 멀쩡하게 있다는 것이 이상했다.

"……?"

종태는 약간 의아심이 들었다. 지금쯤 초소는 발칵 뒤집어져서 비상이 걸렸을 터인데도 의외로 조용한 것이 생소하기만 했다. 그러나 어쩌면 교활한 한영일이 무슨 수를 써서라도 일을 무마시켜 놓고선 저렇게 혼자 쌍안경을 들고 살피고 있는 것인지도 모른다는 생각이 들었다.

'맞아. 그걸 찾느라고 저렇게 낮잠을 안 자고서 쌍안경을 들고 바닷가를 살피고 있는지도 모르겠지'

종태는 그렇게 생각했다. 분명히 잃어버린 박격포를 찾기 위해 저러고 있는 것인지도 몰랐다. 한영일은 아마 바닷가의 동정을 살피기 위해 직접 쌍안경을 들고 살피고 있는 것이라고 생각됐다.

종태는 아침을 먹고 나서 비가 부슬부슬 내리는 창밖을 내다보며 술을 마셨다. 지예도 오늘따라 기분 좋은 것처럼 보여졌다.

"오늘 같은 날, 이렇게 술을 마시니까 좋지? 굳이 양양이나 속초로 안 나가도 말이야."

종태의 말에 지예는 양주잔을 홀짝 털어 넣으며 말했다.

"난 이런 분위기가 더 좋아. 바다가 옆에 있고, 파도소리가 들리고…… 사랑하는 님이 있으니까 더 좋아. 술맛이 좋아요. 오늘은 왠지 술이 더 들어가는 것 같애. 히힛."

그러면서 지예는 종태가 따라놓은 양주잔을 다시 집어들었다. 종태가 잔를 들어 그녀의 잔에 부딪쳤다.

"자, 건배! 우리, 이거 마시고 또 해."

"뭘? 그거? 또 해?"

지예는 놀란 듯이 눈을 동그랗게 뜨고선 웃어보였다.

"그럼. 이런 날이 그거 하기엔 좋은 거야. 그리고 실컷 잠을 자고 나면 몸이 개운해질 텐데 뭘."

"히힛, 맞아. 난 아무리 해도 좋아. 끄떡없어."

"나도 끄떡없는 걸. 다섯 번까진 할 수 있을 거다. 아마."

그들은 서로 웃었다. 마치 섹스를 하기 위해 누가 센가를 시합하는 것처럼 서로 힘겨루기를 하는 것 같았다.

"여자는 1개 소대가 올라와도 다 견뎌낼 수 있어. 내 배 위로 지나간 남자들만 해도 1개 중대는 넘는다 뭐."

지예는 약간 술이 오른 듯했다. 자랑삼아 늘어놓는 말이 마치 술김에 하는 소리 같았다.

"그래. 여잔 원래 그래. 그런 내가 져야겠다. 하하하."

그러면서 종태는 또다시 잔을 내밀어 지예의 잔에 부딪쳤다. 일단 그렇게 잔을 부딪치면 지예는 술잔을 내려놓지 못하고 그대로 마시는 버릇이 있었다. 그렇게 마신 술이 제법 되었다. 양주 한 병을 다 비우고, 다시 꺼낸 병을 거의 다 비워갈 정도였다.

"아, 졸려. 왜 이러지?"

지예는 눈꺼풀을 밀어 올리느라 안간힘을 썼다.

"그럼 들어가서 잘까? 자고 나서 점심 먹자. 이따 양양으로 나가서 먹을까?"

"으응."

지예는 손을 휘저으며 말했다. 벌써 취한 듯했다. 종태의 앞가슴으로 무너지면서 손을 뻗어 쓰다듬었다.

"내가 재워줄게. 알았지?"

"으응."

지예는 이제 눈꺼풀이 완전히 풀어져 있었다. 종태를 쳐다보는 눈빛이 무지개처럼 아롱져 보였다. 종태는 그녀를 번쩍 안아 안방으로 들어갔다. 침대에 뉘이고는 서둘러 그녀의 옷을 벗겨 내렸다. 지예는 아무런 저항도 없이 그저 누워 있기만 했다. 종태는 그녀의 알몸이 드러나자, 발끝에서부터 입술로 핥아나갔다. 그리고 젖가슴께에서 다시 터언해서는 아랫배쪽으로 내려가면서 계곡에서 멈추었다.

이미 그녀의 계곡은 질퍽하게 젖어 있었다. 그의 혀끝에 많은 물들이 묻어났다. 그는 미친 듯이 그것을 빨았다. 두 손으로 좀 세게 벌려 그 속에다 혀끝을 갖다 댔는데도 그녀는 꼼짝도 하지 않았다.

다만 몸부림만 쳐댈 뿐이었다.

“아아…… 죽겠어. 어서 올라와.”

지예는 한숨을 섞은 목소리를 냈다. 몸을 부르르 떨면서 종태를 껴안는 바람에 그는 어쩔 수 없었다. 곧바로 뿌리를 집어넣었다. 그리고는 있는 힘을 다해 떡방아를 찧어댔다. 침대가 출렁거리면서 그녀의 알몸이 이리저리 마구 움직여댔다. 종태의 뿌리는 잠시도 가만있질 않았다. 그녀의 몸 중앙을 향해 정확히 내리꽂았다간 쑥 빼내면서 다시 들이밀었다.

“으…….”

그녀는 세게 밀어붙이는 그의 뿌리의 힘을 당해내지 못하고 가벼운 신음소리를 토해냈다. 그러나 찰거머리처럼 달라붙는 그녀였다. 그럴수록 그는 더욱 세게 들이박았다.

잠깐 동안이었지만 종태의 등에서는 땀이 났다. 그녀가 몇 번이나 종태의 등을 붙잡고서 요동을 쳤지만 자꾸만 미끄러져 내렸다. 지예도 허리를 번쩍 들어 올리면서 그곳을 세게 들이밀었다.

다시 밑에서는 짝짝, 하는 물소리가 들려나왔다. 종태의 허벅지 안쪽까지 흥건하게 젖신 그녀의 물은 살갗이 부딪는 소리를 내면서 끈적거렸다. 종태는 손을 밑으로 가져가 그녀의 꽃잎에서 흘러나온 물기를 확인했다. 미끄러웠다. 그것을 손바닥으로 문지른 다음, 그녀의 꽃잎 윗부분을 만져주었다.

“아, 으…….”

지예는 마지막 환호성을 터뜨릴 것처럼 입술을 벌렸다. 종태는 마지막 힘을 모아 거세게 들이박고는 정액을 한꺼번에 토해냈다.

"아……."

"음……."

종태의 외마디 소리와 함께 지예는 푹 고꾸라지듯이 잠잠해졌다.

"……."

종태는 금방 일어나지 않았다. 그녀가 잠든 것을 보고 나서 줄어든 뿌리를 천천히 빼냈다. 그녀의 꽃잎이 처참하게 젖어 있는 게 보였다. 그는 티슈를 뽑아내서 꽃잎 주위를 닦아주었다.

"……."

지예는 곤하게 잠든 것 같았다. 나른한 섹스가 끝나고 나서 곧바로 잠이 든 것이었다. 그는 일어나서 옷을 입고는 거실로 나왔다. 담배 한 개비를 피우고는 일어나 밖으로 나왔다. 벌써 마음속에서는 뜨거운 피가 용솟음치는 것 같음을 느꼈다.

오늘은 분명히 그놈이 올 것이다. 오지 않고서는 견디지 못할 것이라는 추측이 강하게 들었다. 그는 회심의 미소를 지으면서 낚싯밥을 드리운 낚시꾼처럼 입가를 쓰윽 닦아냈다.

그는 살며시 거실을 빠져나와 차에 올랐다. 시동을 걸자, 경

314

쾌한 엔진음이 나면서 힘차게 튀어나갈 것처럼 덜덜거렸다. 그는 액셀러레이터를 밟으면서 브레이크를 밟은 발을 뗐다.

짚차는 곧 마당을 빠져나갔다. 그는 시원한 바람을 들이마시면서 좁은 길을 달려나갔다. 왠지 모르게 마음이 가벼워지는 듯했다.

'그래, 오늘은 너를 꼭 잡아주마. 그래서 희자의 원수를 갚아주지.'

그는 마음속으로 그런 다짐을 굳게 하면서 세게 액셀러레이터를 밟았다. 차는 바다를 끼고서 마을 쪽으로 달려가고 있었다.